传\记\文\学

民族铮骨
成怀珠

陈廷一 ◎ 著

人民出版社

责任编辑:侯俊智
装帧设计:语丝工作室

图书在版编目(CIP)数据

民族铮骨:成怀珠/陈廷一 著. -北京:人民出版社,2009.11
ISBN 978－7－01－008348－3

Ⅰ. 民… Ⅱ. 陈… Ⅲ. 传记文学-中国-当代 Ⅳ. I25

中国版本图书馆 CIP 数据核字(2009)第 181594 号

民族铮骨:成怀珠
MINZU ZHENGGU CHENG HUAI ZHU

陈廷一 著

人 民 出 版 社 出版发行
(100706 北京朝阳门内大街 166 号)

北京新魏印刷厂印刷 新华书店经销

2009 年 11 月第 1 版 2009 年 11 月北京第 1 次印刷
开本:965 毫米×1270 毫米 1/32 印张:7.5
字数:210 千字

ISBN 978－7－01－008348－3 定价:25.00 元

邮购地址 100706 北京朝阳门内大街 166 号
人民东方图书销售中心 电话 (010)65250042 65289539

成怀珠烈士雕像

成怀珠烈士陵园外景

成怀珠烈士简介

    成怀珠，又名成神保，1914年生于山西省蒲县仁义村，祖籍河南林县。其父成立志，其胞弟成怀德（又名成全保）毕业于保定军校，曾担任阎锡山"亲训师"参谋长。

    成怀珠1929年在山西省立第一中学(今太原五中)上学期间接受马克思主义进步思想。1936年9月参加"牺盟会"(之前已加入中国共产党)。1937年7月12日参加"牺盟会"成员组织发起的"百万人签名捐款，数万人请缨上战场"运动。同年9月参加"牺盟会"第一次代表大会后，响应"宁在山西牺牲，不到他乡流亡"的口号，返回家乡发动群众抗日。1938年初，根据组织安排，担任县委秘书、薛关区委书记，受命组建我党在蒲县的第一个党支部仁义村党支部，并兼任支部书记。同年3月14至16日，带领数十名牺盟会员、抗日积极分子，配合我115师685、686团在井沟、午城设伏，痛击日寇。1939年12月"晋西事变"时，掩护县委(当时县委就设在其家)20多位同志安全转移至延安，自己毅然选择留下来坚持斗争。受到决死二纵队领导人张文昂、韩钧的多次表扬。1943年5月12日被阎匪逮捕，狱中坚贞不屈，受尽折磨。8月13日在县城北关英勇就义。时年29岁。至死只承认自己一人是共产党员，其支部20余人无一受损，完整保存。家人次日收尸时，一条腿已让野狗叼走。其感人事迹曾受到"牺盟会"领导人薄一波的称赞。建国后，毛主席为他签发了第一批烈士证书。也是蒲县乃至临汾为数不多见过青年时期薄一波同志者之一。

1992年5月，其妻去世合葬时，参加葬礼的法医发现其遗骨绝大多处骨折，且大部分是粉碎性骨折。在场的亲友无不为之动容……

今年6月，中宣部等11个部门评选"双百"，因其事迹突出，被我们山西省确定为"100位为新中国成立作出突出贡献的英雄模范人物"的候选人上报中央。张万年等党和国家领导人及我军多位高级将领挥毫泼墨，高度评价其短暂而光辉的一生。此乃共和国不会忘记先烈的又一佐证。故土有幸埋忠骨，万人仰慕烈士园。伟哉成怀珠！伟哉牺盟会！伟哉共产党！伟哉新中国！

1951年3月4日，毛泽东主席亲笔签发的成怀珠烈士《革命牺牲工作人员家属光荣纪念证》

成怀珠烈士入选"双百"候选人

　　新中国成立60周年之际，中央宣传部、中央组织部、中央统战部、中央文献研究室、中央党史研究室、民政部、人力资源和社会保障部、全国总工会、共青团中央、全国妇联、解放军总政治部等11个部门决定评选"100位为新中国成立作出突出贡献的英雄模范人物"和"100位新中国成立以来感动中国人物"。作为"牺盟会"的代表、作为基层党支部书记的代表，先祖父成怀珠被我们山西省确定为"100位为新中国成立作出突出贡献的英雄模范人物"的候选人上报中央。

　　先祖父入选"双百"候选人，当感念中央、省、市、县各级领导及众亲友鼎力之劳，尤当铭记"牺盟会"领导人薄一波老前辈之子中央政治局委员、重庆市委书记薄熙来同志扶助之功。今特立碑刻，谨以记之。

成怀珠烈士长孙成文革代全体后人敬撰

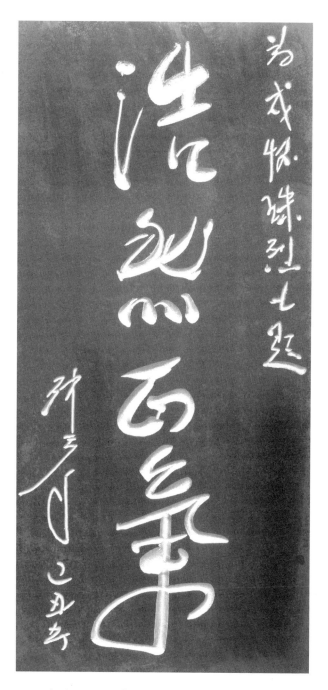

为戍牧珠烈士题

浩然正气

张万年二丑岁

中共十五届中央政治局委员、中央书记处书记、中央军委原副主席张万年上将题词

浅怀珠列士

浩然正气

永励后人

己丑春

张思卿

第九届、十届全国政协副主席张思卿
同志题词

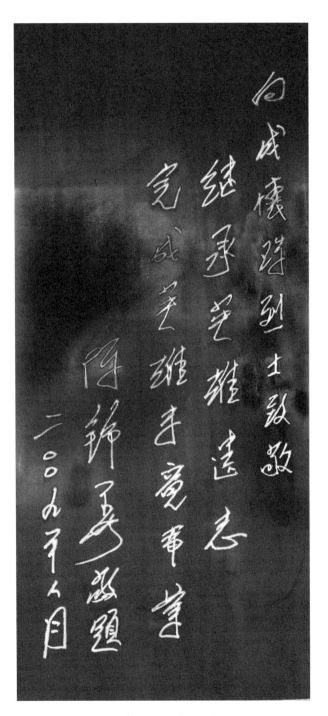

第九届全国政协副主席陈锦华同志题词

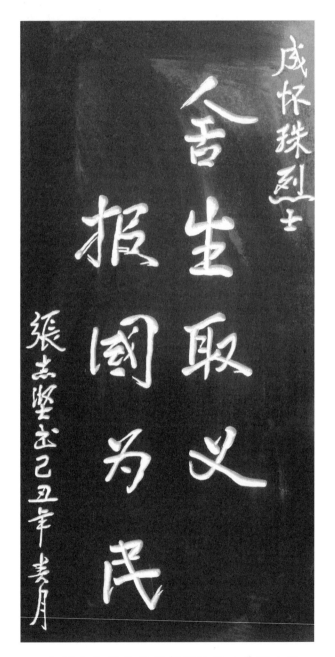

缅怀珠烈士

舍生取义

报国为民

张志坚书己丑年春月

中国人民解放军成都军区原政委张志坚
上将题词

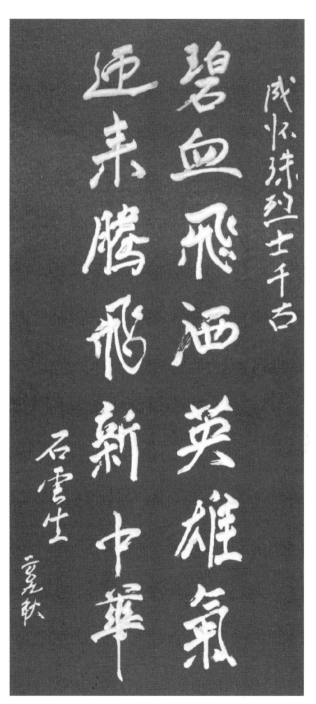

碧血飞洒英雄气

迎来腾飞新中华

感怀殊烈士千古

石云生

乙亥秋

中国人民解放军海军原司令员石云生
上将题词

浩气长存

纪念成怀珠烈士

公元二〇〇九年十月一日 刘振华

中国人民解放军北京军区原政委刘振华
上将题词

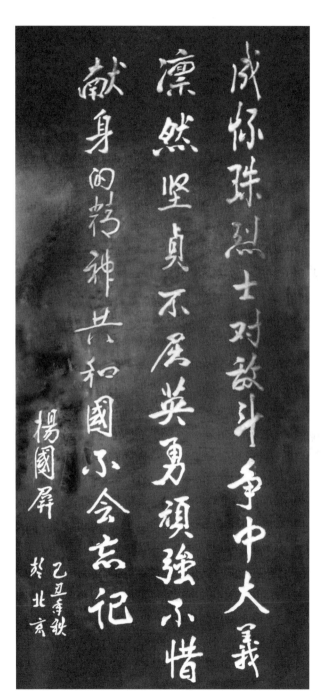

成你珠烈士对敌斗争中大义凛然坚贞不屈英勇顽强不惜献身的精神共和国不会忘记

杨国屏

乙丑季秋
于北京

中国人民武装警察部队原司令员杨国屏
上将题词

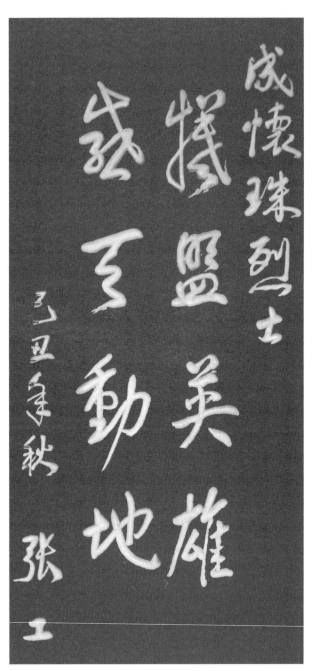

成怀珠烈士

撼盟英雄
弦天动地

丁丑季秋

张工

中国人民解放军军事科学院原政委张工
上将题词

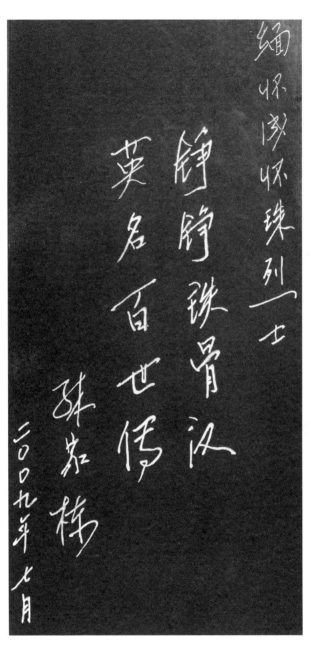

缅怀感怀珠列一士

铮铮铁骨汉

英名百世传

孙家栋

二〇〇九年七月

运载火箭与卫星技术专家、中国科学院院士、国际宇航科学院院士、国际欧亚科学院院士、"两弹一星"功勋奖章获得者孙家栋同志题词

全国政协委员、中国美协会员、中国书协会员、国家一级美术师、全国政协书画室副主任、著名画梅大师王成喜先生题词

浩然正气 风范永存

威怀珠烈士

己丑冬 阎肃

　　著名军旅剧作家、词作家、中国作协会员、
中国剧协副主席、中国音协委员阎肃先生题词

浩氣長存

風範猶在

著名书法家都本基先生题词

目 录

CONTENTS

第一章
宣统三年的那些事儿

宣统三年,在北塬的风声里,还感受不到清王朝的风雨飘摇和国民革命的气息。似是那山外的世界,与安静的北塬毫无干系。不管是古县镇,或是散布在五鹿山以西,星罗棋布的村落,脑后都拖着一根辫子,不是龙旗胜似龙旗。女人在习惯的裹足中,忍受着阵痛的束缚,等待着待字出嫁。和蒲县城一样一条街的古县镇,虽然与县城的那条相比短了些,却有着和县城一样古朴民风,千年不变的公秩良俗。思想或多或少有些愚昧、执拗的思维方式,缺乏新的思考。同样充满了迷信。

在古县镇坐拥皮货铺子的成立志,尽去了从前的饥寒交迫,春风得意了。仅用了四年的光景,成为北塬最成功的人。在成家大爷的帮助下,第一次置业,100 亩肥沃的土地,保障了今后的温饱。这样令人羡慕的业绩,对于一个土生土长的北塬人,差不多就是创业的神话。他小心翼翼地交朋友,用宽厚和诚信,跟所有的北塬猎户交易。因为他拥有的仅是表象的成功,在成功背后,他是孤独的,又时时被危机包围。因为在封闭的北塬人眼里,他是一个外乡人,没有任何依靠的力量。

改变这现状的方式,唯有婚姻和随了婚姻的结合,与之同来的不舍不弃的血缘关系。对于成立志已经是一个简单的过程,又是一个可选择的事儿,成家大爷托了一个媒婆,在克城镇牵了一根红丝线,一家还算殷实的农户。成立志没答应,因为 30 里外的克城人,帮助不了他解决势单的困境。

一个季节甚至更长的时间,成立志才能雇一辆马车,把累积的皮货拉到临汾或太原去。空铺子交给成家大爷,差不多也就形同打烊了。成家大爷不懂皮货。一次去了又回的时间,约十天左右。成立志很少在途中逗留的,乘了回来的马车,捎带一些城里才买到的洋药洋火等,马不停蹄地回到塬上。那一年从临汾回来的成立志,突然改变了观念,也在惶恐中困惑。因为他熟悉的太原,已经改变了天地,到处都是剪掉辫子的革命党。大清完蛋了。突然改变的世界,给了他期待,也令他一塌糊涂。

摁在地上被剪掉辫子的成立志,是北塬第一个目睹革命的人。

那失去的辫子,促使他第二次改变回家的路线。

哭了一路的车夫,在蒲县城的小东关,一家面馆吞下一碗蒜面条,一张"圪窝",靠了铁皮车轮儿抹眼泪。成立志欠屁股上车,说走咧。

没了辫子,咋回塬上见人?

似是被"圪窝"噎住了,成立志不响。

半天,车夫又说,掌柜的"哦"没脸回了。

去东岳庙。那咱就晚回一天。

掌柜的,不逢庙会,去东岳庙弄啥? 一夜又长不出一条辫子。

没准儿,明儿县城就来了革命党。没辫子的人成千上万,又不是"我些"两个,谁个还说三道四。

车夫跳上车,甩响了鞭子。

你慢点儿,没准革命党都来了,街口儿捉人剪辫子呢。

车夫轻勒缰绳,颠晃了半条街,嘟囔道这哪儿有一点慌乱呵,担挑的推车的,连逛街的都跟从前一样。革命党啥时来这儿呵?

成立志失望地说,"哦"不晓得。

马车很快穿过城门洞,沿着官道向南驶去。城内的街道陈铺着石板,城外的官道是条丈宽的土路,似是刚经了一场雨,水洼里车辙马迹里,汪着水。听着蝉唱成立志扯下头上的紫花布。离开太原后,为了那根剪掉的辫子,他们裹了头。刚立秋的天气,裹头戴帽子远呢。闷也热。他想太原都剪了辫子,蒲县也挨着。都没了辫子,也都见怪不怪了。他们也不是塬上的怪物了。

柏山距离县城十余里,马车只用了半个时辰的工夫,停在山脚下。车夫一面拿紫花布裹头,一面问,掌柜的,马车寄存在哪家店里?

你以为真给神仙磕头去呵?成立志嘿笑说,看"哦"的老师去。他学问大,不出门口也懂天下事。

车夫笑了,说掌柜的,这天下事跟咱没啥,老百姓呵,不管谁个当皇帝,都是"见天"吃饭,逃不了苦命。

成立志说,弄明白了,比糊涂强。

车夫又说,明白糊涂都一样。

马车一直往山里去,三五里外横了一条小河。成立志跳下来,拎了两盒太原果点,一包洋火,看着哗哗作响的溪水,说等我吧。

成立志沿了一架二三尺的石板桥,向对面的一溜儿窑洞走去。一年前他来过一次,科举废除后,席先生的乡野教授便失了业,一步也不离开柏山了。他不迷信神仙,每天早晨上山徜徉在东岳庙,只为欣赏那儿的风景。

一棵楝树下,秋风里绸密的树叶,没有丝毫临秋的迹象。日头不偏不倚,掠晃在石桌上,一册打开的线装书,褪色里早失了墨香。依旧戴着石头镜的席先生,结着夏布马褂,仔细越来越近的人影儿。

席先生。

听了叫声,席先生笑了。

你怎么来了?"哦"正打算去古县找你呢。

果点和洋火放石桌上,接过席先生递给的芭蕉扇,成立志摇两下说,席先生,您老人家身子骨,还这么硬朗。

席先生说,一天不如一天了。

成立志说，您找我有事。

席先生笑说，好事。

成立志苦涩地说，好事，眼跟前这一关难过了。席先生，您没发现"哦"头上少了啥，多了啥？

席先生问，少啥了？

辫子。

席先生扯掉成立志的裹头布，愣住了。披散的头发，连一条狗尾巴也扎不起了。盯着学生沮丧的模样，问咋回事？

太原来了革命党，逮谁都剪辫子。成立志说，先生，大清完了。太原大街上张贴的告示说，宣统退位了。

半天，席先生一声叹息道，这么说又赶上改朝换代了？那辫子剪掉剪掉吧，不可惜。江山易主，这辫子早晚都要剪掉。

成立志问，您老人家说，这革命党跟大清有啥不同，他们是干什么的？这么大一个大清，怎么说完就完了呢？

席先生默坐不响。

唉！您老人家说话呵？

看着焦急的成立志，席先生说，知为知之，不知为不知，"哦"怎么告诉你呵？废除科举，那是千年的仕途正道，仅见大清王气尽了。天总要变的，多半会越变越好，也多半是那些留洋读书的人，闹的什么革命党。洋人那么发达，虽然缺乏礼化，效仿他们不是坏事儿。革命了好！

革命了好？成立志问，都革谁的命呵？

席先生说，自然是清廷和那些官宦的命。不管怎么说，革不到"哦"这个老学究头上，也革不到你这个皮货客头上。

成立志说，我还是不明白。

席先生说，那你就糊涂着吧。等革命党进了县城，听了他们的主张，你就明白了。郑板桥讲得好呵，难得糊涂！

成立志笑了。问您老人家，不会是糊涂了一辈子吧？

席先生说，还是糊涂了好。年轻时候"哦"乡试落第后，原本打算去平遥的一家钱庄"熬相公"的，那东家满口答应。"哦"放不下秀才架子，割舍仕途功名，半路又返回了蒲县。不是人家误"哦"，而是"哦"误了"个自"。"哦"有一学友，去了乔家"日升昌"，不但"熬相公"学成了，还做了一家分号的掌柜，一年拿几百两银子。你说多少学问值一两银子，"哦"这也叫明白？

成立志说，先生，学问归学问，银子归银子，不是一码事儿。在蒲县您是德高望重的人，多少银子能买去您的学养呵？您老人家也算是糊涂人了，塬上还有几个明白人呢？"哦"记得您讲过的那句话，人这辈子，顶重要的是明白。今儿原本没打算来看您，为了弄明白革命党咋回事儿，折了这么个弯子。

不管是明白是糊涂，革命党的话题打住了，明白不了糊涂了吧。席先生说，还是说你"个自"的事儿。

成立志说，"哦""个自"啥事儿？

又犯糊涂了。席先生说，你也算是小出息了，该成家立业了。"哦"有一家亲戚，住在克城街上，很本分的庄稼人，跟你也算门当户对。闺女"哦"见过，善良勤俭，人不但秀气，三寸金莲在克城名气大了，家教好呵！前一阵"哦"那表侄来看"哦"，牵红线头一回做月老。只要你点头，"哦"就为"你些"择一喜期。

成立志说，先生，您就让我看她一眼，再说话好不好。

席先生说，掀了盖头，还不由你去看。

成立志苦涩地说，先生，就看一眼。

席先生笑了，半天说，"哦"找不出借口呵。

成立志问，亲戚多嘛？

席先生说，在克城也算大姓，族人有几百口。

成立志点头，看着席先生等话。

席先生递给他一碗茶，"个自"又呷一小口儿，咂嘴儿说，你把这包洋火带克城去，回古县也算顺路。另外我写一封信，满意信交给人家,不满意你就揣回去。彼此都见一面也好,省得掀了盖头后悔。

成立志笑了,说先生,"哦"听您的。

席先生很快写好了一封信,成立志想看,他笑着封了信封,叮嘱说不是你看的,就不要看。就说那洋火,是我托你带给他的。"哦"那表侄呵,是一个明理人,遇事儿不糊涂。记住了,进克城西面第三胡同,东数第三家。

成立志收了信说,记住了。先生,"哦"磕头谢您了。

用不着。席先生说,随缘吧。

成立志说,先生,您还有安排嘛?

席先生笑说,你这么明白,就少了安排。

成立志揖手走了。

马车驶出县城北门,迎面的秋风拂去了成立志一脸阴云,失去辫子的懊丧风扬去了。倚着行囊躺在车箱里,吼起了五音不全的蒲剧。"刘玄德黄鹤楼观风景,大江东浪滔滔……"车夫回头问,掌柜的,你高兴劲儿哪来的?绕这么远的道儿,克城你有亲戚呵?成立志说"哦"咋不高兴,不就一根辫子嘛,一年半载又长出根儿。太原丢辫子的人多了,也没见都寻死。革命党手里的后膛七响洋枪,把朝廷都赶下台了,要辫子不要命,一枪打你几个窟窿。辫子剪了还长,人死了还能还魂呵?

车夫说,咱在克城逛逛,天黑了再回。

成立志说,这个主意好。摸黑回去,这裹头布用不着了。

在县城的大东关玉丰泉染坊,成立志扯了三丈黑布,三丈染花布。一包洋火轻了,席先生牵这根红线,八九不离十了。他相信席先生,唯一令他置疑的是,席先生老去了,不了解山外的事情了。

那匹黑骡子跑得很欢,成立志的戏文越唱越响亮。

宣统三年,大清最后一个腊月,成立志迎娶了克城镇有着三寸金莲美名的姑娘。据说是北塬最隆重的婚礼之一,唱了三台蒲剧,花轿古乐流水席,热闹一直延伸到翌日半夜。款待了百余桌,花掉了十亩地。

新婚不久,成立志又回到了古县的皮货铺。那时候的女人,很少有抛头露面的,新媳妇自然留在了仁义村。辛亥革命后的古县,没有太大的变化,知县改为知事,陌生的民国旗,只在古县晃一下,不见了。有剪掉辫子的男人,也有留辫子的男人,待字闺阁的女子,依旧沿袭着裹脚的习俗。令北塬人能够感受革命气息的,是少数的光葫芦头和偶尔来古县讲演革命的洋学生。

成怀珠和成怀德,在五年内相继出生,又相继长大了。有着传统小农意识的成立志,并没有让儿子继承父业的迹象,先做了儿子的启蒙老师,到了入学年龄后,送儿子进了古县的高等小学。等他们读完初小的课程,中文外他已经不能胜任做一个辅导老师了。民国十二年,他尊敬的席老先生死了,他专程去参加了老夫子的葬礼。去了很多学生,全是没出息的学生。回来告诫儿子说,不希望他们有老夫子的学问,但一定要有出息。一个人不能出人头地,有老夫子学问跟没有一样。

儿子问,席先生的学问有多深?

老子说,比大海都深。

民国十五年,成怀珠高小毕业,仅五人参加县城的中学考试。由古县的高等小学的老师带他们去参加会考。两场考试后,他们在城关住一宿,第二天的下午,公布会考的结果。成怀珠榜上有名,古县参加会考的五名学生,录取了两名。

那一年成怀珠15岁。

那时候蒲县最高学府是北关公办模范学校或国民学校,高小教育课程。读初中必须去临汾或太原。参加会考前,成立志叮嘱带队的老师,录取后一定报太原国立第一中学。因为成立志去过那所学校,在他的认识中,太原国立第一中学是山西最好的中学。从那所学校出来的学生,有无限的前程。

春节前,收到了太原国立第一中学的录取通知书。

成立志在塬上燃放了一挂1000响的鞭炮,窑前的院子里摆宴庆贺。蝎子沟里所有成姓族人都来了,读中学差不多等于中了秀才,是北塬少有的成就。

第一个请来的是成家大爷和哥哥成福堂。成家大爷的孙子也读书,但只读了初小,和老子一样笨。坐在柴桌前的成家大爷,牵着成怀珠的手,感慨道,好孙子,去了太原,用功读书。给成家争个金面子回来。

正月正,看龙灯。

十五这一天,看过古县的旱船高跷,二鬼摔跤的社火。晨曦时分,一辆马车在北塬南去。麦田里覆盖着厚厚的积雪,初春的风,依旧冷冽刺骨。天空闪烁着寒星,在白昼到来前,作着最后的挣扎。躺在皮子上的成怀珠,在朦胧的光辉里,听着远村的犬吠,思绪飞扬在无边无际的星空。身下软软的兽皮,有花面狐、金钱豹、狼、野猪、青羊、梅花鹿等。他不感觉那铁皮轱辘的颠晃,只在暖暖的皮毛间,在车轮滚动出的生硬的木质响声里,萌生出星空一样无边无际的幻象。那遥远的太原,陌生的山外世界,对于一个15岁的少年,充满了好奇和梦想。

那差不多是积储了一冬的皮货,进入腊月成立志还没有装车去临汾或太原的打算。儿子太原读书的事儿,似是在他的预料中,可以省却一趟往返。因为雇一辆马车,是一车皮货的三分之一。腊月和正月皮货的差价仅是六分之一。他揣手坐在车辕上,在细碎的马蹄声里,一脸的骄傲。他回头看一眼躺在皮毛间的儿子,那遥远的太原,对一个精明的中年男人,充满了惶恐和期待。

太原是他最远的人生之旅,他从来没有想过太原外的世界,在他的认知中,繁华的帝京北平或无法想象的南方的南京,不是他的世界。古县读完高小的儿子,可以到太原去,在太原读完中学的儿子,又该到哪儿去呢?

这是成立志从来没有的困惑,他迷茫地听着马蹄声,他没有为自己,也没有为儿子,设想过太原外的世界。

摇晃在车上的成怀珠睡去了,他不会去想太原外的世界,因为新文化新思想对于充满憧憬的少年像太原外的世界一样的陌生。

第三天的抵暮时分,马车驶进了太原的南城门,当值的士兵在瓦剌的电灯下准备关城门了。成怀珠拉着父亲的手问,那贼亮的东西就是电灯嘛?成立志说,电灯。太原城的新东西多了。

掌柜的,住哪家店?车夫问。

老盛昌。成立志说。

马车沿了大街北去。

父子并肩坐在车上,成立志说,这条街叫平阳大街,前头十字路口西去,那条南北街叫晋祠大街,太原一中就在那条街上,咱就住那条街上。学校门口走了多少回,那些洋学生呵都穿校服、洋衣裳。想不到"哦"的儿子,也成了洋学生。

成怀珠问,学校大嘛?

成立志笑说,等住了店,吃过"黑喽饭","哦"带你瞅一眼去。你想吃啥?羊肉泡馍,还是咱山西的"角子"?

成怀珠说,羊肉泡馍。

车夫说,洋学生,一个人撂太原了,想家不。

成怀珠摇头说,不知道。

成立志说,娃听话,不想。千里来太原读书,是为了前程。有一句说得好,少壮工夫老始成。不为了前程,咱来太原为甚?

成怀珠点头说,爹,"哦"知道。

几个拐弯儿,到了晋祠大街。街灯下的行人、洋车、小汽车,电灯下的商铺酒店,留声机里嗲哑哑的唱歌,穿旗袍烫卷发的女人,熙熙攘攘的街景,看得成怀珠眼花。他拉紧父亲的衣襟,小心翼翼地窥视着这个陌生的世界。

老盛昌是一家中等的客栈,食宿外还有一间澡堂子。虽是旧了,字号老了,多半是固定的房客。马车牵进院子,掌柜的迎来作揖应酬,彼此似是老朋友。

成掌柜,您这皮子,怎么年前不拉来呵? 卖好价钱呵。

胡掌柜,新年好,给您拜年了。成立志牵着儿子的手说,是儿子要来太原读书,年后一趟来了。

恭喜您了。胡掌柜高兴地拍着成怀珠的皮帽子。公子考上了哪所学校,来太原读书不容易。瞧这聪明劲儿。

成立志笑说,是省立太原一中。

胡掌柜说,那可是省城最好的中学。用功读书吧,从太原一中出来的洋学生,都不白给,个顶个的出息。

成立志说,胡掌柜,借您吉言。往后呵,麻烦您多关照。这人生地疏的,留娃一个人在这儿,不放心不是。

胡掌柜说,成掌柜,那还不应该呵,咱们呵,都快二十年的朋友了吧? 其实也没啥,在太原读书的乡下人,多去了。

成立志揖手说,胡掌柜,谢您了。

羊肉泡馍饱了肚子,成怀珠一身的热气,牵了父亲的手,在路灯下走着。大街两侧遗存着繁华的痕迹,商辅的屋檐下,偶尔有几盏未摘下的灯笼,但多半是绣球灯或宫灯了。天气似是比北塬还冷,却不减一丝的繁华,车水马龙一如白昼。成立志叫住一个卖冰糖葫芦的,说来一串儿。

那老头递给成怀珠一串,成怀珠接了,山楂上似是结了一层冰。他咬一口冰糖葫芦,说酸。山楂在北塬很多,拿去做冰糖葫芦的却少。成立志笑了,说这山楂呵,没准儿是北塬的山楂。成怀珠咂嘴儿,愣住了。

一串冰糖葫芦没吃完,成立志突然站住了,说这就是太原一中。成怀珠站在那儿不动,因未开学,唯有学校的深处隐约点着几盏灯火。他伸手去碰触一下大门,那铁质的冰凉,跟他习惯的木质,有另类的异样。他挪两步仔细看校牌,黑底金字,落款竟是山西军政主官阎锡山。

半天,成立志说,娃子,走了。

成怀珠伫立在那儿不动,未来的几年,这所带给他梦想的学校和陌生的太原,将是他生命的组成部分。憧憬外同样也充满了惶恐,一个从未走出北塬的乡下少年,怎么才能适应省城的繁华和接受新文化新思想的教育。

翌日,卖掉皮货返回老盛昌的成立志,背着黑布褡裢,带着焦急的儿子,匆匆去了学校。入学的新生,约有200人,交学费进校舍,仅用了一个钟点。放下行李宿舍又进来一个学生。成立志笑问进来的人,你哪姓。

临汾。

听了学生的回答,成立志又问,叫啥?

杨兴仁。

他叫成怀珠,蒲县的。成立志说,住一间房子,那就是缘分。同学赛兄弟,相互照顾,一块儿努力学习。毕业了,也是好朋友,亲兄弟。来,你们两个拉拉手,算是认识了,也算是小老乡。

两个人腼腆地拉了手。

成怀珠问,分几班了?

杨兴仁回答,三班。

成怀珠说,一个班。

杨兴仁问,来几天了?

成立志打断了他们的话,笑说,往后你们小兄弟,有工夫亲热。你见过你们老师了吧? 啥样一个人?

杨兴仁说,见过了。林老师,三十多岁,教中文。瘦高个儿,戴眼镜,很斯文,不喜欢说话。

成立志说,我带怀珠见他去,新学校虽说不兴磕头拜师,礼节不能少。今儿不上课,回头呵,你们小兄弟,街上玩去。

杨兴仁说，怀珠，我在宿舍等你。

问了半天，站在了林老师住的门口儿，成立志趴在玻璃窗上往里瞅，林老师正在翻看新生的花名册。成立志转身又站在门口，小心翼翼地叫一声林老师。

林老师抬头，看着戴瓜皮帽的男人，问是学生家长吧？

成立志哈着腰点头，又叫了一声林老师。

进来吧。

成立志牵了儿子的手，进了办公室。

林老师问，叫啥名字。

成怀珠。

林老师笑说，从蒲县来吧？十五岁，会考成绩临汾行署第三名。来到省立一中，你就排三十三名了。

成立志说，林老师，您多教导。

林老师问，你干啥职业？

农民。成立志一面回答，一面从褡裢里掏出一张花面狐皮子放在课桌上，讪笑说，林老师，给您添麻烦了。娃不懂事儿，您当"个自"娃管教。乡下人没啥稀罕东西，窑里熟的皮子。

乡下多不容易呵，供养一个学生困难。林老师说，东西带回去，成同学我会约束他学习。穷人家的孩子，晓得用功。

林老师，您不收下，我这心里难过下了。成立志说，一张皮子在乡下不稀罕，也不值钱，你得收下。

林老师看一眼父子，半天说，我收了。孩子送到学校，你就放心回吧。有啥困难，直管给老师说。

成立志松了一口说，记住老师的话了？

成怀珠说，记住了。谢谢林老师。

出了门口，成立志说，这个林老师，是个好人，也像是一个有学问的老师。娃呵，咱是乡下人，跟城里的洋学生啥都不比，比学习。那学问装肚子里，才是真本事。背了空书包来，咱得背一书包书本回去。

嗯。

听老师的话。师徒如父子,尊敬人家老师。太原不比北塬,两眼漆黑少亲戚朋友,处处当心,更不能逞强。凡事呵都退一步,万事都海阔天空了。那林老师不是说了嘛,怕还不知第三十三名呢。这头一学期进入前十名,老师看得起了,同学们也刮目相看。争口气。

嗯。

"个自"少说话,多听人家说。遇事多给老师说,老师那儿公道。不想家,放暑假了,"哦"来接你。

嗯。

北塬来省城读书的洋学生,就你一个。那塬上的光彩,不算光彩,太原也光彩了,才叫光彩。我们家都有不服输的劲头,过几年你弟也来省城读书了,卖光了那三百亩田地,也要供你们兄弟俩读书。

成怀珠眼睛潮湿,不响。

呆学校里少出来,外面乱。虽说民国十五年了,离太平还远呢。

成怀珠频频点头。

第二章

成怀珠在省城太原求学的日子

民国十八年的高中会考,对于成怀珠释放了三年的压抑,也为中学学期,画上了一个圆满的句号。站在晋祠大街上,长长地舒了一口气。他对第二次会考,充满了自信。因为毕业考试的成绩,他和杨兴仁都名列前五名。三年的读书过程,太原和三年前一样的陌生。只是对这座繁华的北方重镇,少了最初的好奇,多了几分留恋。不断接受的新文化新思想,给了他梦想的方向。

不管是枯燥的课程,或是充满火一样热情的《新青年》杂志,在1929年的寒风里和炮仗不断的响声里,都在猝然的放松里,暂时离开了他们。和太原人一样,分享着晋祠大街的繁华,临近新年的快乐。在熙熙攘攘的大街,脚步那样的从容,那样的轻快。

你去过晋祠嘛? 杨兴仁突然问。

没去过。成怀珠回答。又迷惘地问,晋祠在哪儿?

不知道。杨兴仁说,我们去晋祠吧,新学期开学后,想去也没时间了。听说晋祠是太原最热闹的地方,临近新年了,不是会期胜似会期。

去晋祠。成怀珠兴冲冲地说,等回了北塬,有人问省城哪儿最热闹,晋祠在哪儿都不知道,还不白在太原读了几年书。

杨兴仁又问,你说我们去晋祠,看什么呵? 我关心的不是晋祠,是林老师。未来的高中老师,会跟他一样好人品,一样好学问嘛?

可能。成怀珠说,他们都不是从前的私塾先生,省立一中的都差不到哪儿去。听父亲讲,教他的私塾先生,差不多情同父子了。病逝后去了很多学生,哀荣成为不衰的话题。你春节回临汾嘛?

杨兴仁摇头说,不回。这来来往往的折腾,时间都搭在路上了。你准备回呵? 在乡下过年,没意思。

半月前父亲来信,说要接我回北塬过年,我想回去,又怕路上耽误时间,回信说不让接我。成怀珠说,三年没回了,我想回去。

杨兴仁说,我也想家。

成怀珠说,再等三年吧。父亲说读书比"熬相公"强多了,也比"熬相公"有前程。读完大学呵,我就在太原谋一职业。

我可不想一辈子留在太原,这儿太小了。杨兴仁雄心勃勃地说,有识之士都云集南京、上海或北平。我们应该到那儿去。

成怀珠盯着杨兴仁不响。

问清了去晋祠的路线,两个人在充满喜庆的氛围中,东张西望地去晋祠。刚过前面的街口,突然有人叫他们,找了半天,是同学田安涛。

你们这是去哪儿呵? 田安涛问。

游晋祠去。成怀珠说,安涛,我们一块儿去吧?

田安涛说,晋祠有什么好玩的,我带你们去一个地方。

杨兴仁笑问,还有比晋祠好玩的地方?

不是好玩的地方,但是一个崭新的新世界。田安涛说,一家专营新书的书屋,新文化运动以来所有的进步作家的著作,包括翻译的外国作品那儿都有。

成怀珠问,有这样的书屋呵?

田安涛说,我带你们去,让你们理解什么是真正的革命。中国需要的不是阎锡山这样的革命,三民主义的革命固然进步,但比起马克思列宁的革命,也落后了。那些著作可以帮助我们清楚地了解世界。

二人面面相觑,课外读物他们只接触过《新青年》等一些杂志,那些进步作家的书籍和外国文学的翻译本,从未接触过。在校园内多半是禁书,有被开除之嫌。他们毫不犹豫地跟了田安涛去了解一个陌生的世界。

书屋坐落在一条背街上,不大,仅有三间房。和学校图书室一样的老书架,却码满了新书。老板是一个30出头的年轻人,瘦高个儿,戴一副眼镜,猛看上去跟林老师差不多。也是山西口音,远比林老师有朝气。田安涛跟他打招呼的模样,像是老朋友,尊敬地叫一声曹老师。回头告诉他们,说这位曹老板,是燕京大学毕业。

曹老板正在翻看一本书,扶正了近视镜,说是田同学呵,会考结束了?成绩一定很不错吧?完成学业很重要。

结束了。田安涛说,我的成绩可不如他们两个,但录取没问题。这样一个学校,留下来没啥意义了。

欢迎你们来书屋。曹老板说,青年人要有进步的思想,才能客观地认识这个世界。自我介绍一下。

我叫成怀珠。

我叫杨兴仁。

田安涛说,他们都来自临汾。年级成绩前十名。曹老师,新学期开学前,正是自由读书的时间,给他们介绍几册读物吧。

曹老板笑说,中学生多半都喜爱新诗,这是普遍性。虽说新文化运动提倡了白话文,古典文学也不能放弃,连胡适、郭沫若、鲁迅也不反对读唐诗宋词。我向你们介绍先读一些新文化运动以来的那些进步作家的新诗,而后再读鲁迅、茅盾的小说,比较适合你们。至于那些古典文学,可以先往后放一放。

成怀珠问,曹老师,那我们先读哪一位作家的新诗呢?

曹老板引领他们,踱到书架前,说这一栏都是新诗,随便翻一翻,自由选择。不管是哪一位作家,对你们都有所帮助。这个世界太乱了,唯有读书救国,为中华民族的崛起奋发读书。也唯有进步的书籍,可以帮助我们,改变世界观。

田安涛为他们搬来了凳子，面对一个陌生的知识世界，他们显而易见地迷茫了。伸手去又缩了回来。犹豫半天，终是胡乱取下一册书。

书屋外面没有街灯，往远处眺望，才能看到朦胧的初上的灯火。跳跃在纸张上的诗句，终是模糊。揉搓着酸涩的眼睛，心里澎湃着青春的激情，依恋地放下书。送到点亮美孚灯的曹老板跟前，也点亮了他们的世界。

曹老板笑问，有收获吧？

他们点头，说多少钱？

曹老板说，那上面有定价。

看过定价，付过钱。成怀珠说，曹老师，谢谢您。

曹老板说，不客气。下次再来。不买也没关系，可以借阅。但有一个条件，必须爱护书籍，无损。

那太好了。杨兴仁说，谢谢您。

曹老板说，早回学校，外面不安全。

出了书屋，三个人疯狂地奔跑起来。气喘吁吁地站在晋祠大街上，街灯异样的明亮，夜色中空气异样的清新。只经过了一个短暂的下午，眼前的世界改变了，内心澎湃着激情，热血沸腾了。原来在这个他们熟悉的世界，还有一个完美的陌生世界，带给了他们新的理想，新的方向。回头去看身后的世界，那样的黑暗。在这个一切都充满新鲜的世界，他们无法抑制激动，也凝结飞翔的憧憬。在腊月将近的冬天，他们寻找到了春天一样的温暖。那迟到的新文化的气息，改变了他们未来的生命历程。

田安涛，你为什么不早带我们来呵？成怀珠推搡田安涛一把，不满地说，不够朋友，这么好的书，不让同学分享。

我也是刚知道不久。田安涛诡秘地说，太原不同于北平、南京，没有新文化新思想存在的地方。这种事情不能随便讲，更不宜传播，曹老板是一个好人，万一被当局查封，我们不是害了人家嘛。

杨兴仁说,有这么严重嘛?没有新文化新科学,人类还能进步嘛?阎老西拥护倡导三民主义,拒绝新文化新科学,算什么革命。

挂羊头卖狗肉,军阀割据什么样的人没有。田安涛说,阎老西是一个彻头彻尾的顽固派,土皇帝。

曹老板冒险为我们带来那些进步书籍,多不容易呵!成怀珠说,我们还是守口如瓶,别害了人家。

田安涛说,怀珠这么一说,我就放心了。改变太原的封闭环境,曹老板带来的那些新文化,还远远不够,要靠同学们的努力。发动一次有影响的学生运动,唤醒所有的山西人,摆脱这个旧势力的束缚。

成怀珠说,像五四运动那样的运动,震惊全中国,迎来山西自由的空气,当然充满了新文化新科学和三民主义的平等博爱,一个崭新的山西,欣欣向荣的新山西。算我一个参加爱国的学生运动。

杨兴仁说,我也参加。

田安涛说,等着吧,会有那一天的。我们买的这个进步读物,不仅自己读,还要在同学中间传阅,让更多的人和我们一样有一个新的选择。只有这样中国才有希望,民族才有振兴的希望。

成怀珠说,你讲出的话,怎么都是那样新呵?

田安涛说,进步书籍读多了,再读一些进步外文译本,视野开阔了,以后你们和我一样。因为知识改变了我们的世界观,帮助我们客观地认识了这个世界。

成怀珠感慨地说,想不到,我们面前竟然有两个世界,那样截然不同的两个世界。我们为什么不选择一个新世界呢?

杨兴仁说,假如人人都读这些进步书籍,我想太原就会多一些民主之风,多一些光明,少一些黑暗。

田安涛说,觉悟的这一天不会太远。

成怀珠突然提议道,喝酒去,这个世界突然在我们面前清明了,不值得庆贺吗?就喝咱们山西的老汾酒。

田安涛说，我们释放一下，三年了，不仅中学毕业了，我们还找到了努力的方向，为民族为之奋斗的目标。

杨兴仁说，真想去北平，亲身感受一下新文化的气息！

他们相拥着走进一家小酒馆，要了一瓶老汾酒，四碟菜。斟酒的动作有些生疏，小呷一口又为辛辣咧嘴巴。但他们又作坚强和勇敢，似是为了光明的世界，那样的无所谓。末了，一瓶汾酒把他们全放倒了。

冷清的街灯回映出他们长长的背影，相互挎着肩膀，东倒西歪吼着五音不全的歌儿，大步向前迈去。

第三章
革命使成怀珠离开了学校

　　第二天成怀珠接到了父亲的来信,希望他回家过年。差不多同时,在临汾读中学的弟弟成怀德,也来信期望他回北塬团聚。成怀珠给弟弟邮寄了几期《新青年》杂志,鼓励他刻苦学习。给父亲回信说交通不便,往返浪费了很多读书的时间,读完高中一年级后的明年春节,再回家过年。或许没有曹老板,他是抵不住故土的诱惑的,极有可能与杨兴仁结伴回乡了。曹老板那儿汪洋一样的新文化新思想,彻底打消了他回家过年的欲望。来太原第一年的春节,因对北塬对亲人的思念,他哭了。第三年他已习惯了,学校的学习环境,思念虽依然存在,却不会再流眼泪。因为在北塬,没有曹老板那样的书屋,读不到那些进步书刊。北塬只给了他家和根的概念,却不能给他新的梦想。

　　这一年的春节,和前两次春节一样,在愉快的读书流光里度过,却是最快乐的春节。那浸淫在新文化中的痴迷,令他那样的陶醉,无所谓严寒的侵扰了。大年初一的夜晚,被鞭炮声包围的成怀珠给父亲写了一封信,说他正在触摸一个新世界。假若那个世界有到来的那一天,北塬四季都会绽开鲜花。

　　正月十五的前一天,成立志收到了儿子的这封信。背着褡裢的邮差,站在塬上大喊,声音刚出口儿,又被烈烈作响的北风掠去。半天窑里察觉出了动静,抱着皮袄的成立志站在庭院里大声问,有事嘛?

邮差举起信封,在风里摇晃。

成立志爬上塬去,那羊肠道上积着残雪,张扬着去春的枯草。那邮差是一个瘸子,下沟上沟不方便。民国伊始就在古县干邮差,是北塬人都熟悉的老邮差。县里的邮局给他几袋粮食,收信的人送他盐巴或鸡蛋或管一次饭。

你家大公子来信了。老邮差递信说。

成立志接了信,拆开了看。半天,一脸迷茫地絮语,他怎么说这样的糊涂话呵,不是生病了吧?

老邮差问,没事吧?

成立志不响,踩了积雪,小心翼翼地下沟去。

半天,端一瓢鸡蛋出了窑,爬上塬来,冲老邮差笑说,谢您了。这么大的冷天,道又不好走,累你跑一趟。

那老邮差一面捡了鸡蛋往褡裢里放,一面说没啥。这不光是营生,一封信关系大了。塬上的信也不多,成掌柜,没信寄吧?

成立志说,没信。

塬上掠过的一阵西北风,裹着碎雪扑过来。成立志拿皮袄袖子遮眼,睁开眼那踽踽在塬上的老邮差,似是被雪裹去了,没了踪影。老邮差的到来,突然令他充满了惆怅,伫立半天,慢腾腾地挪下沟去。

成怀德看着进窑的父亲,丢下那封信说,我也没看懂,不晓得大哥说什么。怎么还有另一个世界呵,他就是为了那个世界,不回家的。

成立志迷茫地问,老二,那是一个什么样的世界呵?

成怀德摇头说,不知道。

成立志又问,你在临汾没听说过?

没有。成怀德说,不听他瞎说,太原也不在外国,怎么会有另一个世界呢。那是他一个人在太原冷清,想家想疯了,胡说。

不会。成立志肯定地说,字里行间没一句胡话,这个世界肯定存在。太原毕竟是太原,什么希奇古怪的事儿都会发生。我去太原看一看,弄明白了老大说的到底是一个什么样的世界。总悬着一颗心,不是滋味儿。

多事了。成怀德说,大哥长大了,能够分辨出良莠。真要去问他,怕是他也回答不出有什么另一个世界。肯定是他遭遇了什么,虚幻出一个不存在的世界。一个中学生必然的奇思妙想,你还真当回事儿呵?

我没法不当回事儿。成立志说,太原太大也乱,出了啥差错,谁替我们说一句话呵?老二,你记住了,不管什么样的世界,跟我们都没有关系。读好书,光宗耀祖,那才是我们的本分。我是一辈子离不开北塬了,你们要离开北塬,帮助你们离开北塬的,唯有知识了。我给不了你们飞出北塬的翅膀,知识却能给你们,飞得更高更远的翅膀。我这话说的没错呵,因为咱是穷人。

半天,成怀德说,我知道。大哥那是做梦,你读私塾的时候,不是也做过梦嘛?一会儿的工夫,醒了什么都没有了。

成立志突然笑了,说也许是吧。

你们说啥"哦"也不懂,可"哦"想老大。

成怀德回头去,看着母亲的眼泪扑哧掉落下来,掩面呜咽。

你哭啥?成立志说,咱那儿子是去读书,不是充军,更不是犯了王法。娃们不读书,哪儿来的出息。

"哦"这心里呵,也明镜似的,就是忍不住想他。一个人在外面,这大年节的过得多冷清呵,吃啥……

成怀德听着母亲的呜咽,坐在炕上缄默。

成立志吧唧着旱烟,艾蒿烟杆儿翘着,湿润的双眼似是受了烟醺,或是女人呜咽的诱惑,只眨了一下,便挤出了泪花。他弄不明白,儿子说的那个世界,是不是陶渊明的桃花源。但一个缺乏阅历的青年,还没有太多的生活磨砺和感慨,这个陌生的世界,只会对他充满无限的向往,而不是选择逃避。他突然想起那些留洋归来的学生,儿子所讲的那个世界,多半是渡海留洋。想到这儿他笑了,对于儿子那只能是一个梦想,他甚至从来没有这样的梦想。因为他经营皮货,还供不起儿子留洋。

他舒坦地吐着蓝烟,不劝依旧呜咽的女人。不管儿子走到哪儿,母亲的心一步步跟着,她用不着明白太多的道理。

糊涂在儿子另一个新世界中的成立志,不知道对这个新世界充满憧憬的儿子,和他一样的一塌糊涂。成怀珠不知道在那封家书中自然流露出的那个新世界,令父亲费了许多的脑筋、惶恐和担忧。当他看到父亲如履薄冰的回信内容,已经走进了那个世界,新学期的开学,差不多三周了。

成怀珠惊讶地不是父亲的反响,而是高一年级的新班主任,竟然是他们熟悉的曹老板。第一节课走上讲台的曹老板,抱了教科书,说同学们好? 我叫曹良铭,是你们高一学期的班主任,国文教师。我也是一个山西人,从燕京毕业后,在北平漂泊了几年,还是回来了。高中三年的读书经历是进入大学的必然阶梯,我期望同学到北平去,到南京、上海去,接受良好的高等教育,更客观地认识世界,为中华民族的崛起,为捍卫国土的完整作好准备。当然也包括为民族献身的精神。教室里掌声似海。

同学们,现在我讲第一课……

随着这一年最后的一声蝉唱,新文化的精神在太原省立一中得到了广泛的传播,一改昔日暮气沉沉的校风。那些进步读物和曹老师传播的新思想,已经在校园内公开。曹良铭的讲课备受同学们欢迎,也最为同学们敬爱。

三年级有一个叫赵福安的同学,他的父亲是山西省政府教育厅的主要官员。赵福安在学校成绩很差,自己不读书,和一帮纨绔子弟结伙,欺负殴打同学。搜集一些进步书籍,交给了他的父亲。于是他父亲便向太原教育局和校方施加压力,要求搜缴进步读物,开除曹良铭和一些进步学生。

校园内的空气在秋风里突然紧张起来。

上午杨兴仁、田安涛、成怀珠和高二二班的几个同学，在校舍里密谋，针对学校的决定，筹划抗议和报复。并由成怀珠、杨兴仁负责组织几个同学，在赵福安回家的途中，教训一下这个纨绔子弟。

刚议定行动，一个同学突然把田安涛叫去了，说曹老师叫他。田安涛问，校方张贴了处分的布告了？那同学说还没有。田安涛说，那就不晚。同学们，就这样决定了，各自作好准备吧。这不仅是教训他，也是警告他的老子。

匆匆进了书屋，曹老师示意田安涛去后院，又吩咐雇员注意。而后一面解大衫钮扣，一面进了后院的厢房。田安涛迎着曹老师问，曹老师，您有事？

坐吧。曹良铭脱下大衫，坐了竹椅说，田同学，原定向校方和教育当局实施的罢课抗议取消。局势发展得很快，就在前几天，也就是九月十八号，驻扎在沈阳的日军，公然炮轰沈阳城。以张学良将军为首的东北军，要求抵抗侵略者。蒋介石下令不抵抗。九月十九日，日军占领沈阳。随后继续在东北扩张侵略，东北的锦绣河山，都快要沦于敌手。为了激起全国人民的抗战热情，反对蒋介石的不抵抗政策，要国民政府停止内战，一致抗日。北平、南京、上海、武汉、广州等各地的学生会，决定在明天发动一场反对内战、统一抗战的学生运动。为了配合这场关乎民族存亡的学生运动，和配合师范进步师生的大游行，省立一中和其他学校都要组织学生参加。高二年级的学生，就由你负责组织。这是一场正义的爱国运动，热血青年都要肩负历史责任。

曹老师，我一定组织好二年级的同学，准时参加这场爱国运动。田安涛说，国将不国，热血青年都要求上战场，与鬼子血战到底，誓死不做亡国奴！

有你们这样爱国的热血青年，中华民族决不会亡。曹良铭说，组织好这场学生爱国运动很重要，校方盯得很紧，太原有很多国民党的特务,行动一定要慎密,也要注意安全。太原不比北平,这儿的自由空气太少了。

田安涛说,曹老师,您放心好了。

曹良铭说,时间不多了,去组织吧。游行的标语我来准备,晚些时候你跟杨兴仁、成怀珠同学一块来取。记住了,游行之前一定要把标语发到每一个参加运动的同学手里。当局会阻挠这场运动,要注意自我保护。游行的主要目标除省政府外,其次是日本驻太原领事馆和中央军总部。具体行动撤离事宜,有师范的学生会统一负责。参与游行的各学校,不得擅自行动和撤离。

田安涛说,明白了。

曹良铭说,那就这样吧。

田安涛用最快的速度回到了学校,与杨兴仁、成怀珠汇合后,分头通知各班的学生会负责同学,晚自习间碰头。

省立一中校内,月亮秋爽,明亮的教室,朦胧的操场,无声无息的自习,和往常一样的静谧。临近结束时候,各班学生会的负责同学在廊道内简单地碰头,田安涛问,课外作业都收上来了?看见同学们点头,田安涛又说,明天上午上课预备铃声后,一齐到学校大门口汇合,分发标语后,沿晋祠大街北去,与师范的老大哥汇合。所有的行动和撤离的时间,由师范同学会具体负责。都听清楚了嘛?

听清楚了。

十几个人散开后,跟了下学的同学回宿舍作下一步工作。

田安涛、杨兴仁、成怀珠分头出了学校,而后在距离学校里许的街口汇合。一面走田安涛一面担心地问,不会出差错吧?

成怀珠说,不会。各班学生会的负责同学和所有的同学,听到"九一八"事变后,都义愤填膺,热血沸腾,都有爱国报国的情怀。

杨兴仁说,为什么不跟鬼子干一仗,把他们打回日本去。

田安涛说,曹老师说是蒋介石的不抵抗政策误国。此时此刻是中华民族最需要我们的时候,也是中华民族存亡的危急关头,每一个中国人都要团结起来,反对内战,一致抗日,捍卫民族尊严和国土的完整。

成怀珠说,华夏民族泱泱大国,只要团结起来,抱定牺牲精神,就一定能够打败日本人的侵略。

田安涛说,民族到了最危急关头,学生要拿起武器,到最前线去,跟凶残的侵略者面对面殊死拼杀。用我们的热血,铸成民族的不屈和尊严。马革裹尸自古以来,是多少书生梦想的归宿和荣光呵!

杨兴仁说,民族存亡之际,这书读得还有什么劲呵?我第一个弃笔从戎,上前线去杀敌报国。

田安涛说,曹老师说组织好这场学生爱国运动,就是报国,为抗日做贡献。上前线只要有这样的志向,就一定有报国的途径。

杨兴仁说,我这不是报国心切嘛。

成怀珠说,我跟你一块上前线。

田安涛说,我要坚持读完高中,之后报考军校,学习现代军事,率一劲旅实现杀敌报国的理想。一个国家的强盛,首先是军事强国。

杨兴仁说,等你军校毕业了,日本鬼子也打败了,你那军事还有用嘛?先抗战,等这场卫国战争胜利了,再回学校学习。

田安涛说,这场战争的时间会很长。自日本明治维新后,我们一直处在落后,国内又内战不断,军阀割据四分五裂,至少十年内,不可能结束战争。曹老师说中华民族将陷于无边无际的战火之中,灾难深重呵!

成怀珠说,那就跟日本鬼子血战到底!

杨兴仁说,你这是悲观论,日本虽是军事强国,想完全占领整个中国,那也是妄想。中华民族是不可征服的,不管打到哪一天,最后的胜利一定属于我们。是当局者的无能,酿成更深重的战争灾难。

成怀珠说,曹老师不是讲过嘛,南面的红军是一支抗日的军队。有一支这样的军队,中国就有希望。

嘘！小声点儿。田安涛说，你还忘了，曹老师还讲过，国民党跟共产党势如水火。这个阎老西，也反共。

成怀珠伸了下舌头。

书屋虚掩着门，推开门雇员迎上说，曹先生在后面厢房忙着。一面闩了门，一面又说我带你们去。

摸着黑出了书屋后门，厢房的电灯斜洒在廊檐下。那雇员脚步放得很轻，站在窗前说，曹先生，您约的人来了。

进来吧。

听了里面的话，雇员说同学们，请进。

进了厢房曹良铭手头的毛笔没有停下的意思，一面挥洒着一面说，同学们，都坐吧。大幅标语写好了，小幅也快完了。田同学，组织的怎么样？

田安涛说，曹老师，依照您的布置，先通知了行动，而后与各班的骨干碰了一次头，反应都很积极强烈。明天第一节课的预备铃声响起，在学校大门口汇合，分发标语，沿晋祠大街，与师范大学的队伍汇合。

曹良铭说，准备得很充分，完成得也很好。这次全国性的学生爱国运动是促使当局团结抗战，唤醒民众中华存亡的意识和觉悟，达到全民抗战，抵御外来入侵，保护国土完整，捍卫民族尊严。每一个爱国青年，都应该积极参与这场轰轰隆隆的爱国运动。真的成了亡国奴，什么都完了。

杨兴仁问，曹老师，日本人会越过山海关吗？

曹良铭说，会的。在执政当局不抵抗政策的妥协下，侵略者会很快占领东北全境，而后扩张侵略关内。山西、上海、北平都是首当其冲的战场。东北是满足不了侵略者的野心的，最终目的是亡我中华。

成怀珠说，日本人的野心也太大了，中华民族是不会灭亡的，只要团结起来，我们有信心有力量彻底打败侵略者。

曹良铭说，讲得好！当前中国最需要的就是团结和信心，在民族最危难的关头，我们一定会团结起来，抱定必胜信念。当局的不抵抗政策，也必定遭到四万万同胞的谴责，坚决地反对。这次行动就有这么一句口号，内战亡国，团结必胜！

田安涛问，曹老师，有誓死不做亡国奴嘛？

曹良铭说，有。你们三个要轮番带头，高呼这些口号。

田安涛又问，我们从哪种途径了解这次爱国运动的结果呢？假如遭遇军警镇压，我们应该采取什么样的行动？

半天，曹良铭说，这些事情我没有考虑，但这次大规模的全国学生爱国运动，是正义的有组织的。应对突变事件的措施，我想应该有。这次行动以师范大学为主，他们会随时与我们保持联系，共同应对突发事件。我要求同学们，时刻作好流血被捕的思想准备，为中华民族的存亡，行动中的所有付出，都是值得的。

田安涛说，曹老师，我明白了。

曹良铭说，同学们，还有什么疑问？

三个人说没有了。

曹良铭拿出准备好的纸袋，小心翼翼地装标语，前后装了三个纸袋。安排说路上要小心，不要被军警和校方发现。今晚方便发给同学，要提前发出去。行动前后不要紧张，要团结有序。明天我准时参加。

他们一人拿了一个纸袋。田安涛问老师，您还有安排嘛？

曹良铭说，没有了。同学们，要注意保护自己。

领他们出去的雇员开了门观察街上的动静，返回书屋说，同学们，没有什么异常，你们可以走了。

三个人揣紧了纸袋，靠着墙根儿急走。树叶儿一片片掉落下来，无声无息的柳絮似在灯辉里浅飞。到晋祠大街十字街口，一队巡街的警察叫住了他们。

干什么的？

田安涛回答，省立一中的学生，回学校。

怎么这么晚才回呵？

田安涛说，这位同学生病，给老师请了假，医院里看病刚回来。

揣的甚？

书本。

那警察见他们穿着校服，模样又像学生，挥手说走吧。

走出三五十丈外，田安涛抚了胸口说，吓死我了。

成怀珠说，瞧你那胆儿，他们真要搜呵，我都准备好拔腿就跑了。进了学校他们怕影响，不敢进去搜。等明儿来找人，晚了。这么大的一场爱国运动，警察局还顾上了这么大点儿小事。

杨兴仁说，我的心都快跳出来了。还是怀珠胆儿大。给你起一个"成大胆"的绰号，那是一点儿也不枉。

田安涛看着笑开的成怀珠说，明儿就看你的了。

晨曦时分，成怀珠叫醒邻近宿舍的杨兴仁、田安涛，又逐一敲响宿舍的门窗。十分钟后，他们在田安涛的宿舍汇合。田安涛讲过行动的纪律，之后分发标语。十几个学生会的骨干悄悄分发标语了。

上课的预备铃声敲响了。

老师们在习惯的钟声里，携了教科书按步当车地往教室去。寻常他们是夹杂在学生中间，差不多和学生一块儿进教室。最初他们并没有感到今天的异样，直到一位老师惊呼，学生不进教室，怎么去校门集合呵？

发生了什么事？

当校方企图阻拦的时候，曹良铭和一些进步思想的教员带领千名学生，打着"反对内战，一致抗日，还我东北"的标语，高喊口号冲出校门。在这一刻整个太原沸腾了，师范大学的进步师生已经率先游行，从四面八方汇集的学生汹涌着逼近省政府。此起彼伏的口号，山呼海啸席卷太原。

反对内战，一致抗日！

收复东北,誓死不做亡国奴!

到处是激情澎湃的爱国演讲,宣传单雪片似的飘落太原的每一条街巷。聚集在日本领事馆门前的学生,冲进了领事馆,砸毁玻璃门窗、办公用具。驻太原领事馆的日本官员仓皇逃入省政府,寻求庇护。

热血青年突然爆发出的爱国情怀,震惊了整个太原。

当局出动数千军警,企图驱散学生。师范大学的师生率先与军警抗争。在师范师生勇敢的精神鼓励下,曹良铭带领田安涛、杨兴仁、成怀珠等千余名学生,与镇压爱国运动的军警进行搏斗。最初奉命镇压的军警,在一万多师生的冲击下,节节败退下来。一支骑兵的到来,也带来开枪镇压的命令。

在骑兵肆行无忌的横冲直撞下,游行的队伍乱起来,骤然响起的枪声,倒在血泊中的师生,抓捕去的学生骨干和进步教员,使这场学生爱国运动再也无法坚持和得到有效的组织。其实,面对一个反动的政治当局,在最初酝酿这场学生爱国运动时便注定了悲剧的结果。太原的这场学生运动只坚持了一个上午。

成怀珠和杨兴仁是最早抓捕的一批学生。当成怀珠看到曹良铭被军警殴打抓捕时,他与杨兴仁两班学生联合,试图救回曹良铭。冲在最前面的成怀珠,被一个警察当头猛击一警棍,头破血流,架起来扔到卡车上。

勇敢、正义、不屈的民族精神,为民族存亡的爱国热血,只在风雨欲来的太原上空,昙花一现般狂风暴雨地掠去。但正如遗存在这片热土上沸腾的热血和为国赴难的英灵,震撼着三晋大地,召唤后来者,为民族的解放前赴后继。

成怀珠是警察局第一批释放的学生。迫于社会舆论的压力,当局释放了一批爱国青年,关押了一些共产党嫌疑犯。日本驻太原领事馆又恢复了日常活动。惶恐在战争阴影中的太原人,除了同情那些为国赴难的热血青年外,对这场反对外来的侵略者充满了仇恨,也充满了悲观情绪。

一步迈出牢房的成怀珠，走进阳光里，和身边的同学一样，对铁窗外的自由有从未有过的欲望。那扑面吹来的秋风，令他们异样的沉醉。自由对那些怀带梦想的热血青年，像生命一样重要。

站在大街上，头上的伤口依然隐隐作痛，在成怀珠迷惘的目光里，学校有着家一样的概念，尽管那是一所令他失望的学校。但是除去那个暮气沉沉的学校，在远离故土的异乡，他不会有更好的选择。走出牢房的同学们，他们选择的方向是相同的，那沉重的脚步朝着学校的方向走去，并且渴望在静谧的校园，抚平心头的伤痕。

但他们不知道，在这个陌生的城市，他们再也找不到了家的概念。学校门前的一张公告令他们顿时陷入了困境。他们只能在门房那儿领取行李书包，校方拒绝每一个被开除的学生进入校园半步。他们感觉太原的天空那样的黑暗，那闪烁在人生坐标的理想和信念，在这个天空的回应迷茫地找不到方向。那一腔沸腾的热血，只剩下一声叹息的无奈了。世界给了他们步入社会最残酷的一课。他们不知道该去哪里，故土的根系，在多半人的思想里，突然清晰起来。

第四章

返塬,是在一个朝霞满天的早晨

　　成怀珠最初渴望找到杨兴仁、田安涛。因为他们志同道合,是中学时期最好的朋友。他在学校附近蹲守了三天,也向熟悉的人多方打听,没有任何消息。有人说没有看到过他们,也有人说他们离开了太原。

　　内心充满绝望的成怀珠,暂住到老盛昌客栈,好在胡掌柜是父亲的故交,热情和宽慰令他或多或少减少了痛楚和惆怅。出狱的第一时间,戴眼镜的曹老师成为他唯一的依靠。有同学告诉他,曹老师死了。被警棒重击头颅,狱中失血牺牲了。不光教员,还死了很多爱国学生。

　　但他还是来到了带给他梦想的书屋。曹老师死了,那一屋曾经点亮他人生的进步书籍,也熄火了光辉。

　　远处的街灯,把黑暗留给了孤独的书屋,那曾经的万丈光焰,因为这场腥风血雨,在这座充满黑暗的城市褪去颜色。他默默伫立在黑暗中,所有的记忆和印象都蓦地汹涌而来。戴眼镜的曹老师,在深秋最后的艳阳下,暖洋洋地坐在那里读书。听到敲门声,放下新到的《新青年》或刚出版的进步书籍,优雅地扶了扶眼镜,斯文地迈步,说来了。他们围坐在曹老师身边,听他娓娓讲述新文化新思想和种种不平等的社会现象,军阀统治下的民间疾苦,讲述……美好的幻象,这一切突然被黑暗所吞噬,满面鲜血的曹老师紧攥拳头,表情愤怒,一改书生的斯文,挥动拳头呐喊,砸碎这个旧世界……那是他熟悉的动作,不管是充满感情的课堂,或是课堂外的活动。

他双眼模糊,任由泪水在脸颊纵横。良久,他终于鼓起勇气,敲响了那扇沉重的门。那颤栗的心,渴望听到熟悉亲切的声音。

半天,传出了问话。

是我。成怀珠。

门开了,那雇员盯着成怀珠,又问成同学,有事嘛?

我来看看曹老师。成怀珠说,你不会拒绝吧?

你是曹先生的学生,你来说明你们师生的情谊,我没有理由拒绝。那雇员说,成同学,你请吧。

谢谢你。成怀珠一面说,一面跟进书屋。

雇员关了门,领了他摸着黑往后院去。庭院中成怀珠没有看到熟悉的灯光,漆黑的庭院,漆黑的书房。那窗纸前读书的背影,一丝风扬出来的书香,引得他热泪肆流,忍俊不禁抽噎起来。

书房的电灯亮了。

一脸戚容的雇员,垂头说成同学,你节哀。曹先生为民族而死,为真理正义而死,是民族的骄傲。先生死了,但先生在三晋大地传播的光明,是不会消失的。将唤醒无数的人,为民族存亡抗争。

书桌上摆放着曹良铭的遗像和一册打开的书籍,那静静躺在纸缝的书签,再也不能迎回主人继续阅读了。那镜片背后,一双充满智慧的眼睛,和从前一样的看着他,那流露出的表情,似是有讲不完的话儿。

成怀珠突然匍匐在遗像前,抱头呜咽。

雇员拉他起来,说成同学,你节哀。

成怀珠问,曹老师丧在哪儿?

雇员说,曹先生是榆林人,尸体送回了家乡。膝下三个女儿,仅有一个在读初小,都在幼年,嗷嗷待哺呵!

老师魂归故土,成怀珠或多或少有些安慰,絮语道,老师一路走好,西天有阳关大道,也有桃花源。

雇员问，成同学，回校读书了嘛？

成怀珠摇头说，开除了。

家里知道嘛？雇员又问。

成怀珠不响。

回家吧。雇员说，太原挺乱的，黑暗呵！

成怀珠突然问，书屋还办下去嘛？

不关张。雇员说，过几天我也要离开这儿了，很快会有人来接手书屋。在黑暗的太原，不能没有一丝光明。

成怀珠说，我还会来书屋的。

这间书屋不管谁来接手，他们和曹先生一样，来传播光明的。雇员说，欢迎所有的同学来，和从前一样，这儿是新文化新思想沟通交流的平台。

成怀珠说，我怎么才能留在太原继续读书呢？

雇员说，你可以通过关系，转到其他中学去。对于我们这个灾难深重的民族，报国更需要知识，当然也需要一颗赤子之心。

成怀珠说，你能帮我嘛？

雇员摇头说，明天或后天，我就离开太原了。在这儿你没有亲戚嘛？这个学期你要放弃，明年会宽松一些，再通过进学校。

成怀珠说，你为什么要离开太原呢？

很多事情你不懂，也不便跟你讲明白。雇员苦涩地说，今后你慢慢会明白的。向往一个真正平等自由的新社会新秩序，这个过程很漫长，也很残酷。这需要无畏的牺牲精神，需要不屈不挠的斗争。

成怀珠缄默半天，问先生，您姓什么？

我姓陈。雇员说，和曹先生一样，燕京大学毕业。曹先生是山西人，我是河南人，但我们有共同的理想，那就是彻底改变这个旧世界。

成怀珠惊讶了，说，陈先生谢您了。

陈先生说，成同学，保重。

　　重新回到老盛昌，成怀珠彻底垮掉了。在无边无际的黑暗中，他再也找不到了方向。从秋天到冬季，再到春天的漫长过程，他不可能住在老盛昌，等待渺茫的复学。这批被校方开除的同学，都会遭到这样的境遇。一个被赤化开除的学生，没有哪一个学校会宽容地接受。因为教育当局视他们为洪水猛兽，是学校和社会极不安定的分子。但他没有回北塬的想法，挺下来是不甘心。

　　他在浮躁地等待中，期待奇迹出现。

　　胡掌柜推门进来，看着困境中的成怀珠，笑说孩子，没有过不去的坎儿。那个学校不留咱呵，咱再挑一个好学校，有书读。

　　成怀珠蔫头不响。

　　心事也不要重了，愁坏了身子。胡掌柜又说，都民国了，还是不讲理。这政府怎么跟学生娃过不去呢，爱国抗日都没有错呵？日本鬼子打来了，准没有好日子过。这么大一件事，肯定传到蒲县去，用不了几天，你父亲来了。他牵挂你。一个乡下皮货客，供养一个洋学生，不容易哩！

　　成怀珠说，爹来了，我咋说呢？

　　不咋说，又不是娃的错。胡掌柜说，都是好娃呵！

　　他会骂我的。成怀珠惶恐地说。

　　他也是一个明理人，又不是娃的错，不能再难为娃了。胡掌柜说，可怜呵！跟打仗似的血流成河。回家去，好好心疼娃。娃，不怕哩。我跟他讲道理，这老脸对老脸呵，他给我脸面。不怕。

　　成怀珠感伤地点头。

　　老盛昌里又熬了一周，像一只苍蝇在街上瞎撞的成怀珠，扯去了头上的绷带，伤口愈合了，心境也平静下来。他差不多每天去那间书屋，新来的老板姓张，年龄和陈先生相仿，二十五六岁，跟曹先生不同的是不戴眼镜。因为有陈先生的介绍和被开除学籍的经历，能借到想看的读物。每次去书屋，他们会聊很久，跟曹先生一样，彼此有讲不完的话。但话题不尽相同，学校的环境，太原的状况，老百姓对这场学生爱国运动的反应,占去谈话的半数。

抵暮中的秋风,凉嗖嗖的尽是寒意,成怀珠缩了脖子,揣了书本儿,有一搭没一搭地回老盛昌。远看去老盛昌屋檐下的灯泡,像驿动的鬼火儿。去书屋的途中,他站在一所高小的门前,聆听朗朗的读书声。他想起了北塬古县镇里,度过童年时光的国民小学,父亲的皮货铺子,接他上下学的母亲,送他离开北塬那天,母亲的眼泪和装满皮货的马车,无法断绝的呜咽……或许学校永远离开了他的生命,曹先生最后的那节课,成为曹先生最后的讲台,也成为他读书的最后一课。

生命中最后的绝唱,成为他永恒的记忆和印象。

进了门坎儿,成怀珠猛然看到八仙桌前的父亲正在和胡掌柜喝酒。连脖子都红了,斜着眼角儿看他。怔了半天,慢腾腾地蹭过去。成立志把了紫红色的瓦壶,往白瓷酒盅里倒酒,细细水线溅出水花和响声。

老哥,谢你了。成立志说,望子成龙不是,你我都有这份心境。乱世呵! 遂了愿的事儿少了。娃能来省城见了世面,明白了这世上的道理,我知足了。这秀才不秀才的四不象,回塬上,没脸了。

成掌柜,你这话错了。胡掌柜说,不能再难过下娃了,衙门口呵,论不出道理儿。又不是娃们的错,都是好娃,你说是不是?

我晓得。娃不上不下的,我心不甘呵。成立志说,老哥,我敬你一盅。再不提这伤心事儿,喝酒。

胡掌柜呷一口酒说,不提。老哥,我明白你的心思,盼望着娃飞出塬上,有一个好前程。这娃聪明,不愁出息。

成志立叹息说,又打塬上了,这书算是白念了! 老哥,你我不同哩,我是北塬人,也不是北塬人。家父闯西口,路过北塬病死了,我的老母山穷水尽把我送了人家。前后换了两个人家,做了两家的皮儿。苦熬着呵,争一口气,在塬上活个人样儿。谁知道命不济呵! 命里没有呵,别强求。这句话我信了。人这一辈子,什么都能争,就是斗不过命去。苦了一辈子，我认命了。

不伤心。胡掌柜说，老哥，不是有一句话嘛，东边不亮西边亮，你就敢断定了，娃就没了前程？世间呵，不是读书一条路。

成立志苦涩地笑了，说老哥，借你吉言。

胡掌柜说，回了塬上，一样有出息。你不是一样，赶了马车来太原嘛，算不算有出息呵？人要笨了，住在太原也要饭。

这句话我也信。成立志说，那一个穷塬上，怎么也出息不到太原去。老哥的话，是宽我心，咋不明白哩。

胡掌柜说，你心劲儿高。我住太原怎么了，不一样帮不了你老哥。甭怪娃，不怨娃哩。你是没见那场景，寒人哩。

成立志说，娃好好的，不少胳膊断腿，我知足。娃他娘，窑里都哭成泪人了，我背褡裢赶夜来了。这么大的动静，能不揪心嘛。回就回罢，塬上也活人。我勒紧了裤带子，供两娃读书，心酸呵！

爹。成怀珠絮语，汪出两眼泪花。

胡掌柜说，娃哩，不哭。你爹接你回塬上，也别忘了读书。书本呵跟庄稼一般的重要，粮食过日子，书本呵明世理。你们家出身苦哇！供你们兄弟读书不容易，你们就是读到北平去，也不指望分享你们的荣华富贵，只求你们出人头地。俗话说的好呵，狗不嫌家贫，塬上一样活人。

啥都不说了，回塬上去。成立志眨巴一眼泪说，不能说娃不争气，不管咋折腾，拗不过命去。这外面的世界虽好，终归不是咱的。塬上是穷是苦，心里踏实呵。想到了怎么送你来读书，没有想到这么接你回去。

老哥，这心酸的事儿，不说了。胡掌柜说，喝酒，一醉解千愁。对娃儿也不能全死了心，你不是还有半壁江山嘛。

听老哥你的，喝酒。成立志放下酒盅说，我这心里不是乱了，没了主张，有谱儿。穷人的娃呵，争气。

胡掌柜说，你是明理人，用不着细说。

成立志感慨道，我明理，这世道不讲理呵。

胡掌柜苦涩地笑了。

成怀珠躺在铺上，瞪眼儿看屋脊，那电灯泡儿炽白得花了眼，看不清屋面的模样。柴桌上放着行李，裹着书本儿。他不想离开太原，但他找不到养活自己的营生，在复杂的矛盾中理不出头绪。他不知道父亲跟胡掌柜这场酒喝到啥时候，等待中眼皮撑不住了，突然很累地阖目睡去。

门哐啷推开了，他爬起来看着父亲蹒跚地飘进屋来。他下铺倒一碗开水，放到铺前的几上。父亲喘着粗气儿，倒在铺上醉得一塌糊涂。

我想不回塬上去，在这儿找一事儿干。

那要是"熬相公"，太原北塬没啥两样了，不如回塬上去，少是非。你娘说了，塬上那些不读书的娃儿，前后沟里的玩伴儿，都娶妻生子。不读书那就要随俗，让你娘早抱孙子。成家了，也不耽搁你"熬相公"。城关粮行的赵朝奉，娃都叫爹了，才出门"熬相公"，一样当朝奉。

我不回塬上，也不想"熬相公"。

想弄啥？

在太原找营生。

糊涂！不读书了，这太原也是乡下娃呆的地方？

最后，在父亲的执意下，第二天朝霞升起的时候，二人踏上了返乡的路。

第五章
原生态的故乡和回乡后的尴尬

成怀珠回到了阔别已久的北塬。

北塬的流光与太原一样,没有留下丝毫痕迹,只带给了他两地闲愁。家的概念,塬上无遮无挡的秋风,并没有令他尽释心底的沉重,在梦回的故土深呼吸,从未出现过的迷惘。割舍不掉的北塬,最终带给他什么?他留恋北塬,那是根系和亲情。但北塬不能给他翅膀,朝着理想飞翔。

那唯一改变的是,去时的少年,回来是一个英俊青年。那去了又回的漫长过程,似是镜前的一个转身。

肩背包裹一步步挪下沟去的成怀珠,盯住窑洞内飘出的袅袅炊烟,热泪盈眶了。突然走出窑口的母亲,似是心有感应,搓着衣襟怔怔地望着他们。那夕阳奇诡的光辉,映出了她眼眶里的泪花,勾起成怀珠思念的亲情,趔趄着大叫一声,娘。

母亲抱住儿,抚摸着儿子额头的伤疤,抽搭着泪水不止。一颗揪紧了的心,扑通坠地了。成怀珠内疚地看着母亲不响。

伤了点儿皮毛。成立志说,过家家似的,打闹玩哩。

好利索了嘛?母亲关切地问,回塬上好,守着娘过日子。等忙过秋季,托媒婆寻一户人家。也不要好"眉眼"儿,也不"捏搁",里外放得下,能干孝顺,知冷知热过日子,平平安安的,娘就心满意足了。

嗯。成怀珠点头。

没拐弯儿看老二呵？母亲问，临汾太平不？

没有。成立志说，路上多盘缠一天，白丢了几个铜钱。老二听话哩，临汾太平，不像太原乱糟糟的。

老二回来了，就好了。母亲说，娃他爹，下大夫村的那个媒婆，你不是认识她嘛，求她个人情，替咱娃牵根红线。

不着急。成立志说话进窑去。

母亲接了包裹，跟进去问，咋不着急？

糊涂。落第的秀才不值钱。成立志上炕说，等送老大"熬相公"了，身价不同了，"上礼"好说话。

母亲笑了，抹掉眼泪进了"冲炉子"。

成立志看着儿子说，歇两天吧，找同学耍耍。"熬相公"的事儿，这两天"哦"托人作保。在太原讲读书事儿，塬上是踏踏实实过日子，生皮子熟皮子两回事儿。就当咱没读那洋学校，老实巴交的庄户人。"过天"不穿那洋校服了，不读书了，也不"丢虚"。你不穿那洋校服，人家也知道你是洋学生。快到皮货季了，那不算啥正经营生，你还是去县城"熬相公"，有一个好名分不是。

我还是想读书。成怀珠絮语。

咋读书，人家哪个学校肯收你。成立志一声叹息说，你这半途而废呵，"哦"这心里"难过下了"。不读了，真有学校收你，"哦"也不拦。人家出洋的大学生，有了娃还外国读书呢。

成怀珠汪出两行眼泪。

"哦"也巴望你有前程，没这份心思呵，也不勒紧裤带子，送你去太原。成立志说，娃哩，你就认命吧。咱这窑里的家境呵，你心里都清楚，经不起折腾了。老二一个读书，真要念了大学，咱家也"难过下了"。

成怀珠说，我去学校教书好嘛？

那是过年的话。成立志说，县党部会不知道你被开除。他们不会用一个有毛病的人。国民小学当一教员，也没啥好，养家糊口都不容易。"哦"看还是"熬相公",生意养人哩。学精了,积攒下了本钱,"个自"干。十年生意,那就富了。听话。"熬相公"是苦,可那是苦尽甘来。

成怀珠说,那我就一辈子窝塬上嘛?

等吧,没准儿有贵人搭救你。成立志说,眼跟前儿,只能这样了。咱也不当"个自"是金凤凰,也别把"个自"从人堆里挑出来,重在心存志气。读了几年书,乡音改了。回塬上了,咱就不讲那太原话,背后呵,人家会说三道四,闲话不中天。晋商最讲究的是诚信二字,读了十年的书了吧?学起来快多了。平遥日升昌的乔家,那也是一落第秀才,能做到汇通天下,多少进士比得了?俗话说的好,十年寒窗能出一秀才,十年学徒熬不出一相公。这生意里的学问,大去了。

成怀珠不响。

世道乱呵,学问没用处。跟日本人这一仗,迟早都要打。成立志说,民国初年那个乱呵,你不知道。乱世的主题是什么呵,打仗。老二打算报考军校,这个主意好。他在外面打仗挣功名,你留在塬上呵,"哦"心里踏实。不孝第一条啥呵?无后为大。不管咱姓啥,断了香火呵,"哦"咋有脸见祖宗。塬上穷乡僻壤的,兴许日本人不来这儿。你就踏踏实实地学生意,拿平遥的乔家当模范,但不求富甲一方,金玉满堂。温饱足已。咱家塬上活命不容易哩!

饭好了,吃"圪窝"的成怀珠,嘴嚼不出滋味儿。

塬上的庄稼熟了,秋天看不到塬上无垠的风景。浅飞的云彩掠过"红桃黍",或谷子大豌豆起伏的波浪。"野雀子"、"雪娃子"从"红桃黍"地里一飞冲天,带了"野驴子"的歌声,响遍无边无际的秋色。半枯的"山蔓荆"茂密的叶子,藏不住了临冬的蚂蚱,在收秋的动静里,翅翎子飞扬的羽翼声,似闹秋的庄稼人。大雁南飞了,它们似是不留恋塬上的果实,更畏惧即将到来的严冬。

猫在塬上砍"红桃黍"的成怀珠,周围一里的庄稼,全放倒了。他试图用两三天的时间,把这块六十多亩的"红桃黍"全放倒了。

手上打的泡,镰把磨破染了一镰把的血,握住了稠糊。憋了一肚子的烦恼和浮躁,全发泄上"红桃黍"了。但依然不减内心的阵痛,疯狂的劳动中,异样的浮躁了。

那是一片无边无际的"红桃黍"。

成怀珠丢弃镰刀,一屁股坐在"红桃黍"堆上,喘吁着捧起瓦罐的工夫,看见了牵着大青骡子的父亲,驮走麦秸垛一样的"红桃黍"。这个季节北塬人不分昼夜,苦干在塬上,或往窑里搬运庄稼。他不敢碰那头大青骡子,只有父亲使唤它。灌了一肚子茶水,放下瓦罐,那山一样驿动的"红桃黍"不见了。差不多记事那年起,那头大青骡子就来了。跟着父亲干活,父亲老去了,牲口也老去了。

他掂起镰刀,那一声充满惆怅的叹息,被风扬去了。

成怀珠要在塬上吃睡20天,才能拎了镰刀回窑去。塬上的鼾声,差不多持续盈月。

母亲会准时迈着七寸金莲,往塬上送饭送水。

在沸腾的塬上,成怀珠终了陶醉了。只在每天一次的磨镰刀的过程,才会在铁质石质的摩擦声里,慢慢沉浸到往事中去。

他是一个北塬的庄稼人,不再是太原的洋学生了。

成立志理解儿子的失落,对依旧能够吃苦耐劳的儿子,表示出了赞许和满意。他们之间极少沟通,任由儿子发泄,用体罚一样的干活。他可怜儿子,也可怜自己。假如儿子放不下之前的包袱,儿子就成了塬上多余的人。不管是留在塬上,或去城里"熬相公",都会让他失望。

儿子的表现,很令他骄傲。

脱下学生服的成怀珠,成为了一个地道的北塬农民。

躺在软软的"红桃黍"堆上,周围散漫着"红桃黍"青稞的气息,闪烁的繁星异样地高远。在一塌糊涂的迷醉里,听着远处的吼唱。那不是一个完整的歌儿或完整的折子戏,迸发出的几句断断续续,那样的支离破碎。入夜的塬上,除了干活的动静,是一个虫鸣的世界,那无边无际的大合唱,令清辉下的北塬,和白天一样沸腾。最初在这诗一样的氛围里,他激动得无法入眠。但终是不抵疲惫,在支离破碎五音不全的歌声里,悄然入睡。但这个过程很短暂,记不清梦中的故事。

收秋、吃饭、睡觉,这种循环的状态,令精疲力竭的成怀珠找到了快乐和从未滋生过的踏实的感觉。在这个漫长的过程里,他无数次体味母亲那句话,秋后好种田。土地馈赠了人类生存的所需,也赐予了人类生命的意义。

塬上终于呈现出一望无垠的风景。

成怀珠在窑里睡了一天一夜,迷瞪着走出窑,坐在艳阳下,盯着庭院里山似的庄稼笑了,脸上不见了一丝的惆怅。母亲拿了棒槌,敲打地上的谷穗儿,欣慰地说今年收秋,老大出力了,"哦"还真怕他累坏了身子骨,嫩不是。歇两天吧。这季好收成哩!天也晴得好。往年呵,到跟前儿,都愁死了。

成怀珠笑着不响。

母亲笑笑又说,瞧老大那头发呵,长得赛贼头了,又乱又脏。这"眉眼"儿相亲去,谁家还"改女"给你呵?苦了娃哩!

成立志哈笑半天,说这可没有洋学生的模样了。镇上剃头去,那也得是学生头。都一般模样了,不白读了书。

成怀珠揪了揪头发,问啥时候剃头。

母亲说,今儿去。落一场雨,地里有了墒,又要忙活了。剃了头,精精神神的,干活也利落。

成怀珠站起来,又问,那家剃头铺在哪儿?

成立志说,镇上就那么一条街,剃头铺门口挑着幌子呢。穿那双新鞋去,碰见熟人了,体面。

成怀珠进窑,换了一双崭新的长脸布鞋。那是母亲做的鞋子,千层底儿,穿着舒服。太原读书的时候,一直穿母亲做的鞋子。

母亲叮嘱说,剃完头回来,别贪玩。

仁义村到古县,十里左右的路程。秋种后父亲的皮货铺子才在镇上开张。镇上的铺子很少,一家染坊,两家杂货铺、铁匠铺、饭馆和盐行等。一个钟点后,成怀珠进了镇子,和红道克城的集市一样,古县单双日。不逢集会的日子,镇上很冷清。逢集会的日子,10点后四面八方赶集的人才陆续涌进镇来。那热闹仅两个钟点左右,人渐渐散去,地摊生意冷了场子。

人群里挤了几丈远,成怀珠看见了父亲说的剃头幌子。一块脏兮兮的刮刀布,在屋檐下荡着。剃头匠是一个中年人,正给一个老头儿刮光头。进去人不吭声,只瞥了他一眼,五指把着葫芦似的脑袋,细细地刮。一片片花白的头发,从刀锋掉落下来。剃头的老头儿闭着双眼,很舒坦的模样。

成怀珠站在旁边看,刮光头或许是这个剃头匠顶呱呱的手艺。但很少剪学生头,甚至不知道新发型怎么剪。他想转身离开铺子,迈出一步又站住了。镇上最多二三家剃头铺,剃头匠多半是祖传手艺,换一个剃头匠,也好不到哪儿去。在北塬人的理解,剃头就是由长变短,或图凉快。

那老头儿睁开眼睛,伸手抚摸光头。剃头匠站在背后,拿了桃木梳子,梳理尺长的发辫儿。而后仔细地打辫子,很细,麻秆粗细。撂下一枚铜钱,那老头一声不响,脑袋后茶壶盖儿,拖了花白的发辫,慢腾腾地出了剃头铺。

塬上留辫子的人很多,大清亡了都快30年了,习惯变成了习俗。但多半是从前清走来的老人或极少数的中年人。成怀珠的祖父,那位成家大爷,直到去世还留着辫子。镇上的剃头匠,除了剃头的手艺外,打辫子也是绝活。

成怀珠一屁股坐上方凳。

留洋头?剃头匠问。

学生头。

那也是洋头。"哦"这活比不了刮光头,你"捏搁"些。

　　剃头匠拿了剪刀,在他头上比划。半天突然问,你是谁家的少爷?

　　仁义村的。

　　那剃头匠咧嘴笑了,说怪不得眼熟呢,仁义村也就是皮货客成掌柜的少爷,送太原读洋学了,猜的不错吧?

　　那是"哦"爹。

　　咔嚓一声,剃头匠动了剪子。又说成掌柜是个精明人,见过世面儿。你一准记不得了,从前呵,都是成掌柜牵了你来铺子剃头。那一年你还弄碎了"哦"一块小镜子,成掌柜从城里捎回一块大镜子送给"哦"。好人!

　　成怀珠不响。

　　那省城大吧?尽是富贵人。回塬上不习惯了,穷哩。太原的洋学生多嘛?那些官老爷们,都吃啥穿啥?

　　……

　　说一句洋文"哦"听听。念了洋学校,那就跳出塬上的苦海了。出了洋学校,衙门里给你几品官儿?

　　……

　　少爷当了官儿,成掌柜就不用捣腾皮货了。

　　剃头的成怀珠,又想起了太原省立一中,想起了张先生的书屋……

　　出了剃头铺,成怀珠挤进涌动的人群,突然没有方向。找一个宽敞的地儿,站在那儿看街景。丈外的一棵槐树下,一个老去的盲人卖力地敲打圆鼓。聚集有二三十人,或蹲或站或席地而坐,晒着太阳听鼓书。他听不清唱什么,往前挪几步。在北塬他只能找到这样的民间文化。

　　父亲和母亲都是这些鼓书艺人的"粉丝",他幼年时便受民间文化的熏陶。讲述中一听明了的忠臣、奸臣的脸谱儿、才子佳人的故事,曾经给了他很多奇思妙想。比听一场蒲戏方便,也便宜,乐于被庄稼人接受，也成为塬上最重要的娱乐方式之一。对这些艺人们，成怀珠很迷恋。因为他们的肚子里，有讲不完的故事。

听了会儿，那白话越听越没味儿，不似从前的神奇了。在他的记忆和印象中，艺人们的唱腔道白无不充满诗意。他怀疑这个盲人的水平了，犹豫着离开那棵槐树。回头去，那些听众的表情和从前一样痴迷。

成怀珠，是你嘛？

突然有人叫他。怔了半天，人站在了跟前。

想不起来了，郭崇仁。

哟！是你呵？正想找你们呢。高小那帮同学，一个都没见呢。

郭崇仁说，咱那班同学呵，就你一个考上太原了。啥时候回来的？

快一月了。成怀珠说，不是赶秋收，早找你们去了。你怎么来古县了？嗨！这北塬哟，啥时候也变不了模样。

你当是太原呵？郭崇仁说，塬上苦呵！你怎么这个时候回来了？

不回没办法，省城乱，哪儿有北塬人厚道呵！成怀珠说，听说"九一八"事变了嘛？日本鬼子占了东三省。

听说。日本人也太霸道了。郭崇仁气愤地说，跟日本打仗收复东三省，我算一个。国民政府无能，打内战倒是好手。

太原的大学中学发起了学生爱国运动，反对内战，一致抗日。成怀珠说，当局血腥镇压学生爱国运动，北平、南京、上海的学生爱国运动也遭到了国民政府的镇压，引起了全国人民的愤慨。就是这样一个背景，我才离开学校的。崇仁，毕业后都干了什么？不能守着北塬了，民族到了存亡的关头。

我到哪儿去？你也不是回来了嘛。郭崇仁无奈地说，这么一个妥协的政府，软弱的还没有老百姓有骨气。有打算了嘛？

没有。成怀珠摇头说。

真能出去，别忘了我。郭崇仁说。

记着呢。成怀珠说，对了，还没讲你来这儿的事呢。

郭崇仁笑着涨红了脸，腼腆地说，一家亲戚为我说合一媒亲，也算是亲戚，八杆子打不着的远亲。

是嘛。好事呵。成怀珠说，那你一定乐意。是古县的吧？

郭崇仁说，我们这个年龄在塬上，都属晚婚了。我都这样了，也看不到外面的世界。男大当婚又是早晚的事儿，"眉眼"儿我也满意。今儿不是逢集会嘛，约好了来见她。想不到，撞见了老同学。

真满意呵，她识字嘛？成怀珠问。

不识字。塬上的女子，有几个识字的。郭崇仁嘿笑说，我家的情况，不比你们家，出不起彩礼钱。不是连着亲戚嘛，只要了六十块大洋。换了人家少说也要二百块，地卖了，也娶不起媳妇呵。

成怀珠愣在那儿，不知道父亲为自己选择一个什么样的姑娘。

你有事嘛？郭崇仁问。

刚从剃头铺出来，没事。成怀珠说。

跟我一块儿见她去，我都怕得哆嗦了。郭崇仁说。

两个人一边走，成怀珠问，她叫啥名字。

巧儿。郭崇仁回道。

这名字好听。成怀珠说，那"眉眼"儿准不差。

见了她，你别笑。郭崇仁说。

笑啥？成怀珠说，那是你媳妇，我嫂子呵。

不敢乱说。郭崇仁大红脸说，你还不知道吧，郭兴堂就在这小学当老师，教初小三年级。他还问过你呢。

哪个郭兴堂呵？成怀珠问。

瘦高个儿，说话大嗓门儿。郭崇仁说，坐最后一排。你们两个还干过仗呢，给你鼻子揍流血的那个。

我想起来了，大个子郭兴堂。成怀珠说，这小子当老师了？等会儿，一块儿找他去。高小毕业后，我就没去。

我带你去。郭崇仁说,见了你,他准吃一惊。同学中呵,就你出息了,太原见过世面,又灌了一肚子洋墨水儿。

不讲读书的事儿,我不是也回塬上了嘛。成怀珠说,我带回了几本塬上看不到的书,推荐你们看。对了,他结婚了嘛?

结了。郭崇仁笑说,什么书呵?

可以改变思想观念的书。成怀珠说,帮助我们客观地认识这个世界。我们上学时候读的那些书呵,全白读了。

啥样子的奇书呵,世上有这样的书嘛?郭崇仁问。

救世救人,新文化新思想。成怀珠说,说了你也不信,读过之后你就明白了,世界为什么是这个样子,明白很多道理。

那我一定要看。郭崇仁说,往后多给我们讲讲太原发生的那些事儿,讲讲那些新文化新思想。这个封闭的塬上,外面的消息一丝也进不来。

好呵。成怀珠说,我们是读过书的人,要了解这个世界。那是一个远离北塬的世界,一个新世界。

我都听糊涂了。郭崇仁困惑地说,真还有另一个世界呵?在哪儿,啥模样?那我们就结伴去那个世界。

成怀珠笑了。就像曹先生讲给他的,越听越糊涂。

南街的一个小胡同口儿,有来来往往赶集和散集的人,比起那条南北街,少了嘈杂,多了清静。一棵柳树背后,伸出一双不大不小的脚,秋风里飘着辫梢的红头绳。那是一双缠裹了又放的脚。一件斜襟的印染褂子,带了几分羞涩,左右摇晃,似是等得焦急,蕴含着渴望和憧憬。

郭崇仁站住说,到了。

成怀珠笑问,到哪儿了?

郭崇仁说,树后站着呢。

你大声点,我听不见。成怀珠嘿笑,推搡他一步。

郭崇仁慢腾腾地过去了,一个站在树的左边,一个站在树的右边。成怀珠听不到他们的情话,但那美妙的情景触动了他,令他陡然激动,在熙熙攘攘的集市生出诗一样浪漫的幻象。爱情对于他是陌生的,又充满不可抵御的诱惑。在太原曾经飘浮一缕风儿,吹皱了他心底的一池春水。

不到一刻钟,郭崇仁跑着回来了。

手里多了一个小布包,攥在手里似是攥牢了一颗心。成怀珠回头去,树后早没了人影儿,胡同里窄窄的道上,飘着楚楚的背影。

一双鞋。郭崇仁说。

送啥也用不着躲躲闪闪呵。成怀珠说,太原的年轻人都自由恋爱了。师范的校园里,有很多同学情侣。

你自由恋爱了嘛?郭崇仁问。

成怀珠摇头,半天说很羡慕他们,多浪漫呵!我也想过,考上师范自由恋爱。回塬上了,哪儿还有机会呵。

郭崇仁扑哧笑了,说你想自由恋爱,哪家的女子敢呵?连这明媒正娶的,也是偷偷摸摸地看一眼。真有了自由恋爱,那还不成塬上的怪物了。

成怀珠笑了。

第六章
在古县国民小学,他们见到了同窗郭兴堂

找郭兴堂去。郭崇仁说。

他有娃了嘛?成怀珠问。

听他说,腊月里就当爹了。郭崇仁说,他也不容易,娶下亲落下一身债,学校家里庄稼两头顾,半农民半教员。

他也是一个有血性的人。成怀珠说。

这塬上就是一汪苦海,谁掉进来也没办法。郭崇仁说,我们供着神仙,供着菩萨,他们帮我们了嘛?

成怀珠说,你要是见了曹先生,他能回答你这些问题。曹先生学问好,对这个世界呵,看得最透彻。

他在哪儿?郭崇仁问。

牺牲了。为民族而死。成怀珠说。

跟没说一样。郭崇仁遗憾地说,我们应该弄明白这些问题。还是外面的世界大呵,这新文化新思想就很了不起。

国民小学在古县的南面,三个年级四个窑洞。民国六年古县国民小学是蒲县最早开办的四所国民小学之一。郭崇仁、郭兴堂都是邻近的红道镇人,那时候全县仅有二三十名教员,附近乡镇的学生都在古县的国民小学读书。因为学校的匮乏,他们三个才有缘结识,结下同窗之谊。四年初小后,还要到县城读两年高小。全县仅有县城一所完全小学,读中学要去临汾或太原。蒲县中学生也就凤毛麟角了,把高中生视为秀才,一点儿也不夸张。

郭崇仁带了成怀珠进了第一孔窑，门是虚掩的，靠窗户一溜儿土台子，上面放着教材、作业本、粉笔和墨锭。中间放着一方大石砚，汪着一池黑水。往里看一张大炕，光线极暗，看不清炕头的被絮。

上课了。郭崇仁说。

他教什么课？成怀珠问。

国文。郭崇仁说，三个班级，两个教员，二十多个学生。听兴堂说全县差不多有五十所国民小学，最小的学校六个学生，一个老师。最大的学校五六十人，四五个老师。他们学校算是不错了。比起我们读书那阵儿，强多了。

放秋假了嘛？成怀珠又问。

放了。刚开学。郭崇仁说，老师要回家秋收，学生也要帮助家里干活。就像我们上学时一样，学校家里两头兼顾。

这类学校没什么用，更不能改变什么。成怀珠说，这儿没有公路，没有铁路，没有汽车，没有新文化新思想，民国跟前清少的只是剪掉了一根辫子，没什么两样。愚昧贫瘠依然在塬上肆虐。

郭崇仁惊讶地问，有办法改变嘛？

我也不知道。成怀珠说，假如曹先生活着，他一定会告诉你改变的办法。那么这个世界上，就存在改变的办法。

你是说曹先生以外，还有人知道？郭崇仁说，我们怎么找到这个人呢？改变后的北塬，会是什么模样？

这些问题，我都回答不了你。成怀珠沮丧地说，因为我距离曹先生的境界很远，还做不到对这个世界做出客观的判断。曹先生是黑暗中的一盏明灯，他能够指引方向，让我们热血沸腾，给我们梦想。

郭崇仁失望地说，我还是先看那些书吧。

成怀珠踱出窑来，在暖洋洋的秋阳下，倚了门框，眯了双眼听朗朗的读书声，往事浮现在眼帘。在隔壁的窑洞，他度过了四年的光阴，跟窑里的孩子一样，在读书声里成长。不同的是教他们的那位老私塾先生,不屑这些白话文,课程外多半讲旧教材和汪洋一样的唐宋诗词。在他去太原读书的第二年的冬天,老学究冻死在了他走出的窑洞。父亲讲给他的时候,他流了泪。

那是一个很慈祥的老头,毛笔字写的又粗又黑,山羊胡须抵着作业本,手把手教写字,不会大声说话,不用戒尺,也没见过他拿戒尺。

下课了,抢出窑来的学生,向窑前树丛里跑去,猴急地撒尿。看着熟悉的情景,成怀珠会心地笑了。塬上的学校不分课时,上午一节课,下午一节课。课堂上很少有同学请假。下课也就是放学。

一个穿紫花布褂子、脚踩草鞋、右手携书本的年轻人,一脸惊讶的表情,慢慢向他走来。成怀珠一眼认出了郭兴堂,还是那样瘦长,因为经历了生活的磨难,面容带着不同于农民的忧郁和迷茫。

兴堂,还好嘛? 成怀珠迎上。

真是你呵? 郭兴堂揖手,高兴地说,"哦"还以为哪儿来的人呢。啥时候从太原回来的? 几年不见了呵?

成怀珠伸出的手又缩了回来。他没想到读过书的人也使用旧的礼俗。而他习惯了握手的礼节,不习惯揖手了。

怎么不是我呵,你还没有变。成怀珠笑说,是崇仁带我来的,否则我也不知道你在学校教书呵。

他呵,今后来古县的趟趟多了。郭兴堂揶揄地说,老婆在这儿,年前年后"改女"了。"眉眼"儿漂亮。

你比"哦"还着急呢。郭崇仁说,街上瞎逛呢,不想撞上了老同学。说你在这儿的学校,就一块儿来了。

快进窑。进窑。郭兴堂热情地让客。

外面说话,亮堂。成怀珠说。

郭兴堂进窑去,搬了矮凳子出来,递给成怀珠说,坐床床。太原像天涯海角一样的远,我们这一辈子,看不懂那个世界了。

也不远,到临汾通火车了,两天的路程。成怀珠说,你是不见心不烦，还是塬上安宁，人也朴实厚道。

准备住几天呵？郭兴堂问。

不走了。郭崇仁说，太原闹学潮，就是传说中的九一八学生爱国运动。学校停课了，怀珠也算辍学了。

这日本鬼子，跑中国来还敢横，揍这狗日的。郭兴堂气愤地说，学生要求抗日，那是爱国。我这学校要是在太原，也鼓动学生游行请愿去。

政府为什么不爱国呢？成怀珠伤感地说，曹先生说团结一致，中国一定打败侵略者。无数热血青年报国无门呵！

怀珠从太原带回了一些新文化新思想的书籍，我们取回来看。郭崇仁说，这些书真得能改变这个世界嘛？

至少能够帮助我们客观地认识这个世界。成怀珠说，我想也就是这些新文化新思想激发了这次全国性的学生爱国运动。唤醒四万万同胞，中华民族已经到了最后的关头。再不觉醒，那就做亡国奴了。

真有这样的力量，值得一看。郭兴堂说。

认真地阅读，而后冷静地思考，就会悟出这世间的真理。成怀珠说，这是中国的希望，也是中国的未来。

毕竟是在太原读书呵！郭兴堂说，这些书籍是传播不到蒲县的，更来不了北塬。怀珠，讲讲太原的那些新事儿。

也没啥讲的。曹先生说山西比起北平、上海、南京，是一个封闭的地方，阎锡山是割据一方的军阀，土皇帝。他们拒绝新文化新思想，遏制人类的进步，缺乏民族全局观念，看到的只是在山西的势力范围。依靠这些军阀抗日，是没有希望的。

那我们依靠谁救国呢？郭兴堂问。

成怀珠缄默了。

既然那位曹先生知道救国的方式，就一定还有人知道。郭崇仁遗憾地又说，这位曹先生，怎么没告诉你救国的办法呢？

成怀珠说，曹先生说是为了保护我们。

两个人听糊涂了，面面相觑。

晌午了。郭兴堂钻进了"冲炉子"，一面自嘲说，穷酸的呵，连请你们饭馆里吃一顿饭的都没有。合伙儿"捏搁"一顿吧。

成怀珠说，还是回去吧。

郭崇仁说，不光为吃饭，不是还有很多话没说嘛。再说了，等吃饭后，"哦"跟你一块回家取书。你说得"哦"呵，心里痒痒的，不读那书呵，心里难过下了。不吃饭不睡觉，也要做个明白人。

那曹先生是做甚的？郭兴堂问。

跟你一样，省立一中的教员。成怀珠说，之前开一家书店，再之前就不知道了。北平燕京大学毕业。

书读到燕京，很了不起。郭兴堂说，这个曹先生，不是寻常人。他要是还活着，我们去太原见他去。奇人。

郭崇仁说，曹先生写有书嘛？

成怀珠摇头说，我还真不清楚。那书店还开张着呢，是一位张先生做老板，跟曹先生的学问差不多。

郭兴堂说，你说这位张先生，知道谁能救国改变这个世界嘛？

应该知道。成怀珠回忆说，听张先生的口气，跟曹先生像是老朋友，他也是燕京毕业的学生，年龄也差不多。

那我们就约一个时间，一块儿见这位张先生。郭崇仁说，我们呵，还没有看过北塬外面的世界呢。

远了。郭兴堂说，想去，我这也走不掉呵。那要等放过寒假，一块儿去趟太原。怀珠，见了这位张先生，你说他会告诉我们什么？

成怀珠说，我们没有听到过的道理，如茅塞顿开。

去。郭崇仁说，不去咋知道。

不容易呵！郭兴堂叹息道。

成怀珠望着郭兴堂的背影，内心涌起悲哀。那踯躅"冲炉子"的男人，极有可能是他今后生活的缩影。但他又惶恐太原的去了又回,能够带给他们什么,帮助他们改变什么?假如和他现在一样的迷惘,那付出还有什么意义。

熬了杂面糊儿,烙了几张荞麦"圪窝"儿,郭兴堂笑着请成怀珠、郭崇仁上炕。有寄读的同学只带了干粮,跟老师喝一锅的糊糊。端上盛糊糊的蓝边粗碗,郭兴堂尴尬地说,老同学,寒碜了。

"捏搁"一顿吧。郭崇仁说,怀珠也是北塬人,知根儿。哪孔窑里,不都是这样营生。县城日裕恒粮行的东家曹文宪,人家不吃粗东西。对了,前阵子来北塬放电影的曹老板,跟这个曹老板一家嘛?

郭兴堂说,不清楚。

你在太原看过电影嘛?郭崇仁又问。

看过。成怀珠回答。

有声嘛?郭兴堂问。

有呵。张嘴就说话。成怀珠说。

这曹老板的电影,拿到塬上咋就不说话了呢?郭崇仁奇怪地说,朦朦胧胧的,跟玩皮影差不多。那皮影还带锣鼓家伙,唱热闹了呢,这电影就是一哑巴。老百姓呵,就稀罕那影像上的外国人了。

外国人也没啥稀罕,咱们在县城读高小时候,不就来了一个洋教父嘛。郭兴堂说,黄头发,大鼻子,皮肤白得赛纸。修了教堂,穿着黑袍子满街转,吊着明晃晃的十字架,收了一帮洋教徒。那"二鬼子"仗了洋人欺负人,县党部的人都怕他们。那天夜里下雨,咱们一块砸了教堂的玻璃。

成怀珠问,那洋教父还在嘛?

郭兴堂说,不清楚。

"哦"也有两年不去县城了。郭崇仁说,应该还在吧。听说还来了一个洋婆子。不管什么教,都改变不了这个世界。

这世道是该乱了。郭兴堂说,去年昕水河两岸,遍地青蛙,行人连下脚的地儿都找不到呵!接下来是铺天盖地的黑毛虫,红头黑身红眼睛,所到之处庄稼树叶,连杂草也是洗劫一空!都是不祥肇端。

还有这样的事？成怀珠问。

假不了。郭崇仁说，塬上人哪个不是亲眼见呵？也奇了怪了，这青蛙黑毛虫，说来就来，说走一夜之间没了踪影。

不好解释。成怀珠笑说，这些奇怪的现象呵，连科学都无法做出合理的解释。但也用不着奇怪，大自然嘛。

郭兴堂说，你的话，"哦"听不懂。

自然科学，你们总听说过吧？成怀珠问。

没听说过。郭崇仁异样地说。

以后呵，慢慢地听怀珠讲。郭兴堂说，糊糊都凉了，吃饭。"圪窝"烙急了，有点儿糊味儿。

这糊味儿，真是几年没尝过了。成怀珠呷一口说，好喝。太原的饭菜呵，有些地方，还不如塬上的呢。

你这是家乡观念。郭崇仁笑说。

饭后聊了几句话，一个学生来请老师上课了。郭兴堂下炕，一面收拾教材，一面歉意地说，真是不好意思，学校呵，跟我们读书那阵儿一样，下学后远道的同学，十几里二十多里的路程，摸着黑进窑。

郭崇仁说，你去上课，不用管我们。怀珠不去了太原，往后见面的时候多了。我跟怀珠一块回家去，拿了书留几本给你。

兴堂，不能误了上课。成怀珠说，年前我没事儿，来的趟数多了。可惜带回的书少了，回的匆忙。

崇仁，你陪怀珠回去，我等着看书呢。郭兴堂笑着走出窑去。

成怀珠小心翼翼地来到窗前，屏息听参差不齐的读书声，那怀旧的心境和充满情感的快乐时光，告诉他那个忘却不了的少年流光，远离了他的生命，剩下的仅有记忆和印象了。他仰望天空的艳阳，长长地一声叹息。

返回镇里早已是一条空街了，多半铺子打烊，那熙熙攘攘的集市云散一样没有留下痕迹。一头老母猪，带着一群猪仔，当街慢腾腾地倘佯。街头堆放的"红桃黍"长长的秸秆上，躺着晒日头的老汉，端着长长的细纹竹烟杆儿，中间晃着油腻的烟袋子，烟锅里升腾着似有若无的蓝烟。久违的街景，蓦地令他神往和感动。这是父辈们向他描绘的日子，艳阳下充满安逸和闲静。

但是在他骚动的内心世界，期待的生命过程，与父辈们的世界那样的遥远。那安静中的温饱，窑内的天伦之乐，是父辈们共同的梦想。而他需要的是一个平等自由的新世界，一个陌生的社会秩序。在这个封闭愚昧的北塬，不能张扬未来的梦想，同学外无人相信这一切，只能视为怪论邪说。

回来还习惯吧？郭崇仁问。

都是梦中的情景，一点儿不陌生。成怀珠说，若是呆久了，这日子就陈旧的乏味儿了。可我们又离不开北塬。

兴堂跟前有一帮学生，算是好了。郭崇仁说，我"见天"塬上逛来逛去，枯燥的呵，饭都没味儿了。

迷茫。成怀珠说，我们要在黑暗中寻找光明，至少有奋斗的方向。不能效仿父辈们，只求塬上的温饱，平安是福。到头来没有温饱，也没有太平。那些"盗客"不让我们太平，军阀跟日本人，也不让我们太平。他们还会抢劫我们的粮食财物，欺负我们的姐妹，甚至杀人放火。

郭崇仁说，老百姓能干甚？哪个朝代翻身过，都是案头的肉，任人宰割。哪一个不是逆来顺受，忍气吞声呵。

关键是他们没有改变现状的想法，浑浑噩噩地过日子。成怀珠不满地说，假如北塬人都觉醒，那就翻身了。

史家会跟着觉醒嘛？郭崇仁指着远处的几孔窑洞说，他家窑里有吃不完的谷子，有几千亩土地，骡马长工。所有的改变，只能令他们恐惧。这塬上哪一家不是盯着炕头，累死累活的熬日子呵。

成怀珠说，古县也就是他们家了。说来说去都是空谈，假如曹先生来塬上就会有切实的办法，不是空谈。

　　曹先生也不是神仙。郭崇仁说，在改变中穷人要得到好处，甚至改变他们的苦寒。缺少这些呵，没人听你说话。

　　成怀珠苦涩地笑了，说，其实呵，我们只有一腔热血和改变这个世界秩序的愿望。至于怎么改变，一点儿不懂。我想既然有曹先生、张先生他们的出现，我们向往的这个新世界，一定离我们不远了。

　　郭崇仁笑了。

第七章
村外的那场皮影戏

郭崇仁带走了一摞书籍,在窑内差不多没作停留,从仁义村返回古县,学校话别后再回红道镇,摸着黑进窑了。

这天晚上,村里来了一皮影班,沟里选了一块平整地儿,劈劈啪啪地敲响了锣鼓家伙。夏收秋种后,村里会陆续来几家皮影或几个唱鼓书的盲人。极度疲惫的人们,炕头睡一个囫囵觉后,踏实地守着窑里的粮食,似当牛做马的劳累里,充满了无限的喜悦。那最后的果实,否决了苦不堪言的过程,最需要轻松的娱乐。而最适合他们的娱乐方式,是皮影和鼓书。类此蒲剧那样复杂的娱乐,虽然令他们向往和津津乐道,牵扯到费用的分配,五彩缤纷的舞台,只在庙会期间出现。

皮影、鼓书仅有简陋的道具,没有戏箱彩绘、乐师演员一班人马。不规定一场演出的价格,头天晚上演出,翌日挨窑洞收新粮。多少由主人随便送,一瓢"红桃黍"或十斤八斤"山蔓荆"。借住在窑里的那家管一顿饭。这种喜闻乐见的娱乐方式,容易被塬上人接受。一折新戏,名家的唱腔,经了他们的里俗妄作,会唱咏到下一个丰收的季节。北塬人从戏里的故事,借鉴到生活中来,衡量是非善恶的标尺。

夏收秋种后,入夜的塬上听不到皮影的唱腔或嗵嗵的辽远而孤独的鼓声,那一定是一个荒年,饥饿的阴影笼罩在塬上。

咿咿呀呀地唱腔声里的北塬人,沉醉中憧憬着下一场的故事。

59

听到锣鼓声的女人，会比寻常早些进出"冲炉子"烧饭了。沟里"窑浮"上的炊烟，前后都升腾起来，袅袅地纠缠在暮气里。晚饭后头一个走出窑去的男人，有滋有味地抽着旱烟，拎了"床床"，围坐在剧场。女人还要等会儿出现，洗过锅碗，收拾停当后，她们才慢腾腾地到场。通常这个时候，戏已经开场了。

喝糊糊的成怀珠，动作不疾不缓，思忖去不去听戏。那习惯的读书过程跟入夜的塬上怎样也无法联系一起。但这突然的改变，仿佛他是一个北塬的客人。成立志看着灯辉下的儿子，笑说听皮影去。乔家的皮影儿，就是那个外号皮胡乔的老头，还甩一根大辫子，好琴弦，好唱腔。

母亲说，那老头儿，人家那才叫学啥像啥。地里都累了一季，喘口气，去听吧。娃们都去。带一个"床床"。

成怀珠不响。

拿走书那娃儿，哪村的？成立志问。

红道的。高小同学。成怀珠回答。

咋不像个学生娃哩？成立志又说，你那同学里，都有当爹的吧？

古县教书的郭兴堂，今年有的娃。成怀珠说。

听皮影吧。母亲说，好听。回就回了，塬上也活人。不能憋坏了人，该咋样咋样。"熬相公"去也不比洋学生差。

洋学生就是一身衣裳，脱了那衣裳，咱娃也是秀才。成立志说那掌柜的不收秀才"熬相公"，那才瞎眼呢。

你请人作保去，挑一家好铺子。母亲说。

那掌柜呵，十有八九"熬相公"出身。成立志说一肚子墨水儿，你比他们学得快。等你立业当了掌柜，咱家风光了。

谁在家呢？

外面有人问。一个女娃的声音。

母亲站起来，挪到门口，笑说是两个闺女呵，进来。

两个女孩跟进窑来,成怀珠认识她们,是同族的成玉英和邻居尚瑞秀。他腼腆地笑笑,说吃饭了呢?

成玉英说,怀珠哥,一块听皮影戏去。

尚瑞秀说,是皮胡乔的皮影。

母亲说,跟你妹妹一块儿去吧。

怀珠哥去太原读了几年书,见了外面的世界,回来了,躲进窑里不出去了。成玉英笑说,这书读多的人都这样腼腆嘛?

母亲笑说,还没有你们姑娘家开朗。

走吧,锣鼓都敲半天了。尚瑞秀催促说。

母亲说,去吧。

成怀珠接过母亲递的矮凳子,豆大的灯芯儿一闪,跟了他们走进黑暗中来。秋收那阵儿,他们在塬上见过几回,忙得一塌糊涂的,擦肩说几句寒暄话。成怀珠大她们两个一两岁,读初小前后,没少一块儿玩耍。成怀珠还当她们的小老师,教会她们很多字。去太原读书后,耳鬓厮磨的时光结束了。从太原回来,仿佛一夜间他们都长大了,耳鬓厮磨的时光突然远离了他们,流光在他们中间划分了距离。她们差不多到了出嫁的年龄了,一个从省城回到塬上的洋学生,自然对她们有很多好奇和诱惑。

沿了沟底深一脚浅一脚,往锣鼓响起的方向去。酸枣稞、山楂或荆棘挂住了绊住了,往前一个趔趄。回眸去不见了窑里的灯火,唯那塬上的星星,在锣鼓声里震颤了,闪烁着辽远的清辉。

这沟里的道儿都不习惯了吧?尚瑞秀说,怀珠哥,那省城是啥模样,多大,有多少人?你见过那儿的火车汽车嘛?

成玉英说,听说省城的人不走黑道儿,条条街上都有电灯。那电灯比月亮还明亮嘛?照见鼻子眼儿了嘛?

火车、汽车、洋车我都见过。成怀珠笑着回答,省城有多大,我也不清楚,十个二十个县城比不了。主要街道上才有电灯,小胡同里跟咱们一样摸黑。电灯分大小,不是一样的明亮。不管怎么亮,也没有日头明亮。

噢……

两个人听了，一脸的惊诧。成玉英糊里糊涂地又问，城里的女人都穿旗袍嘛？落雪了，她们还穿旗袍嘛？

不是所有的人都穿，城里多半都是穷人。成怀珠说，雪天穿不穿旗袍，我还没留神儿。不怕冷的，也穿。

尚瑞秀问，城里人都吃甚？

山珍海味。成怀珠说，多半人还是五谷杂粮，叫花头也不少。坐汽车洋车的，都是那些官老爷们、太太小姐们。

成玉英问，你住的啥房子，洋楼嘛？点电灯嘛？

成怀珠说，用电灯，但不是洋楼，瓦房。县城里就一个洋教父，一个洋婆子，省城的洋人多了。一条街走不到尽头儿，就能撞见一个。红头发、蓝头发、黄头发，大眼窝儿大鼻子，一个模子似的，都白得透亮儿。洋人呵，不吃粮食，专吃肉，才长那么高的个儿。衣裳也只穿西服裙子，不穿大衫。

尚瑞秀问，听懂洋人说话了嘛？

我英文学得不好，听洋人说话呵，不全明白。成怀珠说，曹先生精通英文，他原本打算去西洋留学呢。

成玉英问，曹先生是谁？

成怀珠突然不响。

进了场地，突然什么都看不见了。一块白布遮住一盏美孚灯，两个彩绘的皮影，在模糊的影像里，骑马挺枪横刀，翻来斗去。锣鼓铿锵，咿呀哇啦的叫板里，一如千军万马，疆场万里。

成玉英、尚瑞秀拉了成怀珠，找一空地坐下。看了半天，成怀珠问，这演的哪一出呵？灯影暗了。尚瑞秀吃笑说，洋学生连皮影也给忘了。这不是《黄鹤楼》嘛，那打架的是关老爷跟周瑜。

成怀珠笑说，我看出门道了。

成玉英说，这皮胡乔家呵，啥都好，年年演来演去，还是这几场老戏,没新戏。唱了一辈子,他也不烦。

成怀珠笑说,没听说过,一场戏就能营生活命了。这皮影蒲剧,省城里都白给,人家唱豫剧,河南戏。

尚瑞秀问,你听过豫剧嘛,啥唱腔?

没有。成怀珠尴尬地说,听他们说通俗易读,剧目繁杂,好听。戏院里听三年,不重戏。门口那水牌儿,见天是新的。

尚瑞秀问,啥叫水牌儿?

写演出剧目的黑牌子,粉笔写字。成怀珠说,你们怎么甚都不知道呵?不问了,听皮影。外面的世界大了,问完了嘛?

两个挤一块儿嘿笑。

月牙儿中天,锣鼓还没有停歇的意思,影幕背后的美孚灯,在皮胡乔娴熟的手法里,跳了一下,猝然熄灭了。

皮影跟鼓书不同,演出时间有区别。鼓书要唱到紧要处,人物生死关头,或一仗厮杀正酣,戛然而止,且听下回分解。散场时月儿西沉,鸡鸣三更。皮影以一灯油计时,多半也到了紧要处,不管听众怎样担忧,怎样猜测,不添灯油,摸着黑收场。一样以情节取胜,令人割舍不了。

一沟人叽叽喳喳,散场了。

第八章
感恩的父母,操心的老人

天蒙蒙亮,成立志背了褡裢,从沟里爬上塬来,拐上宽敞的官道,疾步往县城去。六十多里的路,中午才赶到。

成立志虽是北塬唯一的皮货客,但省城有朋友,县城少朋友了。县城里卖不了皮货,少往来也就少朋友。省城的朋友帮不了,送儿子太原"熬相公",跟读书不一样,他不放心。思想几天理出了一条路子,席老先生死了,他的儿子,这个席先生在县城高等小学教书。先生都受人尊敬,这位席先生又有席老先生的影响,在县城肯定有路子。最重要的是这位席先生,是一个厚道人,不会驳他的面子。

正午时分,进了县城的成立志慢腾腾地、从容地似看景致。午饭后去见席先生更方便一些。在小东关的茶摊上,要了一碗茶,从大褡裢取出"圪窝"儿,一口茶一口"圪窝",吃饱了肚子。坐在条凳上习惯地从腰间抽出烟袋,捏了花玉烟嘴儿,烟锅捅进荷包里挖烟丝。伸手进去摁实了,端了烟锅划洋火。吧唧一口,很舒坦地慢吐蓝烟。鼻孔里袅出的一缕蓝烟,与烟锅里燃出蓝烟缠绕一起,在眼前轻舞飞扬。

咯咯唧唧,一辆自行车风似的驶过茶摊。成立志异样地回过头来,看着卖茶的老汉,县城里他头一回看见洋驴子。

没见过吧?那老汉笑说,亚西亚牌自行车,日本货。人家曹掌柜,县里头一个。除了日裕恒的掌柜,没人买得起。这洋驴子不吃草料,省事儿。

这就是曹掌柜？成立志问。

假不了。老汉说，他这个人新派，家里洋东西多了。

一口喝光茶底儿，背了褡裢，说走喽。

那老汉坐在条凳上不响。

成立志在太原见过不少自行车，但头一次听说亚西亚牌。不管什么牌儿，都是外国货。假如他有一辆自行车，塬上跑来跑去地收皮货，那就方便。

那学校跟古县的国民小学差不多，只多了高等两个字。依山包一溜儿窑洞，一块木牌上写着校名，成立志问一个教员模样的人，那人问是亲戚吧？成立志点头说，也算是。那教员便带了他，进了一孔窑洞。

席先生正在批作业，蘸毛笔的工夫，看见了成立志，笑着站起。说是你呵，啥时候来的县城。坐炕上。

成立志撂下褡裢，一面上炕一面说，起早来的。忙嘛？

席先生说，不忙。后秋的庄稼年景好嘛？

成立志说，"捏搁"了，这年景呵，都是"捏搁"了过。

席先生问，找"哦"有事？

成立志说，"哦"求你件事儿。

席先生说，啥事儿，你说。

你那侄子从省城回来了，前阵子闹学潮，要求政府抗日，学校停课了。成立志说，读了十年书，娃窝在塬上也不甘心。你在县城有金面子，求你寻一路子，叫他来县城"熬相公"，不白读了书不是。

学生请愿的事儿，"哦"也听说了。席先生说，也不怪娃。"熬相公"你还真把我说住了，"哦"跟商界没来往呵。

这县城里呵，我还真找不出第二个人帮忙了。成立志说，席先生你再想想，一准有路子。娃也算是半个秀才，不是那白丁"熬相公"。

想想，往哪儿想呢？席先生说，县城里商号少，不像省城到处是铺子。要"哦"说，还是送娃太原"熬相公"去，当了朝奉有前程呵。

不瞒你说，我也就是皮货，跟那些皮货商有一些往来。成立志说，披星戴月地去，卖掉货连脚往赶，认识谁呵？再说了，省城乱，没准儿哪一天，又闹出事儿。那枪打死了一些洋学生，不放心呵！

想起来了。席先生说，开日裕恒粮店的曹掌柜，你知道嘛？家父病逝那年，他去吊过孝。县城他算是头号生意，人也厚道。虽说是家父的学生，寻常我们没来往呵。就这位曹文宪还有一说，那也是没谱儿的事。

师生情谊最重。成立志说，这也是一条路子，席先生出面作保，哪能是没谱的事儿呢。为了你不争气的侄倌，你受累，跑一趟。跟曹掌柜好话儿多说，他能去给老师吊孝，那就没忘了师生情谊。

"哦"去。席先生说，可这话咋说开呢？

你就实话实说。成立志说，先不讲成败，有缘分他们是师徒，无缘分谁也没办法。回塬上另想辙去。

成。席先生说，走着。

成立志背了褡裢，跟了席先生到了大东关。老远看见日裕恒的高门台儿，他心里发怵了，慢腾腾地吊在后头。心想那曹掌柜一口回绝了儿子"熬相公"的前程，守塬上还有啥前程。

席先生站在日裕恒屋檐下，看着成立志跟来了，问你进去嘛？

成立志摇头说，不妥当。你一个人去见曹掌柜，说话方便。我一个乡下人，跟人家曹掌柜"捏搁"不一块儿。

那你就外面等"哦"。

成立志看着席先生进门脸儿，蹲台阶上抽出烟袋。

席先生呵，你要甚？

席先生看着招呼他的伙计，说不要甚？曹掌柜在嘛？

堂屋里歇着呢？伙计说。

麻烦你回一句话。席先生说，就说教书匠求见。

席先生，你客气。

那伙计说着,挑帘儿进了后院。

席先生伸手摸大米的工夫,曹文宪挑帘儿进来了,揖手打着老礼儿,笑说哎哟,席先生,怎么是您光临呵?

席先生揖手说,曹掌柜,生意兴隆。

席先生,借您吉言。曹文宪说,堂屋里请吧。

绕过柜台,席先生穿过曹文宪高挑的门帘儿,一步进了后院。一座两亩地大小的四合院,甬道上墁着青砖。曹文宪一面吩咐伙计沏茶,一面笑说,席先生,您还没到舍下来过吧?当年恩师可在这个院子,住了几个年头。回想去,一眨眼的工夫,三十年都过去了,犹如白驹过隙呵!

岁月催人老。席先生感慨道,那一年家父带你去东岳庙玩,我们两个还都是毛头小子呢。都老了。

那些往事呵,细想去,越来越清晰了。曹文宪说,席先生,您请。

席先生让到八仙桌右侧上首,伙计端上盖碗茶,曹文宪又说,席先生,您怎么这时候来呵,上午来,我也好聊尽地主之谊呵?一杯淡茶,不好意思。

曹掌柜,您客气。席先生说,谢您了。

席先生,您见我那必定有事儿。曹文宪笑说,您只管说,能伸手帮一把的事儿,我决无不帮忙的道理。

曹掌柜,真让您猜对了。席先生说,无事不登三宝殿呵!家父有多少学生,我也说不清,但北塬的成立志,是一个有情有义的人。家父在病榻中时,他差不多尽了孝道,寻常就不说了。他也是一个苦出身,供两个娃读书。前阵子太原闹学潮,大公子休学回塬上了,找到我作保,想送儿子"熬相公"。

就这个?曹文宪问。

席先生点头说,曹掌柜,您……

我能驳您的金面嘛?曹文轩打断他的话说,由您作保,又是送一个洋学生"熬相公",那是本号的荣耀呵。应下了。

席先生吁出一口气,说谢您了。

谢我什么呵？曹文宪问,送来一个太原读书的秀才,我还要谢您呵。这么大的蒲县,有一个相公秀才嘛？读了几年级？

席先生笑说,省立一中,高中二年级,再过一年去北平读大学了。听说成绩优等,都是这学潮闹的。这学生请愿抗日,也没错呵。

曹文宪问,人呢？

席先生说,娃没来。老子外面等话呢。

曹文宪说,请进来呵。

席先生笑着出了堂屋。

成立志抱着烟袋愣神儿,一只手突然拍了他的肩膀。回头去,是席先生。

老哥,发啥癔症,请吧。

成立志抓住席先生的手说,咋说的。

席先生笑说,曹掌柜不但答应,还请你进去。

成立志说,席先生,谢您了。

席先生说,为了你这一句话,我还能不来呢。

进了后院,成立志小心翼翼地说,席先生,你说我咋谢人家曹掌柜,我送他一张好皮子,也送你一张好皮子。

席先生嘿笑说,你这是挑熟的说呵。你是一个皮货客,自然不离本行。皮子不皮子的,安排娃守规矩,用心学。

成立志说,他晓得塬上的苦,敢不用心呵。

堂屋门坎儿,席先生说,曹掌柜,他来了。

成立志揖手说,曹掌柜,谢您了。您答应娃"熬相公",那是给他一碗饭吃。您就当"个自"的管教,玉不琢不成材不是。

您别客气。曹文宪说,不管怎么说,咱们有同师之谊呵。席先生来作保,没有回绝的道理。"熬相公"说白了,不光是苦日子,出来出不来,全凭悟性。您放心送娃来学,信得过曹某呵。请坐。

成立志抱了褡裢,坐了对面的太师椅。

娃的事儿,席先生讲过了。曹文宪说,读书读到太原去,又差不多念完了高中,在蒲县也算一品人物了。我这儿门坎低,守着粮屯子,怎么也熬不出息了。我作保,给娃寻一个好前程,熬得值呵。

曹掌柜,娃就跟定您了。成立志抢了话说,县城这么大,骑洋驴子的就您一个人,您这掌柜,当的还不大呵?您放心,我安排娃,给您曹掌柜,也给席先生争个脸面,哪能辜负了您的帮衬了呢。

您听我说完话。曹文宪说,不是我往外推,是给娃寻前程。县城里有两家银号不是,也有我那么一小股。县行政公署,计划官商合办。平遥的票号听说过吧,比他们的那个,更先进,正本的银行业。娃见过世面,又读了那么多书,该有一个好前程。经理曹文选,是我的本家兄弟,求贤若渴。也用不着走那老规矩"熬相公"了,按新派的说法,叫什么职员,拿月薪。

曹掌柜,您这大恩大德,我替娃谢您了。成立志说。

不用。曹文宪说,只要他在银号里兢兢业业,熟悉了金融业,往后还担心没有前程嘛?娃在我这儿,委屈了。

这么说,用不着我这个保人了。席先生笑说,娃有一个前程,不正是父母所愿嘛。老哥,恭喜了。

叫我咋说话,都是曹掌柜的大恩大德。成立志笑说,也不指望娃拿一张"大红袍"("大红袍"是山西银行发行的纸币,十元面值的俗称"大花袍"。一元、五元面值的叫"大花脸"、"二花脸"),只求学一本事,有一碗饭吃。这银号是少不了官府,不合办不也要依靠人家嘛。还是官商合办好。平遥的乔家,连皇太后都降恩,没有朝廷里的那些老爷们,哪儿来的汇通天下,富甲三晋呵。曹掌柜,我这话说的对嘛?

您是一个明白人,少了一个官字,啥事都白干。曹文宪说,曾几何时,晋商纵横几千里,诚信天下,风云百年呵!民国伊始,晋商逐渐衰弱,再也没有中兴的迹象。时势造英雄呵,浙商徽商不一样衰弱了嘛。

该上课了,这闲篇儿,找工夫扯吧。席先生笑说,曹掌柜,您看咋安排,叫他回去准备。好不好?

没啥安排,哪一天方便,您只管带了娃来。曹文宪说,官商合办的事儿,多半是县行政公署出资,极有可能是年后的事儿。眼下的银号,还是有事儿干。过去是公助,现在是合办,需要一个过程。合办后银号里的人,都算是县行政公署的人了。很多事儿,也都有公署安排,公署盈利呵。

明儿,或后天,我带娃给您磕头来。成立志说,不敢误了席先生讲课,那学校的事呵,比啥都重要。

曹掌柜,就这么说了。席先生一面说一面往外走。您是商界德高望重的人,虽是去了银号,那也是跟了您,您多指教。

席先生,您拿我当外人不是?曹文宪说,骨头不亲,那也是一个老师,这么深的渊源,我能不尽心嘛?

送到街上,席先生说,曹掌柜,您留步。

您喝一杯茶走了,席先生,我这心里不落忍呵。曹文宪歉意地说,您跟老师一样的清高,真君子。

改天再来讨扰吧。席先生说。

曹掌柜,您留步。送娃来了,麻烦您的事儿多了。成立志说,您多操心,年初一娃给您磕头。

咱不说这话。席先生找到我,那是看得起我。曹文宪说,席先生那是不求人的,他开口不容易。恕不远送。

到了街口儿,席先生回头说,老哥,趁日头高,回吧。我也陪不了你,不是都说停当了,有事儿再找我。其实呵,我一个穷教书匠,啥也帮不了你。都是侄俉的造化,读书积累下的。银号不用读书人,用谁呵?

成立志说,我这就回了?

回吧。席先生说。

成立志看着席先生的背影,跟他老子一样瘦弱。那腔调儿,走路的姿势儿,分毫不差,又一个席先生。

月亮挂树梢的时候,迎着沟里的犬吠声,站在庭院的成立志大喊一声,娃他娘,我回来了,买了丰乐铺子的点心。

娃他爹,咋哩? 女人跑出来问。

高兴呵。我不能白去一趟城关。成立志哈哈笑说,这是丰乐铺子的点心,复兴泉的一罐烧酒。果子甜,酒美。

不就是一匣子点心嘛? 女人笑说,你那一嗓子,魂都给吓出来了。你见席先生了,娃"熬相公"的事儿,也成了。

怔了半天,成立志又哈哈大笑。

怎么又笑呵? 女人说,窑里高兴去。

褡裢撂到炕上,成立志突然问,怀珠呢?

跟玉英妹子一块出去了。女人说,也该回了。

我高兴呵,席先生,好人! 成立志说,人家席先生二话没说,领我去了日裕恒。那曹掌柜谱儿大,上街都骑洋驴子,粮行呵,日进斗金。谱儿再大,他也是席老先生的学生呵,见了席先生,那也是二话没说,一口答应。娃他娘,咱遇到贵人了。合着咱娃呵,不是土疙瘩里命,遇难成祥了。

这么大的好事,喝两盅。给你炒两鸡蛋去。女人又突然止了步,回头问娃他爹,捎了盐回来没有?

当我高兴的不知东西南北了? 成立志说,没忘,褡裢里呢。

女人扑哧笑了,褡裢里取了一包盐,进了"冲炉子"。

这天晚上,成立志醉得一塌糊涂。

天刚放亮,成立志在窑里就翻找东西了。一堆皮子全撂庭院里了,一张张仔细看。那是一堆生皮子,入秋收的皮货。里外都带了血丝,腥味儿。熟两张皮子送人,儿子头年去太原一次,这是第二次。

成怀珠下炕了,站在门坎儿,半天说,爹,熟皮子呵?

我挑两张好皮子送人。成立志说,窑里除了皮子,哪有值钱的东西。好皮子城里人稀罕,也当回事儿。

成怀珠问,送给谁呵?

席先生,还有日裕恒的曹掌柜。成立志说,人家帮了咱,是贵人呵。咱得知恩图报,谢好人家。空了手去,寒碜。

席先生说,那曹老板稀罕嘛?成怀珠说,少忙活呵,人家扔掉的皮袄,那也是上等皮毛。他是曹半县。

不管他是啥,是咱爷们的心意。成立志笑说,你没见过那曹掌柜,也是一厚道人,一说三笑,不嫌穷。曹掌柜说了,进了银号拿月薪,免了"熬相公"。优待跟平遥的乔家差不多,一月准拿一张两张"大红袍"。

我拿两张"大花脸"也算好。成怀珠浮躁地说。

不能够。最差也是两张"二花脸"。成立志说,那银号的经理是曹掌柜的本家兄弟,曹掌柜高看你,那个曹掌柜也高看。这后头,不是还有席先生嘛。没人不尊敬他,听说他当校长了。

就冲那两张"二花脸"去的呵?成怀珠问。

都说错了,全走了味儿。成立志说,咱虽说是穷人,眼里不看钱,本事比钱贵重。一技之长,那就胜过万贯家财。这道理我懂,不糊涂。人家曹掌柜说了,这官商合办的银号,跟票号钱庄不同,讲究新派。进银号那就是县公署的人,不白使人。人家给咱那"大红袍",也不能说烫手呵。

说到底,还是钱。成怀珠不满地说。

成立志问,没有那东西,咋活命?

娃哩,不跟你爹争。女人说,他咋说都是为了你好。

成立志说,你习会儿算盘,银号里顶重的就是算术了。读高小时候,你算盘打到了狮子滚绣球,到头了。干一行讲一行,哪怕是人家不给一张"大花脸",也得对得起曹掌柜,心换心。

那算盘我都记着呢,没忘。成怀珠说,还是帮你干活吧。这送了皮子,人家也不领情。席先生记住了,曹老板扔了。

你玩耍去。女人说,省了斗嘴。这活儿你也插不上手。人情世故的,读了那么多年的书,咋给忘了。你爹在塬上,那也是体面人。

成怀珠讪笑着走了。

顺沟西去,想不到哪儿去。懒散着爬上塬去,看一眼红彤彤的日头,想那银号神秘的业务。突然沟底有人叫,怀珠哥。他低头看见了尚瑞秀,笑笑说瑞秀呵,镇上赶集去。顺便去一趟学校。

巧了,我去镇上买盐。尚瑞秀说,怀珠哥,你等我上塬一块儿去。这个时候去早了,晌午才热闹呢。你认识学校的哪个老师?

郭兴堂。成怀珠说。

谁呵?没听见哩。尚瑞秀问。

郭兴堂。成怀珠大声喊。

听清了哩。尚瑞秀一面爬坡儿,一面笑盈盈地说,我也认识他,瘦高个儿,螳螂似的,走路摇晃。还有一个老师……

成怀珠听了半句话,异样地回头,三五不远的坡道上,尚瑞秀站在那儿,喘息着看他。一只手伸来,拉我一把呵。

他伸出手去,犹豫着拉住了她的手。只那一碰的力量,她一步迈到塬上,一脸的潮红说,走吧。咋没背褡裢?

塬上你看见褡裢了,太原不见褡裢。成怀珠说,人家拎包、旅行箱。褡裢早成老古董了,你也是古董呵?

啥叫古董?她扑闪着眼皮儿问。

跟你说了,也不懂。成怀珠说。

我听明白了。她说。

成怀珠不响。埋头走路。

哑巴了?她说,去太原读了几年书,看不起乡下人了。

那道理绕几个弯子,也讲不明白。他着急地说,都是发小儿,也看不起呵?等有工夫了,有心情了,问啥我都回答。

她扑哧笑了,抿嘴儿。

他突然站住了,说不想去了。郭老师借读的书,不该看完呢。你去镇上有事,我去干甚?回沟里晒日头。

她一面拽了他往前走,一面说看一眼热闹,也比晒日头好。当陪我了。心里藏了很多话,想问想说呢。

他说你还藏着吧,我不想说。

你知道我问啥话?她说,不问你不喜欢的话。

他说那也少问。

你不是想守塬上,晒一辈子日头吧?她笑说,去见那个郭老师,不是也想当老师吧?当个教书匠,也好。

谁说我想当老师了。他说,我就是想去,人家要我嘛?不是你不想呆塬上了,想嫁到外面去吧?最好是太原,不定哪一天,我去找你。

胡说。她嗔笑说,我这辈子就是塬上的命,嫁到太原去,那城里人还不当我是怪物呵,啥都不懂。你不该守塬上,有打算了?

不是我打算,是我爹替我打算。他说昨儿去了一趟县城,请了席先生帮忙,银号里找了一份差使,这两天就去了。

去吧,有事干好。她突然又惆怅地问,你还回来嘛?

这儿是家呵,回来。他奇怪地说,但回来得少了,那是要告假的。虽说是官商合办的银号,也是当差不自由。

她站住说,我能去县城看你嘛?

他点头说,可以呵。想去只管去。

两人突然异样地迷茫,一如脚下延伸的路。

第九章
信誉诚的实习生

成怀珠第一次见到席先生的时候,席先生正在讲课。

他坐在一只方凳上,戴一副石头花镜,口音带了方言,慢腾腾地讲一首唐诗。一件黑色粗布大衫,前襟上落了点点滴滴的粉末儿,山羊胡须抵着书本。他抬头看见成家父子,依旧讲解诗意。

成立志拿了一张鹿皮,放上了窗台。

听着背后的读书声,成怀珠问,他就是席先生呵?

他也没读过洋学,跟着老子的"砚洼儿",硬是磨出了一个先生。成立志嘿笑说,看他那教书的模样儿,活脱又一个席老先生,连那手势儿,都不差分毫。那一肚子的学问呵,都给了他。学养、人品、骨气,找不出第二。

成怀珠不响。

席先生忙哩,他是校长。成立志说,曹掌柜说了,啥时候去他啥时候安排,席先生闲了去,忙了不跟着去。人家曹掌柜,那是一个厚道人,进了银号咱要给人家脸上添金,那也是为席先生争脸面。

晓得。成怀珠说,这就去见曹掌柜呵?

日头快到晌午了,正是时候。成立志说,席先生不是随便作保的人呵,不三不四他不作保。

一入街口儿,成怀珠突然站住了。

你这是又演哪一出呵?成立志问,走呵。

席先生不是校长嘛,干脆,银号不去了,我跟他教学去。成怀珠说,求那曹老板,不如回头求席先生。

大爷,吃错药了。成立志着急地说,糊涂! 路都踩好了,你还回甚头呵? 席先生是校长,可他兜兜里没有"大花脸"。不管多少"大花脸",都是县党部发,想当老师呵,那得先问县党部人家答应不答应。

求席先生去说。成怀珠说,他是校长,说上话了。

你当人人都能跟县党部说上话呵? 成立志摇头说,席先生那校长,是戏楼上的官儿,他不肯给人家说,县党部的老爷们也不肯答应。

半天,成怀珠挪了步子。

进了日裕恒,成立志揖手,冲伙计说,大朝奉,掌柜的在家嘛?

伙计隔着柜台仔细问你是谁呵?

大朝奉,您贵人忘事儿。成立志笑说,那天是席先生领了我来,掌柜的又送席先生出来。掌柜的安排来见他。

我想起来了,席先生是来过,有那么档子事儿。伙计说,掌柜的堂屋里算账呢,你等着,我回掌柜的话儿。

大朝奉,谢您了。成立志揖手笑说。

日裕恒三间街房,柜台外头正有一个女人买杂面,一个账房抱着桌子上的算盘,一个伙计核秤杆儿,还有俩伙计守秤杆儿。

曹文宪从后门进来了,眼睛盯住成怀珠。虽是脱了学生装,却透着一股书生气,与县城的年轻人截然不同。

曹掌柜,给您添麻烦。成立志揖手哈笑,席先生上课呢,我带了娃来。这是娃。不懂事儿,您多指教。给您添麻烦。

曹文宪踱出来,看着成怀珠问,叫啥名字?

成怀珠,曹老板好。

这年头,谋一份差使不容易。曹文宪说,说是席先生的面子,不如说是我老师的面子。银号顶重要的是守规矩,无规矩不成方圆,行有行规,你在太原读过书,懂这些道理。那是一个有前程的地儿。

成怀珠说，曹老板，我懂。

娃听话，他守规矩。成立志说，曹掌柜赏给他一碗饭吃，知恩图报，他忘不了您的大恩大德哩。

曹文宪说，懂事就好。不守规矩，不管你读过多少书，那也是白搭。乱了方圆，这一行当的生意，还怎么干呵？

掌柜叮嘱的，都记住了？成立志小心翼翼地问。

记住了。成怀珠回答。

塬上没啥金贵东西，新熟了一张皮子，拿不出手，谢好您。成立志裆裢里掏出皮子，又说，虎皮豹皮您也不稀罕，礼轻了。

曹文宪接了皮子，翻看说，好鹿皮，上等货。山里的鹿，也不容易打了。那我就不客气了。收了。

成立志看着曹文宪，随手把那张鹿皮撂在柜台上，心里咯噔一下。陪了笑说，是五鹿山里的货，最好的鹿皮了。一年也就二三十张，进山三五天，打一头鹿也不容易。天凉了，垫太师椅上，暖和。

跟我走吧。曹文宪说着，一步迈到当街去。

银号的字号叫信誉诚，一块五尺见方的黑漆金字牌子，也在这条街上，距离曹记日裕恒粮行三五十丈的样子。一样三间街房，门坎内的摆设大不同，七尺高的柜台，挨屋脊立着栅栏。下面留有两个半圆的洞口，外面的人看不见里面的情景，里面的人俯视外面一目了然。那无处不在的钱庄当铺的阴影，令目睹过太原银行业的成立志，或多或少失望了。至少蒲县的银号，还停留在前清的模式。

曹文宪敲着栅栏说，叫你们经理。

哟，曹爷，您稍等。

栅栏背后的伙计，探头探脑地回答。

官商合办后，蒲县仅此一家银号。曹文宪说，另外还有两家当铺，都是惨淡经营，撑不太久。信誉诚银号，主要是官方注资。

曹掌柜，您受累了。成立志说，俗话说靠了官家好吃粮，就是这个理儿。瞧这铺面儿，多大的排场呵。

曹文选从暗门出来,看着他们说,哥,这就来了。

文选,昨儿席先生介绍的,就是他们。曹文宪指着成怀珠说,叫啥呵?

成怀珠。

曹文选打量成怀珠问,听说你从太原读书回来?

回塬上快两月了。成立志回道,正读高中二年级,娃小哩,不懂事儿,曹经理,您多担待,多管教。

会算盘嘛?曹文选又问。

会。成怀珠回答。

怎么会呵?曹文选说。

读高小时候,娃就打算盘,跟着古县开杂行的李先生,学会了狮子滚绣球。成立志笑说,不信您拿算盘试试他。

你留下吧,半年试用期,一月两张"大花脸"。曹文选说,过了试用期还用你,一月一张"大红袍"。这银号里不白管饭,也不白给票子,你要守规矩。坏了规矩,卷铺盖走人。

明白了。成怀珠说。

明白了好。曹文选冲栅栏里喊,二掌柜,领他进去,安排活儿。

暗门里蹰出一个中年人,冲成怀珠招手儿,说娃,进来。

成怀珠看着父亲不动。成立志说跟去吧,听掌柜的话,做事勤快了。

成怀珠拎了包裹,走到门口,又回头看。成立志扬手儿说,记住安排你的话,少说话多干活。去吧。

那背影突然藏了去,一记哐啷的门声,成立志心底泛起苦涩,从裆裢又掏出一张皮子,双手呈上说,曹经理,谢您了。乡下没啥金贵,"个自"熟的皮子,算是娃孝敬您的。往后您就当是"个自"娃,该咋管教咋管教。

你会说话。曹文选说,这皮子我收下。城里混一碗饭吃不容易,规矩坏大了,卷铺盖事小,警察局还拘人呢。银号是官商合办,不是从前的私营。

曹经理,娃本分,他守规矩。成立志笑说。

我那边还忙,走了。曹文宪一面说,一面往外走。

曹文选伸手拽住了,说晌午了,不走。咱哥俩去晋华楼,有日子没在一块了。喝酒其次,商量官商合办的事儿。

曹文宪说,那就去晋华楼。成老哥,一块儿去吧。

我就告饶了。成立志揖手,说,娃交给你们我放心,玉不雕不成器,万事都从一个苦字开头。谢二位了。

曹文宪、曹文选说笑着出了银号。

成立志蹲下身,从贴身的兜袋里掏出一张"大花脸"攥在手心里。掂了脚尖儿,扒了柜台望里瞅。叫道怀珠。

成怀珠扶了栅栏不响。

爹走了。成立志眼巴巴地说,看好"个自",那吃苦受累委屈,都不算啥。咱是穷人,人家还给一张"大花脸"呢。这营生不比读书,勤快还不够,心里放亮堂了。拿好了,饿了呵,外面买一个馍吃。

换了手,成怀珠攥牢了那张"大花脸"。

走了。

望着父亲踟蹰去的背影,他突然问,爹,你啥时候还来。

他没有听到父亲的回答,只在门坎儿一个回头,没了踪影。

头一天,成怀珠只誊抄了一本旧账簿。蝇头小楷,慢得赛蜗牛爬。银号不仅存货,还发行银票。那本账簿上,都是发出的银票底账。其实信誉诚跟平遥祁县的票号差远了,官商合办也不足一万大洋。平遥祁县百万千万的票号,也走到了历史的末路,信誉诚在日暮后的旧金融业,效仿陈旧的票号,又能走多远。

二掌柜姓刘,他不是银台的二掌柜,是纸烟坊的二掌柜。银台管存货的人,都是曹文选的家人或亲戚。极少有存储的客户,借贷的人也少,多半是穷途末路的人。约定期限和利息,拿了回契抵押。银号里养了几个练武的人,专职讨要本息。也可以动用警察局,抓了关局子里去。放贷收息养着信誉诚,银号的主要财源是烟土纸烟以及赌局、大烟馆。那些有积蓄的地主把"大红袍"藏在窑里,也不肯存到信誉诚生息。

刘掌柜只在闲时偶尔来银台帮忙。在纸烟坊里专职负责收烟草,套了车马四乡收购,空车去满车回。过了烟草的季节,炕房里烤烟草,切烟丝卷纸烟。有两种出售形式,一种纸包,另外一种散烟。草纸烟盒很简陋,效仿"老刀"、"炮台"、"美人"等牌子的图案。不是印刷,是刻在木版上,类似染年画。美人不分鼻眼儿,套色模糊,湿手摸去掉色儿。也分等级,但价级差不多。蒲县唯独信誉诚专营,外面的纸烟来不到蒲县。烟民们品尝不到正宗的"老刀"、"炮台"、"美人"。

那天刘掌柜是来支收购烟草的"大花脸",四乡收烟草的一拨人,就他还识几个字,缺明细账,缺账房。刘掌柜也没领走账房,银台的大掌柜抓一现差,成怀珠誊写了一天账簿,灯芯里跳出灯花了,刘掌柜把他领走了。

纸烟坊在大东关最繁华的地段,四间门面,两间卖纸烟,两间通道。和北方惯见的铺子一样,前铺后坊。进去又分前后院,前院一半烟局一半赌局,烟局是一溜儿通炕,枕头一侧放小八仙桌,上面摆放烟枪美孚灯的烟具,茶碗茶壶。客人在柜上交了钱,伙计会引你上炕,把填好烟土的烟枪递给你,之后取下玻璃罩儿,划燃洋火点亮美孚灯。客人便抱了烟枪,吞云吐雾了。

烟局里少动静,最多是瘾后或未过把瘾的一声叹息。因为那神仙似的舒坦,足以令他们迷醉了,满足了。赌局动静大了,骂娘争吵外,还会厮打。输光了"大花脸"的赌徒,连女人性命都押上。

后院是纸烟坊,竖起一座一丈见方、两丈多高土垒的烤烟房。切丝、泡制卷烟、包装,统共二十多个人。乡下人极少抽纸烟,他们称这种烟叫洋烟。习惯抽旱烟,地头上种几棵,烟囱旁边烤出来,细细地揉碎了,装进烟荷包,填充了烟锅儿,咂嘴巴儿,又辣又有劲儿。

抽洋烟的多半是地主或公署公所当差的人。

刘掌柜领成怀珠进了作坊，站在那儿看了半天，干活的人也看他。一屋子的烟味儿，呛的他咳嗽。伸手捂了鼻子。

两个月的烟叶季节，眼跟前塄上的烟叶收差不多了。刘掌柜说，你就当两个月的账房先生，两个月后计工计烟数，也干活。这作坊里的活呵，烤烟、切丝、泡制卷烟、包装，他们都会。你跟他们一样，全都会了。

成怀珠异样地问，不在银号里呵？

曹经理安排你干啥，你干啥。刘掌柜说，还有几句话交待你，前院的烟局赌局，跟后院的纸烟坊两码子事儿，不用你管，也不用你问，都有管事儿的掌柜。少看少说话，出了人命事儿，有警察局呢，跟你没瓜葛，你也别往里头掺和。

成怀珠说，刘掌柜，我明白了。

你还是糊涂点好，睁开眼窝子，啥都看不见。刘掌柜说，跟我走。这事儿还没交待完呢。抽烟嘛？

不会。成怀珠说。

那最好。刘掌柜说，东家忌讳。学会了抽烟，鬼也看不住你偷吃，那你就得挪地儿，回塄上抽旱烟去。

推开一间房门，刘掌柜探头，又缩回了脖子，摇头说这间就是账房，有时间没进人了，你收拾吧。有桌子有板凳，那些老账簿都在抽屉里呢。找几本空白账簿，写上日期，明儿用上了。老账簿以后再交给你。

成怀珠进去，铺盖撂床上，看着门坎外的刘掌柜说，刘掌柜，您进屋歇会儿。行里的规矩，仔细说。

我可不敢进去。刘掌柜怵头说，你是不知道，那老账房五伏天死的，瘦剩下两张皮了，怀里还抱着那杆老烟枪。

他咋死了？成怀珠低头看那张床。

老烟鬼呵迷上这口的，没一个好死的。刘掌柜蹙眉说，你说这赵老头，喝啥迷魂汤了，也算是一个不大不小的地主，听他闲话说，两千多亩田地，先是抽光了田地，又卖了小老婆再卖正房，这万贯家财，跟了烟飘走了。

他怎么来纸烟坊了？成怀珠问。

走投无路了呵。刘掌柜说，他读过几年私塾，字写的也不赖。赊欠烟局的账，东家就用了他。吃饱了饭，还是戒不掉那一口。死了干净呵，这世上的事儿，好比人在江湖，那是由不得"个自"的。

望着刘掌柜的背影，成怀珠突然颤栗一下。

不管是粮行或银号，成怀珠都是在父辈传统旧观念的引领下做出无奈的选择。他不愿让父亲失望，同样有担当家庭生活的责任。那原本失落的心境，在这间潮湿充满死亡气息的房子，终是迸发出来，汪出一眼的泪花。

桌子上落满了尘土，砚台有淹死的蚊虫与干去的墨汁凝结在池内。艳阳透过窗户洒进来，光线里有浮扬的尘埃和脆去的窗纸迎风张扬的痕迹。他拿了一块布，用力掸去尘土，那浅飞在桌面上的尘土，迎面扑来迷了双眼。他仔细打扫房间里每一处灰尘，似是抹掉那烟鬼留下的痕迹。但那老烟鬼的影子，浮扬在尘埃里似是不散的阴魂，抱住烟枪不肯离去。成怀珠沮丧地怔在那儿，听着那尘埃的咳嗽声叹息声，手里的扫帚猝然丢落在地上。臆想那烟鬼是什么模样。

夕阳终于在窗纸上暗下去。

刘掌柜鬼魅似的突然在门坎儿出现。

开饭了。

成怀珠拍打着手上的尘土跟了出来。那站在灯辉里的模样，土头土脑似一个玩土的孩子。递给他饭碗的老头儿，挤巴眼儿笑了。随了那笑声骤起的哄笑，令他尴尬地跟了傻笑。他们笑什么？

找见那个老烟鬼了？刘掌柜问。

没有呵。成怀珠说，他不是死了嘛？

是死了,阴魂不散呵。一个老头儿,喝着糊糊说,夏天那场连阴雨,半夜里"哦"还听见他哭呢。断断续续的,凄惶。

真的呵? 成怀珠问。

诓你,"哦"是你大爷。那老头吃笑说,你在塬上没听过鬼故事呵? 老烟鬼就是那善鬼,不害人。活着时候,善良。

谁也没敢进那屋,你是头一个。刘掌柜说,脏吧?

成怀珠点头,往灯影里蹭。脊梁冒凉气,不敢回头往黑暗里看。心里打着鼓点儿,那老烟鬼不会跟了来吧?

你说一个有吃有喝,两个女人伺候的地主,为甚吹烟泡呵? 那老头又说,舒坦日子不过,非要抽一个家破人亡,末了,也吞了烟土死。值嘛?

他回不了头。刘掌柜说,你沾上了,也回不了头。妻离子散他不后悔呵? 牙掉了往肚子里咽。没办法。

这沾了烟土的人呵,跟活鬼差不多,人见人怕。老头儿说,人活着是没意思,还是那烟土里的世界好!

好比那飞蛾扑火,明知是死,也往火里钻。刘掌柜说,那蛾子看见了光亮,那吞云吐雾里,他们看见了甚?

你去试一回,就知道了。老头嘿笑说,就怕有去的路,没了回来的道。

老不死的。刘掌柜丢下饭碗骂。

灯影里没了声响,二十几个人埋头吃饭。

早歇了吧。刘掌柜一面往外走,抹嘴儿丢下了话。成先生,明儿早起,带了文房克城收烟草去。屋里的烟叶,日头出来晾出去。

人堆里有人哼声儿。

成怀珠撵出来,拦了刘掌柜问,我一个人睡那屋呵?

刘掌柜说,那是账房,你是先生,你不睡那屋,谁睡那屋呵? 你不是先生,还睡不了一间房呢。

我害怕呵。成怀珠说。

不听那胡说八道，人死灯灭，狗屁鬼魂。刘掌柜说，连那账房都不敢睡呵，趁早卷铺盖走人。收烟草走黑道，见天的事儿。

成怀珠不响。望着刘掌柜在对面的一溜屋檐下，摸着黑进屋去。

回到伙房的成怀珠，蹲在人堆里听说话。他们都累了，晚饭的过程很短暂，涮洗也快得眨眼的工夫。厨子端了洋油灯，看着他笑说，小先生，你还守这盏灯呵？他们都快睡着了，回屋歇吧，二掌柜不是说了嘛，明儿还早起呢。

成怀珠跟了那盏灯往外走，缩头问，屋里都不点灯呵？

不点灯。厨子说，前院有点儿光亮，照得见。连这伙房的灯，也是一月一两灯油。东家不叫点灯，费洋油。

成怀珠原本想借灯，听了厨子的话打住了。蹑足走到门口，伸手又缩了回来，那老烟鬼藏在屋里的旮旯，跟在他身后，站在他床前。

他犹豫着退了回来，向前院灯辉里走去。

前院没有亮几盏灯，烟局还不到时辰，赌局里早到的人等晚来的人。成怀珠在甬道上来来往往，那碎步儿，令人怀疑是一个烟瘾上来的人，又身无分文，火烧火燎猴急着呢。那浮躁的蹀步，在膨胀的欲望里，充满了无奈。鬼怕鸡叫，听到鸡鸣的鬼，回不到属于他们那个世界。他期待着鸡叫。

一个十五六岁的孩子，盯了他一阵子了，甬道上又折回来的成怀珠，被那个孩子拦了道儿，问他你吹一泡过把瘾，或是到局子赌一把？

成怀珠摇头。

不是呵？那孩子又说，一口大人的口气。回家去，这儿不是晃悠的地儿。看你的模样儿，也不像。

成怀珠问，你是干甚的？

问我呵？那孩子说，伺候烟局子。

我是纸烟坊的账房。成怀珠说。

没瞧出来。那孩子说，你叫啥名？

成怀珠。

那孩子笑了，说这是大号吧？我没大号，小名，狗剩。

成怀珠笑说，没大号的人多了。你都干甚？

点灯、送烟土、挖烟枪。狗剩说，人走光了，扫地、洗茶具，事儿多去了。听说后院里轻闲，我没去过后院。

不轻闲。连我这个账房也干活儿。成怀珠说，收烟草、烤晒烟叶、切烟丝、卷烟、装烟盒，样样要会干。吹一泡多少钱？

不清楚。狗剩说，也不敢问。吹一泡上瘾了，家破人亡。这事儿我见过，小鬼推磨似的，厉害。你咋不睡觉？

不困。成怀珠说，你知道后院吞烟土死的那老头嘛，我前头的账房，也是一大地主，他姓啥，哪里人？

你说那麻杆子老账房，我认识他，烟局的常客。狗剩说，姓啥我不清楚，哪里人，哎，他没有家呵，就他一个人。

真是吞烟土死的？成怀珠问。

诓你是小狗。狗剩说，那几天落雨，那老账房跟了连阴天买了几回烟土，也不见他倒在炕上，吞云吐雾迷醉了，连一句胡话也不讲了。听说他死了，我还稀罕呢。东家舍给他一领席，卷巴了，纸烟坊的几个人，抬出去埋掉了。他家里也没亲人，孤苦伶仃的一个老头儿，可怜！没有这烟土呵，也害不到这田地。睁眼看了是火坑，为甚往里头跳呢？他们呵，一个个都是明白人。

不清楚。成怀珠又问，你听说那老账房阴雨天的哭声了？

没有呵。狗剩说，我们山里有一个吊死的女人，阴天下雨哭的凄惶。我听见过，吓尿了一裤子。

听见了嘛？成怀珠问

听的真切。狗剩说。

成怀珠打一寒噤。

你不是住了那老账房的房子吧？狗剩问。

我不住。成怀珠说。

不敢住哩。狗剩说,那老账房的魂儿还没走。他是大地主,这么死冤枉呵。他有了大烟瘾,不死谁死。

那鬼魂早晚得走呵,不能老住那房子。成怀珠说。

他是孤魂野鬼,走了,他住哪儿去?狗剩说,那乱葬岗上有他一个坟头,没他的老屋。葬祖坟里,才有老屋。

成怀珠不响。

鬼怕火,怕鸡叫。狗剩说,二掌柜安排你住那房子了?你要害怕,就在这儿玩。后半夜人走了,咱一块儿睡觉。

我帮你忙。成怀珠说。

干脆,你来烟局干。狗剩说,那纸烟坊里也不是啥好活儿。

曹经理不听你的话。成怀珠说,我还是在纸烟坊里干,沾不坏毛病。你一月几张"大花脸"?

还几张"大花脸"呢,不够一泡烟。狗剩说。

成怀珠笑了。他说这曹经理开的不是什么银号,是一家杂货铺。这局子里的赚头呵,比银号里有油水。

我爹怕我学坏了,过年我不来了。狗剩说,这哪儿是"熬相公",学会点烟泡儿、洗烟枪、装烟土。不知道的还以为进了富贵窝,有了前程呢。狗屁!呆上十年八年,不成烟鬼,也叫大烟醺黑了。

成怀珠问,你回塬上干甚?

狗剩说,种庄稼。

成怀珠絮语道,我回塬上干甚?

狗剩说,你也种庄稼。

狗剩,赵三爷来了。伺候赵三爷上炕,点烟灯,吹一泡儿。

哎,来了。狗剩扮着鬼脸儿,说二掌柜叫了,来人了,我得去伺候。等点着烟灯,哥俩儿接着说。这上半夜长,难熬。

成怀珠笑着不响。

一个穿大衫的胖子,满脸通红从廊檐下荡过来。迎上去的狗剩,似是扶不住那身肉,那双蹒跚的脚步,带了他东倒西歪。流出的口涎滴落在狗剩身上。那胖子喊,狗剩,先点烟灯去,挑一杆好烟枪,那烟枪挖干净了。爷要是不高兴了,尝你一个大嘴巴。高兴了,尝你一口儿。云彩里飘呵飘,飘到奈何桥……

三爷,您走稳当了。

狗剩撒手儿,小跑进屋去。成怀珠好奇地跟了进来,站在狗剩身后。他一只手抓了小八仙桌上的洋火盒,一只手取下美孚灯玻璃罩子。划燃了洋火,点亮了美孚灯,拆了指甲大的草纸包儿,反手摁进了烟枪锅子。顺手放下烟枪,扶了趔趄到炕沿的赵三爷,慢腾腾地躺下去。

赵三爷努嘴儿,托起沉甸甸的烟枪,习惯地伸向美孚灯。灯芯里不见一缕烟气儿,抱了烟枪深呼吸的赵三爷,已然醉去。

狗剩冲成怀珠丢一个眼色,一前一后地蹑足出了屋。

他睡着了。成怀珠笑说,那抽的还有啥劲儿。

不是睡觉,美死了。狗剩说,那泡烟送他见了神仙。这位瘾大,一个时辰后,还得吹一泡。第二泡呵,那才睡着了呢。到了后半夜,找不见了神仙,赛霜打的茄子,蔫头蔫脑地回家了。一天过一把瘾。

他是谁呵?成怀珠问。

赵三爷呵。狗剩说,住小东关,也是一地主。我也不知道他叫啥名儿,听二掌柜说,四合院里也是妻妾成群。

又一个老账房。成怀珠笑说。

等会儿你看呵,两口子都离不开烟枪。狗剩说,顺炕头两杆枪,末了,抱了烟枪不撒手,连那美孚灯都吹灭了。这两口子,差不多到了老账房的田地了,二三十顷地卖光,四合院盘出去,留两间露天草屋子。

也该撒手了。成怀珠说。

撒得了手嘛?狗剩吃笑说,不死不撒手。

狗剩,王大爷来了,快伺候着。

又叫上了。狗剩说，等我呵。

成怀珠盯着狗剩的背影，似见了鬼。

听见牲口叫唤，成怀珠睁开眼，窗外朦胧地亮了。屋内那不散的烟土气息，令他作呕。他扑打着跟前的空气，没有一丝晨曦的清新。爬在炕头的狗剩，淌着口水睡得正香。他翻了个个儿，眯上眼睛，又听到了叫声。

成先生，成先生，开饭了。

他从炕上跳起来，一面找衣裳，一面回答，二掌柜，来了。

跑进后，慌张地站在二掌柜跟前，成怀珠讪笑着，叫了一声刘掌柜。我没起晚吧？那竹牌响了一宿。

你咋睡前院了？刘掌柜问。

我跟狗剩玩呢，睡那儿了。成怀珠说。

噢。快吃饭，车套好下乡。刘掌柜说。

成怀珠一头钻进了伙房。

马车驶出北关时候，日头还没露脸儿。

颠在马车上的成怀珠，只看见几片云彩掠过头顶，突然睡去了。

马车在克城停下，跳下两个人，留下一杆秤。成怀珠睁开眼，问到了啥地方？刘掌柜说克城。你还有一觉睡呢。

去哪儿？

红道。

当街没有多少来来往往的人，两街的铺子和摊贩们很认真地准备着。距离集市还早，他们赶到红道后，那集市差不多才上来。一个集镇一天收不到一马车烟草，一架马车分开了，两个集镇收一马车烟草，那就容易了。天黑之前马车会返回克城，装上满满当当的一马车烟草，乘了星空返回县城。

信誉诚银号的幌子不管竖在哪儿，都令乡下人敬畏。塬上的地主、商人、无赖、痞子、地头蛇没人触霉头。人家那地窖里，不但装满了银子，且是官商合办。没有人听说过，谁斗过官家去。

刘掌柜到哪儿都很牛,验收烟草也是横眉竖眼的挑毛病。挑一担子烟草,集镇上守一天,未必碰见一大买家。挑毛病砍价儿,那叫客大欺主。

塬上人都认识信誉诚的幌子,刘掌柜牵了马车,停在红道市上最热闹的地段。车帮上插了幌子,他蹲在呼啦啦的幌子下,抱着秤杆瞧街景。

塬上种植烟草多半是自给,只出售多余的部分。亦有在废地或窑前成片种植烟草的,挑到集市上卖。不是普遍的经济作物,属庄稼之外的副作物。信誉诚的马车停在红道市上,只有两种交易方式,一种买烟草,另一种是卖纸烟。乡下没有银号的金融业务,连那些地主也不把"大花脸"存银号里去。

一担挑三五十斤,或一百多斤或一二十斤,多的是专一卖烟草的,少的是捎带来的。一个伙计掌秤杆,二掌柜验质量定价钱,付"大花脸"。那晒干的烟草,或多或少含有水份,价钱也杀在水份上。当然也有斤两,塬上有一句话,叫十秤九不同。争来争去还都是依了伙计秤杆为准,差不多了乡下人也不计较,自家地里出的东西。

成怀珠在账簿上记下每一次交易的斤两、价格钱数。

怀珠,是你嘛?

听到叫声的成怀珠抬头看见了郭崇仁,担了一挑子烟草站在二掌柜跟前。翻看烟草的刘掌柜撂下烟草。

崇仁,卖烟草呵?

你是去了信誉诚呵? 郭崇仁问。

是的。成怀珠说,这是第二天。

刘掌柜笑问,你们认识呵?

成怀珠说,高小同学。

你认识成先生,我给你个好价钱。刘掌柜说,上秤吧。

二掌柜,谢您了。郭崇仁说,我爹说了,今年的烟草好,生虫也少。种了几年烟草了,就数今年的成色。

不孬。刘掌柜说,成先生,一口价,你说。瞧这叶子上,虫吃的印儿,生了不少虫呢,算不了最好。

成怀珠说,刘掌柜,我不懂,还是你说价。

你们是同学,我不坑你。刘掌柜说,三斤一张"大花脸",今儿红道开市,价钱最贵的烟草。嫌亏你担走,卖一集,下集你还担来卖给我。

半天,郭崇仁说,二掌柜,您说了算数。

上秤。刘掌柜陡然一声高喊。

烟草搬上马车,郭崇仁手里攥了"大花脸",站到成怀珠跟前。说这信誉诚呵,也是挂羊头卖狗肉的银号。

成怀珠笑笑不响。

我跟兴堂去家找过你,说你去了银号。郭崇仁说,书都看完了,你讲的那些道理,我跟兴堂也明白了差不多。还有书嘛?

有几本都带县城去了。成怀珠说。

见不着了呵。郭崇仁说,哪一天我跟兴堂一块儿去县城找你去。就怕他走不开,有可能我一个人去了。

不要去银号,去纸烟坊。成怀珠说,等兴堂放了寒假,我给东家请假,咱们一块儿去太原见张先生,他那儿新书多。

这还秋天,早呢。郭崇仁着急地说,老同学,县城里有啥新消息没有? 读了这几本书,突然觉得这天下事跟自己有关系了。

对头了。成怀珠说,我以前也是这么一个想法,这天下兴亡事儿跟老百姓没啥关联,其实联着呢。集上不是说话的地方,我在那纸烟坊里呵憋得都透不过气了。你最好晚上到县城,住一宿,我有工夫陪你。

知道了。郭崇仁担了空挑子,笑说,端人家的饭碗,身不由己呵。半月内准去,那书别外借呵。走了。

成怀珠苦涩地看着郭崇仁的背影。

收烟草,信誉诚收烟草了。

刘掌柜攥了"大花脸",兜圈儿喊叫。

掂秤杆的伙计,蹭到成怀珠跟前说,你谁也不认识,那认识了,不如不认识。不认识还能多拿走一张"大花脸"。

成怀珠听了,一脸的迷惘。

折回克城装了堆积在街口的烟草,麦秸垛似的,只驮烟草,载不了人。车把式牵了牲口前头走,二掌柜领了伙计后头跟。星星很高远,伸手够着月亮了。远处近处传响着零星的犬吠。成怀珠一步数一颗星星,数来数去,那一块星星越数越糊涂。马车碾着街上的红石进了大东关,那块星星还没数清楚。

卸车了。

二掌柜一声断喝,震灭了前院的烟灯。

烟草码进库房,成怀珠抱着账簿,拖了挂着沙袋的双腿,慢腾腾地挪进烟局,狗剩裹着被絮睡着了。

成怀珠领到两张"大花脸"的那天,一个月过去了,塬上的烟草收完了,西北风带了冬天卷进了大东关。那一个月的过程,他感觉过去了一年。

郭崇仁一个人来了大东关,那天晚上他没有见到成怀珠。晨曦时分,纸烟坊里见了正在吃饭的成怀珠,只一个交换书籍的过程,成怀珠坐上马车走了。郭崇仁说等大雪封山了,约了郭兴堂一块儿来。

刘掌柜收走了成怀珠的账簿,送到经理曹文选那儿。回来告诉成怀珠说,掌柜的看了你的账簿很满意。还说你是一人才,当一个收烟草的账房,委屈了。成怀珠听了不响。刘掌柜问他,你咋不说话?

掌柜的说声好,我就没白拿那两张"大花脸"。成怀珠说。

没白拿。刘掌柜说,塬上的烟草收差不多了,你这个账房先生那是明年的事儿了。这纸烟坊的活儿你想从哪儿干起?

刘掌柜,听你安排。成怀珠说。

烤烟你不懂火候,卷烟那是手艺活儿。刘掌柜说,切烟丝做起吧。用不了一个冬天,这纸烟坊的活儿,全会了。

成怀珠说,我听你的。

不管干啥活儿,也不能白拿了掌柜的"大花脸"。刘掌柜说,这年月混饭吃不容易,你从塬上来,啥苦不知道。

我爹说了,不光干,还要本分。成怀珠说,他是一个要脸面的人,干啥我都给他争脸面。刘掌柜,你放心。

刘掌柜点头说,兴许你在这儿干不长。这银号里真正能用上的人少,掌柜的能把一颗夜明珠埋在土里。

这年的头场雪只飘了大半天,地上结了一层结巴草似的碎雪,一阵西北风,把头场雪刮得没了踪影。

第二天,睁开眼窝子,趴窗台上往外看的狗剩惊叫道,咋不见了雪呵!

成怀珠头缩进被窝里不响。

狗剩推搡他说,你爬起来看呵,狗诓你。

大风刮跑了。

成怀珠搂着棉被不动窝。

这雪还下嘛?

不知道。

狗剩快快的,光着膀子缩回了被窝。

成怀珠想,塬上或许有积雪。

狗剩在被窝里来回翻,睡不着觉。下一天雪,天冷了,道不好走,来过把瘾的人少了。他就少点几盏灯,多睡会儿懒觉。

那动静令成怀珠浮躁,他蹬狗剩一脚,说你属狗的呵?

我不属狗,属兔的。狗剩吃笑说,今儿咋没听见二掌柜的叫你吃饭呵?我是怕你睡着了,人家吃干净了。

没听见呵。成怀珠异样地说。

我也没听见。狗剩说。

你真没听见?成怀珠问。

没有呵。狗剩说,好像听见叫你一声,不是二掌柜叫吧。

你咋不叫我。成怀珠说。

你烦我呵。狗剩说。

成怀珠猛然坐起,伸手掀了被窝,朝狗剩屁股扇一巴掌。

狗剩装模作样儿,哇一声哭了。

成怀珠爬起来,慌张着穿衣裳。

第十章
信誉诚的账房先生

后院跟往常一样静,作坊里的伙计忙碌着该干的活计。包装纸烟的刘掌柜抬头看一眼结着棉袄扣子的成怀珠,说起了?

刘掌柜,起晚了。成怀珠说。

那是没叫你。刘掌柜看着坐到案头的成怀珠又说,你不用干了,锅里给你焐着饭呢,天冷,趁热吃。

成怀珠怔怔地说,刘掌柜,你这是不让我干了?

没那意思。刘掌柜说,你又没坏规则,干的好好的,咋不叫你干。先吃饭,回头给你说,好事。

成怀珠说,刘掌柜,你不说,我咋吃饭。

刘掌柜笑了,记得我说过的那句话嘛?你是一颗夜明珠,掌柜的心里有杆秤,知道你的斤两。昨晚递来一句话,叫你去银号。

刘掌柜,谢你了。成怀珠心不跳了。

是好事吧? 刘掌柜问。

谢你了,刘掌柜。成怀珠说。

刘掌柜看着成怀珠的背影说,这小子,真要做银号的账房先生了。那是要多拿几张"大花脸"的,还是读书好。

作坊里没人接话茬儿。

成怀珠又回了作坊,习惯地坐到案板跟前,伸手操刀切烟丝。刘掌柜说,歇手吧。没准那一把烟草切不完,来人领你了。

成怀珠犹豫着停手。

半天,成怀珠问,刘掌柜,掌柜的说过去干啥?

刘掌柜摇头说,掌柜的没说,我也没问。

干不了我还回来。成怀珠说。

你是个洋学生,不干账房会干啥? 刘掌柜说,掌柜的是拿你当顶梁用,不会叫你干杂活儿。好事哩。

刘掌柜,我去给狗剩说一声。成怀珠说。

去吧。那狗剩可没你有出息。刘掌柜絮语。

成怀珠一口气跑进前院的烟局,听见脚步声的狗剩搂着被窝不动,装睡着。那鼾声赛打喷嚏。

狗剩,装聋不是? 我走了,去银号当差了。

狗剩慢腾腾地掀起被窝,问,真去呵,不诓我。

不诓你。他说,今儿去。

狗剩蒙了被窝不响。

狗剩,那一巴掌还疼嘛?

半天,狗剩哇一声哭了。

成怀珠挪不动了脚步。

回到作坊,刘掌柜正跟一个穿棉袍的老头说话。介绍说这就是成怀珠。这是银号的二掌柜,宋先生。

成怀珠叫了一声,宋先生。

宋先生说,掌柜的有眼力,识货。

刘掌柜说,去收拾东西,跟宋先生走。

成怀珠答应一声,转身走了。

宋先生蹲在条凳上抽纸烟,盯住进来的成怀珠,猛的打一寒噤。似是那开门撞进来的风,令他不胜寒气。他慢腾腾地下了条凳,嘴角儿叼了纸烟,剪了双手往外走。成怀珠跟在他屁股后头,不问去哪儿。因为在他的认识中,不管是烟局或是赌局,都是这个社会丑恶的现象之一。似是不存在剥削与被剥削两极矛盾的阶级范畴。他渴望远离这个地方,看不到这些丑恶的现象。当二掌柜告诉他去银号当差,他甚至没有丝毫的犹豫。唯一令他留恋的是与狗剩的情谊。

那场雪只湿了塄街的石块,差不多没有留下太多的痕迹。

抬脚迈上石阶的成怀珠,第二次走进信誉诚。

在蒲县人的心目中,这儿是一座无边无际的金山,是财富的象征和荣华富贵的代名词。距离他们异样的遥远。

宋先生带了他直接进了内柜,而后经后门进天井。沿了廊檐,在西厢房的一间门口,掏出一串钥匙,捅开了单扇门。推开门宋先生手指两张床,说西面那张床是你的,东面这张床是我的。银号里人少,房子也少。这儿跟纸烟坊不同,账房都在正房的两间,吃饭还是伙房。我有时候也不睡这儿。

铺盖撂床上,一间房两张床外就是宋先生胡乱丢弃的衣物了。唯一的一只板凳上放着几本线装书,《红楼梦》、《三侠五义》、《拍案惊奇》类的杂书。成怀珠说宋先生,我还能回烟局睡嘛?

跟我这个糟老头儿没话说不是?宋先生笑问,年轻人在一块有意思,去吧。但那种地方不干净,去多了,会染上坏毛病的。

成怀珠说,谢谢您。

跟我去见掌柜的。宋先生说,你是洋学生,也算是新派人物。叫经理吧。这曹氏兄弟在蒲县那是了不起的人物。不但官场呼风唤雨,跺一脚,大小东关抖三抖。人家叫干啥干啥,听话。有媳妇了嘛?

成怀珠腼腆地回答,没呢。

进了这个门坎儿那就不愁媳妇了。宋先生说,四十年前,我若不是去了平遥的票号"熬相公",多半打了光棍。

成怀珠跟在他身后不响。

两间办事房内都是老件儿摆设,没有太原的沙发茶儿,新派的气象。曹文选正和两个人商议银票的月息。门口的宋先生只听了两句话,回头低声对成怀珠说,等会儿,掌柜的正在谈银票的事儿。

这两位都是银号的老客户,当下使用银票的生意人越来越少了。没有烟局赌局撑着,信誉诚空了。

半天,客人走了。送客的曹文选从甬道中段折回来。宋先生迎一步说,掌柜的,成怀珠见您来了。

曹文选打量着成怀珠,说刘掌柜说你算盘打得好,银号这边正缺这一手,你到银号来,还是搞账房先生。雪一飘,离过年就近了,年到头月到尾,银号里那些借货,要逐一清还本息。具体事儿,宋先生交待你。

曹经理,您抬举。成怀珠说。

曹文选说,你跟宋先生去吧。

宋先生说,掌柜的,您还有吩咐嘛?

曹文选说,账目要清,对那些企图赖账的人,不要心慈手软。那善事做不得,商人不是慈善家。那样的话,信誉诚打烊了。

宋先生说,我明白。

看着曹文选进屋去,宋先生领了成怀珠往账房走。又掏出钥匙捅开一把铜锁,进了屋一屁股坐了板凳,宋先生说,我最头疼这年关的账了。

成怀珠小心翼翼地问,宋先生,有多少账簿呵?

不是拨拉算盘珠子的事儿,这里头你不懂。宋先生叹息一声说,催收本息的差使,我管了有几年了,老了,四乡八村跑不动了。从今年起呵,你就接了我这差使。到春天我回家养老去,这差使就全交给了你。

成怀珠点头问,宋先生,您安排我干活吧。

你今儿没活儿。宋先生说,天黑了,也不好把这账全理出来了。等我弄出眉目了,再一笔一笔交待你。

宋先生,我一点儿也帮不了你? 成怀珠又问。

宋先生摇头。

成怀珠守在他跟前不动。

宋先生一面翻账簿,一面问,你在这儿有事嘛?街上玩去,还没有仔细看过街景吧?你呵,也就眼跟前两天的闲工夫了。

成怀珠悄无声息地退出了账房。

狗剩正在擦玻璃灯罩,身边放着几个玻璃灯罩和十几杆要清除污垢的烟枪。那烟枪的两端都包了白银,镶嵌着云彩花纹。他白了一眼进屋的成怀珠,绷着脸,手里的布不急不缓地擦着玻璃灯罩。

成怀珠蹭到他跟前,拿了一杆烟枪,掏污垢。

你咋回来了?

宋先生放我假了。

你昨儿咋不说走哩?

二掌柜才说的。

你就是冲银号来的,这回满意了?

我还住这儿。

诓人。

诓你是小狗。

狗剩停了手,笑了。

这烟土哪来的,也是塬上收来的嘛?

狗剩说,塬上也有家种,少。听二掌柜说,从藏人那儿买回的。那儿罂粟花到开花的季节,跑死马都看不到尽头。藏人种这东西,不种庄稼。你说那遍地都是大烟,他们吃啥,拿啥活命哩?

他们卖了烟土买粮食。

那图啥?还是种庄稼好,守着一窖粮食,不怕饥荒。

成怀珠突然支起耳朵,狗剩问,你听啥?

院子里有人找我。成怀珠说。

狗剩扑哧笑了,说想家想疯了?

成怀珠丢下烟枪往外走,挑门帘儿,看见了尚瑞秀。身边站着一个穿着水烟红棉袄的女孩,两条辫子对着,挎手儿往纸烟坊去。

瑞秀。他惊喜地叫一声。

两个人猛然回头,尚瑞秀叫一声,怀珠哥。

你咋来了?成怀珠问,冷不冷?

不冷。尚瑞秀说,走了一身的热气。你爹去太原卖皮货了,大娘灯底下给你做了一双棉鞋,我们来城关有事儿,给你捎来了。

尚瑞秀说着,伸手递给他一个布包。

成怀珠接了布包说,妹子,谢你了。

尚瑞秀打量院子周围问,你在这儿干活呵?

不在这儿,今儿才过银号去。成怀珠说,这是……

古县的史迟娥。尚瑞秀嘻笑说,不认识吧?那你也听说过史家,古县比上他家的不多,大骡子圈里拴了好几头。

我知道了。成怀珠笑说。

怀珠哥,不听她胡说。史迟娥说。

她不说我也知道。成怀珠说,读国民小学那几年,进古县就从你家门口过,今儿才认识。也没见过你呵。

我见过你。史迟娥笑说,收秋后你跟学校的郭老师一块儿从门口过。还在街上见过你们,都是一脸的难过样儿。

尚瑞秀说,怀珠哥,你还问冷不冷,站这儿说话呵?

成怀珠尴尬地笑了。进屋。

挑门帘儿进去,狗剩异样地看着她们,吃笑说,这是谁呵?

你姐。成怀珠说,狗剩,弄两碗茶。

半天,狗剩说,怀珠哥,我哪儿弄两碗茶去?这局子里,还没生炉子呢。二掌柜不说话,不敢生炉子。

成怀珠说,纸烟坊里有。

狗剩放下玻璃灯罩儿,扮一个鬼脸儿,挑门帘出去了。

上炕坐。成怀珠说。

两个人笑着,肩挨肩上炕。

成怀珠又说,来城关啥事?

不给你讲。尚瑞秀嘻嘻笑说,怀珠哥,你咋问那么多?

成怀珠笑着不响。

你咋不回塬上了？尚瑞秀问。

想回，不准假。成怀珠说，我娘还好嘛？

好着呢。尚瑞秀说，就是见了我呵，念叨你。怕你饿着了，冻着了，还怕你受了委屈。大娘是个善良人。

成怀珠眨巴眼睛。

想家了，回去几天。史迟娥说，哪家的娃在外头，娘在窑里，心都跟去了。天下呵，就没有不惦记儿子的母亲。

狗剩拎一个瓦壶，抱两只粗碗回来。成怀珠接了瓦壶，狗剩一面放碗，一面说，纸烟坊里没几个好人，他们不借瓦壶，我说了你老家来人了，还是二掌柜说了一句话，我才掂了瓦壶。那老李头最坏。

成怀珠倒着茶水笑了。

狗剩生气说，你还笑呵？

我欠你人情。成怀珠说。

你记不住。狗剩说。

史迟娥端了茶碗说，走了几十里的路，还真渴了。

喝茶。成怀珠说。

尚瑞秀问，怀珠哥，你在银号里都干啥？

狗剩抢了话说，他呵，在银号里当账房先生，跟二掌柜差不多。当了二掌柜，一个月拿两张"大红袍"。

这么多呵？尚瑞秀惊讶道。

不听他胡说。成怀珠说。

狗剩依旧擦玻璃灯罩。

瓦壶的茶喝光了，成怀珠拎了瓦壶，问还渴不渴？

不渴了。尚瑞秀说。

塬上还有雪嘛？成怀珠说，我喜欢一望无际的雪塬，一个人走在上面，听咯吱咯吱的雪响，"雪娃子"的叫声。

也有，不成片儿。史迟娥笑说，沟里的雪多。大冷的天，冻的狗都不出窝儿，那塬上有啥景致。

他呵，这几年去太原读书了，稀罕了那雪景。尚瑞秀说，等落一场大雪，你回塬上去，没人不说你怪。

成怀珠嘿笑说，咋怪了，塬上的雪景不美嘛？

两个人嘻嘻笑了。

你这个洋学生呵，脑子里一盆糨子。狗剩说，哎，你们古县的旱船玩得好，正月十五还玩嘛？

你问她。尚瑞秀拍着史迟娥笑说，她爹是正月古会的头儿，每年的社火呵，他都是挑头的人。也玩。

怀珠哥，带我去看吧？狗剩说。

带你去。成怀珠说，乡下人苦熬了一年，就正月几天的乐子。年前我弟也该从临汾回来了，有几年不见他了。

太原有多大？史迟娥突然问。

说不清楚。成怀珠说，反正大。

太原的女人都穿啥衣裳，也玩社火嘛？史迟娥又问。

不玩社火。多半穿旗袍，夏天穿裙子。成怀珠笑说，也有很多女学生穿学生服，也穿旗袍。穷人跟咱们穿的差不多，马褂斜襟褂。

你见过外国人嘛？尚瑞秀问。

见过。成怀珠说，蓝眼睛、黄头发红头发，都是大鼻子，一个赛一个白亮，跟雪人儿一样。

他们说话你听懂了嘛？史迟娥问。

成怀珠说，不全懂。他们还在太原办学校，在外国人学校里读书的学生英文都好，他们听懂了。

这儿上午没生意呵？尚瑞秀问。

没有。成怀珠说，下午才开张。

你擦那是啥东西？史迟娥问。

枪。狗剩抬头说，老枪了。

不像呵。史迟娥说，诳人。

狗剩朝成怀珠相觑一笑。

你咋不说话。尚瑞秀问。

成怀珠笑说,这是抽大烟用的烟枪。

银号里也卖大烟?史迟娥怪异地问,听说过,没见过。这可不是好地儿,害人。你也抽这大烟嘛?

他呵,鼻孔里不会冒烟儿,没学会呢。狗剩吃笑说。

我就是一月拿两张"大红袍",也抽不起大烟。成怀珠笑说,这包银的烟枪呵比一座山都沉重,卖儿卖女。

还说呵?都晌午了。狗剩说,那壶茶能当饭吃。

成怀珠说,狗剩,走,吃饭去。

咱去东来馆吃羊肉泡馍吧?狗剩说。

那就东来馆。成怀珠说。

出了东来馆,狗剩捧着肚子说,好吃。见天有一碗羊肉泡馍那就好了。

那你比地主还舒坦。成怀珠笑说,塬上的哪家地主敢这么大吃大喝,见天一碗羊肉泡馍呵?

狗剩嘿笑说,我就是做一个梦。

史迟娥、尚瑞秀听了,都笑了。

当街兜了一圈儿,到了北关两个人不肯回烟局了。成怀珠只是敷衍的客气,因为那儿不是女人去的地儿。她们回到塬上,差不多天黑了。

那狗剩就帮人点灯装烟土嘛。尚瑞秀问。

还不够呵。成怀珠说,不到下半宿,他还睡不了呢。

你回吧,我们回去了。史迟娥说。

回去跟我娘说,不挂念我。成怀珠说,打今儿起,我就去了银号了,一天到晚,都是算账的活儿。进了腊月,我请假回去一趟。

你放心,我回去说给大娘。尚瑞秀说,你一个人看好自己,有事儿往家捎信。我们不是从前的小脚,五六十里地的路,累不住人。

成怀珠点头说，妹子，谢你了。

两个人笑着，牵了手儿走几步，回头说，回吧。

成怀珠怔怔地站在那儿不动。

那渐行渐远的背影隐约着咯咯地嘻笑声。

成怀珠充满惆怅地往回走，最初离开那间账房的时候，他计划从狗剩那儿去蒲光学社的。他不认识蒲光学社的人，因为民国二十年，那场轰动蒲县的声讨贪官县长苗膏郁的运动，知道蒲光学社是一个进步组织。在街上问了几个人，都不知道蒲光学社的地址。成怀珠失落地回到了银号。

宋先生似是没有离开账房，依旧趴在那儿数算盘。他站在门坎儿，想伸手帮忙，又担心打扰了宋先生的思路。宋先生似是没有看见他，慢腾腾地记下一串数字，又掀开一页账簿，头也不抬说，明儿再来。

成怀珠快快走开了，天井里站会儿，百无聊赖地踱出银号，找狗剩去了。

狗剩倚着门框，看着他嘻嘻笑。

你笑啥？成怀珠问。

那两个，哪一个是我的嫂子，你的媳妇呵？狗剩问。

胡说不是。成怀珠红脸了，说都是邻居。

你诓谁？这么冷的天，对你没想法，哪个跑几十里路，送一双棉鞋给你？狗剩嘿笑说，她咋不送我。

你小子，给你说不清。成怀珠说。

说不清，你就不说。狗剩说，换了我呵，一样说不清。你心里啥滋味儿，我清楚，美死了吧？我也想媳妇。

不怕我揍你？成怀珠问。

你揍呵。狗剩得意地说，一巴掌一碗羊肉泡馍。

成怀珠扑哧笑了。

第十一章

19 岁,谈婚论嫁的年龄

　　成立志没有看到头场雪,他离开塬上的时候,天空正蕴积着那场雪。乘了马车从太原回到塬上,那场雪已经消融得没了痕迹。

　　送儿子去信誉诚银号后,成立志只送过一次棉衣,他没有从容的时间在皮货的季节去看儿子了。当然也有另一种原因,他期望儿子摆脱家庭的依赖,完全独立的生存。其实,儿子带给他的只是骄傲和表象的荣光,他依然独自支撑着这个沉重的家庭。儿子不但帮不了他,那必然的谈婚论嫁,又为他带来负担。他渴望在这个冬季结束前,完成自己的责任,为儿子的婚事画上一个句号。

　　冬天是塬上最轻闲的日子,厚雪覆盖着无边无际的原野,那样的深邃而辽远。婚姻成为了寒冬的主题,在习惯的公序良俗中从容的约定婚姻和婚期。自由恋爱之风,似是距离北塬很遥远,仅是一种山外的传奇,甚至羞于谈论。他们习惯于媒婆牵一根红丝线,父母做主缘定三生。

　　成立志回到塬上的第一件事就是找一媒婆。

　　冬季是媒婆最活跃的时候,成功的比例,直接影响她们春节的生活质量。求她们的人越多,就意味着她们要求的春节质量接近的机率越高。当然,这里面有很多不确定的因素,左右着她们成功的机率。

　　成立志认识几个媒婆,斟酌之后,他选择了古县的柴大晴。

不但年轻且能说会道,经她牵手的红线,成功的机率很高。

换了件棉袍,戴上狐皮帽子,带上两盒远道的太原糕点,成立志信心十足地登门拜访柴大晴了。柴大晴住在街西的一孔窑里,除男人外有一个两三岁的儿子,上面两个闺女。男人是一个本分的庄稼人,见人笑。女人是一"人来疯",他是个闷葫芦。

谁在家呵?成立志站在窑前问。

窗棂半开着,探出一颗水光光的脑袋,笑成一朵菊花。

哎,成掌柜,你可是大忙人,快进来暖和。

成立志推门进去,男人蹲在炕头儿抽旱烟,女人被窝里搂着孩子,半敞了怀喂奶。炕上另一头,两个翻绳花的女孩。

男人站起来,一面递烟袋,一面说,来了。成掌柜,你抽烟。

成立志挡了烟袋说,老哥,你抽吧。没啥东西拿,不是刚从太原回来嘛,买了两盒太原老字号的果子,哄孩子吃着玩。

柴大晴看着两盒糕点放在炕上,拍着炕说,成掌柜,坐吧。你这是头回来,还叫你花钱。他爹,烧碗茶。

不麻烦,说几句话就走了。我那铺子里呵,离不开人。成立志拦住说,说不麻烦,还是来麻烦你。

成掌柜,你说。柴大晴笑说,帮上忙了,我不说不帮的话。

我那娃儿,你认识嘛?成立志问。

我晓得。柴大晴点头说,大少爷不是在太原读书嘛?

毕业了。成立志说,秋收后送他去了县城信誉诚银号,一个月拿一张"大红袍"。成立志说,大小也算有了前程。

多大了?柴大晴问。

十九。成立志说,再读下去呵,都误了抱孙子了。他婶,这塬上十里八村的窑朝哪儿,你都一清二白,娃不丑,有学问,你牵一根红线,为他"捏搁"一家人。我谢好你,娃感你的恩。你掂量。

那是个有出息的娃,银号里守着金山银山,饿不着。柴大晴笑说,成掌柜,你不说一个四五六,妹子咋掂量。那句话你说对了,我这心里呵,谁家的闺女该出阁了,"眉眼"儿标志不标志,我都清楚。不光那"眉眼"儿,还有门当户对呢。"捏搁"一家人不容易,这媒人呵,两头掂量。

半天,成立志说,他婶,我不说,你也清楚我的根底,在塬上势单力孤呵。我也不盼高枝儿,人丁兴旺一个大家族,就满意了。眼跟前我就三百亩薄地,还供着一个读书,算不上地主。这皮货铺子,也顶三百亩的年景儿。女娃也不要太丑了,也要对起"个自"的娃儿。我这么说合适嘛?

柴大晴点头说,我心里有谱了。

不着急,你仔细掂量。成立志说。

成掌柜,大少爷是洋学生,在外面没有自由恋爱?柴大晴突然问。

没有。他敢,我打断他的腿。成立志笑说,不怕你笑话,娃是个实在人,厚道。乡下人去太原读书,那是叫花子。

前两天呵,也有人来了。柴大晴笑说,成掌柜,你猜那人是谁?

谁呵?成立志问。

史老大,古县数得着的大户。柴大晴说,家里还有一个闺女,年庚跟大少爷一样。人家不说是千金小姐,大小也算是一个小姐。"眉眼"儿也俊,两家差不多也算门当户对了。你该见过那闺女?

想起来了,我还真见过几回。成立志说,跟我们家娃匹配,就是门当户对不好说,比不上人家呵。我还雇过人家的骡子呢。

柴大晴问,你给一句痛快话,敢问不敢问?

他婶,你叫我掂量掂量。成立志说。

史家是大了,但少爷是洋学生。柴大晴笑说,这北塬飞出了几个金凤凰呵,这么一比,也算门当户对了。

我还是没谱儿。成立志说。

你也不用这么说,一家女百家问,谁也不保一根红线那就是一家人。成掌柜,我也掂量了,这待嫁的闺女呵,跟少爷般配的不多。

这根线断了，你也没啥，回头我再挑一户人家。我给你一句话吧，大少爷这条红丝线，我是牵定了。

史家也是善良人，我那娃也是一表人才呵。太原读书的洋学生，北塬没几个。成立志说，我家老二临汾读完中学，还要去保定读军校，我是想留一个娃在跟前。细说去，我那娃也算有了前程。

你这么想，就对了。柴大晴笑说，你这么想，那史家不定咋想呢，嫁一个洋学生，又在银号里做事儿，那也是想不到的好姻缘。

成立志说，他婶，你操心。话我不多说了，我体面地谢你。入冬时候呵，乡公所叫我过去帮忙，那皮货铺子，一时半刻也离不开，公所铺子两头跑。你牵了那么多红线，尺寸进退都明白。我回铺子里，等你的喜事儿。

成掌柜，你该忙啥忙啥，这娃的事儿呵，我让你满意。柴大晴说，他爹，送送成掌柜，我搂着娃，下不了炕。

男人炕头上站起来，推门说，成掌柜，走好。

一脚门里一脚门外，成立志回头说，他婶，你操心。

柴大晴扬手，笑说，放心好了。

回到铺子的成立志，两肩似卸下包袱。坐下来伸手拿了烟袋，填了烟草，划燃洋火点烟锅，从门坎儿闪进来一个人。

成立志看着那乡公所的杂役，问有事儿？

刘主任叫你呢。那杂役说。

啥事？成立志问。

不知道。那杂役又说。

成立志吧唧一口旱烟，站起来关了门，跟了杂役往乡公所去。

他是乡公所的协理员，一年四张"大红袍"。成立志不是冲着那"大红袍"去的，只为挣一份面子。

柴大晴去史家的途中，又飘起了雪花。最初是星星点点的碎雪，眨眼的工夫，鹅毛大雪下起来。她裹紧了棉袄，前襟因为乳汁的浸入，硬硬地失了温暖。30多岁得子，那儿子娇惯的3岁还吃奶。她叫成掌柜或大少爷,不仅是塬上习惯的称呼,也叫怀抱的儿子小少爷,其中一样有很多寄托和期待。牵这样红丝线,促成秦晋之好的酬谢,胜过寻常的十家。史家和成家都要送她一个红包。

史家在镇子偏南的沟底,南坡一溜儿十孔窑。柴大晴与史家没有往来,也缺少出入门坎的借口。因为柴大晴媒婆的身份,便有了充分的借口和理由。不管去哪一家窑里,她都是那样挺直身板儿。差不多她是塬上受欢迎的人之一。

史老大正在庭院里仰着脸看雪飘,一脸怪异的模样。这场雪落得蹊跷,揣着棉袖子走来的柴大晴也蹊跷。他思忖着回踱,柴大晴叫住了他。

史家大爷,你咋见了我回窑里去呵?柴大晴嘻笑说,我是这场雪里报喜的花喜鹊儿。你不是不待见我吧?

雪飘的迷乱,我没看清你。史老大站住说,他婶,落这么大雪,你这是干甚去?清晨,我还真听见了喜鹊叫。

是嘛?真假我不管,反正我就是这院里报喜的鹊儿。柴大晴站到他跟前说,你不听鹊儿叫两声再赶走呵?

史老大笑说,他婶,进窑里暖和。

柴大晴跟着他进窑去。

他婶,炕上坐。史老大说,县城的瓦房我也住过,不习惯也不舒坦。论起这住呵,还是这窑洞,冬暖夏凉,舒坦。

是这话。柴大晴说。

她没上炕,往里去。炕下头坐着史家大娘,身边坐着闺女,母女俩做针线活。

你来了,快坐呵。

柴大晴说,大娘,干活呢?这是我那妹子吧?瞧瞧多水灵,多文静。这么一朵花呵,敢问的也不多。

迟娥,叫嫂子。大娘说。

嫂子,你在外面我就听见了,喜鹊儿叫甚的。史迟娥说,不是我挑剔,接下来的话儿,你打住了。我还小呢。是不是呵,娘?

这闺女瞎说,不懂事不是。大娘说,你嫂子那是积德行善,答应不答应,听人家说完话儿,你再说话。男婚女嫁,塬上呵,自古不都是这样结亲嘛。

还是大娘的话,老理。这成婚呵少不了媒人。柴大晴笑说,俗话说的好呵,一家女百家问,成不成的,那没甚。太原的年轻人是自由恋爱了,塬上不兴自由恋爱呵,离不开媒人呵。

史老大笑说,不绕弯子了,闺女听听也好,你这根红线,往哪一家牵呵?一句话说前头,老闺女不能受罪了。

哪能呵。柴大晴笑说,门不当户不对,我敢牵这根红线呵。媒人好比一杆秤,那是两家掂量。

你这心思呵,头一句我就该说声谢。大娘说,掂量那是少不了的,你开门见山,说是哪一家,我跟他爹,也好掂量。

说这秦晋之好呵,我也"捏搁"习惯了,可这是史家呵,我哪儿敢"捏搁"。柴大晴说,说起来都认识,那家是皮货铺子,成掌柜的大少爷。那成掌柜的根儿,虽说是新扎在塬上,是一个鬼精灵,会捣鼓生意。大少爷呢,也算是一个有出息的后生,在信誉诚银号做事儿,也不亏了妹子。

支起耳朵的史迟娥,扑哧笑了。

大娘异样地盯着闺女不响。

史老大看着母女俩,半天说,哦,晓得。我还去过那间皮货铺子,他雇过我家的牲口。生意人呵无商不奸,我这骨子里呵从来都看不起他们。唯利是图的人,少人格少品德,沾了吃亏。

生意人咋了?这天儿做生意的人多去了。史迟娥突然说,人家过的也不比谁差,凭啥瞧不起人家。老脑筋。

史老大糊涂地问,我没讲错呵?

大娘盯着闺女,狐疑地说,话多。听你爹跟你嫂子讲。闺女家的,啥事儿都插嘴,也不怕你嫂子笑话。

我的事咋不能说话。史迟娥不满地说。

没啥。我不笑妹子。柴大晴说，谁出嫁前呵，不想见"眉眼"呵？就没我这么傻的，掀开盖头，嗨！嫁一闷葫芦。叫他十遍八遍，不哼一声。中意不中意呵，听话说完了，末了拿主意的，还不是你史家大爷。

那皮货铺子的娃，不是去太原读书了嘛？史老大问。

读完了，世道乱，不愿去北平接着读书了。柴大晴说，搁前清呵，这大少爷就是秀才不是。精精神神的，也斯文。这塬上呵，打了灯笼儿，也是不容易找的后生。谋的那差事儿也好，一月两张"大红袍"。银号那掌柜的说了，一年年的往上涨，老账房先生，一月十几张"大红袍"。这还不叫出息呵？

半天，史老大说，我见过这娃。可这皮货铺子，不是正经生意呵。这事儿，你跟那皮货客说了没有？

成掌柜是求窑里去了，他没说哪一家，要我掂量着为娃牵根线。柴大晴笑说，我咋想到你窑里来了。你这么厚道的人，我不先想到妹子。你这儿乐意了，点头了，我才敢去皮货铺子。人不亲，水还亲呢，住邻居我能偏向那外乡人。大娘，我说这话没说错吧？遇事儿，我还不糊涂。

我这心里呵，还是别扭。史老大不痛快。

史家大爷，你是个见过世面的人，也是镇上的体面人。我们女人呢，头发长见识短。可来你窑里呵，我会不掂量。柴大晴说，不管那皮货铺子、饭馆子啥生意，我不知道啥叫奸商，成家过的不差。那成掌柜也不全是皮货客，人家塬上有三百亩田地，种着五谷杂粮，还在乡公所里大小管着事儿。这都不说，供养两个洋学生，那是实实在在的吧？人家没你家田地多，可人家学问多呵。我不敢担保荣华富贵，但我敢担保妹子嫁过去不愁温饱。依我看那人趁心，比啥都趁心。

史老大说，你容我再想想。

知根知底的,还想呵? 柴大晴笑说,你种惯了庄稼,才看不起那皮货铺子,听说那皮货铺子也顶几百亩的收成。

史老大擦着火镰子点旱烟。

爹。史迟娥叫一声。

史老大吧唧旱烟袋不响。

妹子,你见过他家大少爷嘛? 柴大晴问。

史迟娥点头。又说,那"熬相公"不都是生意嘛? 也没听谁说瞧不起人家。剃头匠、戏子那才是下九流呢。

柴大晴笑心里去了,史迟娥那儿一点头,她就有了谱儿。闺女满意了,老子不容易拦住了。底气也突然硬朗,看着犹豫的史老大又将了一军。

史家大爷,不难为你哩。柴大晴说,俗话说开弓没有回头箭,你慢慢想。可那日子也不能太久了,成家等着娶媳妇呢。

几天呵? 大娘问。

三五天吧。柴大晴说,那成掌柜说,这几天大少爷跟银号里告了假,回塬上订婚事。那大少爷回来了,我咋搪塞人家。张家不行李家行,就得为那大少爷另张罗了。我是一媒婆,受人之托不是。

爹。史迟娥又叫一声,带了几分着急。

你候话儿吧。史老大说。

柴大晴一面下炕,一面说,史家大爷,你掂量吧。

他嫂子,你再坐会儿。大娘说。

那娃被窝里掖着呢,屁股上还不生了蒺藜。柴大晴笑说,不是妹子的事儿,我也离不开炕头。我家那闷葫芦叫人不放心。

柴大晴推门走进风雪里去,史老大跟在后头说,他嫂子,你走好。

回吧。柴大晴扬手说,史家大爷,候你话儿。

史老大望着她的背影,伫立在风雪里迷惘了。

第十二章
爱情似雪花般飘洒在他的眼前

落第二场雪的时候,成怀珠正在去清算本息的路上。他穿着那双崭新的长脸棉鞋,感受着尚瑞秀的温情。那飞扬着梅花雪的思绪里,滋生出奇思妙想,朦胧的憧憬。一如轻舞飞扬的雪花,一样的迷惘。

同去的有银号的两个伙计,警察局的两个扛长枪的警员。他厌恶抱着的账簿,似厌恶那两个扛长枪、穿黑警服的警员。他们都是曹文选的狗腿子,小鬼一样逼债抓人,不管妻离子散,生离死别。

宋先生递给他账簿的那一刻,满脸释然的表情,似有若无的吁出一口气,絮语道今生的孽缘总算画一句号!他不明白宋先生的感慨,却能深刻感受宋先生那无尽的悲伤。那惶恐中丢落的账簿,宋先生注视他的目光里又充满了悲哀。或许他从这个小账房的身上,看到了自己老去的缩影。但那未知的生命过程,因为与算盘紧密联系,沾染了洗不去的沧桑和愤怒。

他试图了解宋先生的表象,但宋先生冷漠地踱去了。那离去的背影,似是因为那棉袍的沉重,异样的缓慢。

他期望弄明白的问题,老账房缄默了。

两个伙计,站在小东关的一孔窑洞前。

老曹,曹老二。

听到叫声,主人开门了。倚着门框不响。

你咋不说话? 一个伙计问。

112

曹老二眼泪巴巴。

你孙子哑巴了？那伙计又问。

曹老二扑通跪下，磕头说，几位爷，欠债还钱，我明白哩。娃生病，窑里连一瓢面都没有。给掌柜的说说，再宽限宽限，来年连本带息，一文不少送到银号去。一家老小，都感几位爷的恩情。

成先生，看账。伙计说。

成怀珠翻开账簿说，曹老二，小满那天借货，期限六月，超期罚息，本金二十块，利息十六块，本息合计三十六块。

废话别说，拿钱。伙计说。

大爷，我是真没钱。曹老二哭诉说，不是娃生了病，借我一个胆儿我也不敢进银号。打一年的长工，连嘴巴也顾不上，没法生钱。几位爷，可怜穷人吧。我不赖账，变牛做马也还了这债。

你说这没用，不给钱，只好请两位老总送你进局子，拿钱赎人。伙计说，曹老二，不想局子里过年吧。

我不是赖账，真没钱。你就可怜吧，又是大雪天，哪儿去抓挠钱去。曹老二一把鼻涕一把泪，爬在地上磕头。等那娃病好了，我卖了他还债，过年十岁了，卖上两张"大红袍"了吧。除了卖儿子，我没办法呵。

成怀珠说，多可怜，宽限他一阵儿。

你不懂。伙计说，我们宽限他了，掌柜的宽限我们嘛？端着人家的饭碗，那就得听使唤，这讨账呵，好比讨命鬼。人抓局子里了，那也是一交待。十家账八家烂，这差使不好当。我不可怜他呵。

另一个伙计说，带人吧，押局子里再说。

两个老总上去拖，曹老二赖在地上不起来。

几位爷，饶了我吧。女人撒手走了，那炕上还有娃哩。这人不亲，水还亲呢，给一条活路吧。掌柜的，还是本家呢。

曹老二，不想进局子，拿钱。伙计说，这银号说是官商合办，掌柜的是一幌子，行署衙门里说了算。瞧见这两杆枪没有？姓官，银号也姓官,不是姓官,谁使动这两杆枪了?谁又敢卖烟土,开那纸烟坊呵?话我可是给你说尽了,那行署衙门里不管你是卖儿子卖女人,只管要钱。

再宽限三五天。曹老二说。

你这话,我都听了多少遍了。伙计说。

押走。另一个伙计说。

曹老二赖在那儿不动,一个老总一枪托砸下去,曹老二杀猪一样嚎叫起来。两个老总一人驾了一只胳膊,拖在雪地上,似拽死猪。

我的娃,我的娃在窑里呵……

这一天,成怀珠翻了六家账,抓了四个人。

信誉诚静静地落着雪花,仿佛什么都没有发生一样。那些事儿,像风中飘扬的雪花一样,是一轮回的季节习惯,一样是自然中的必然。在这种特殊的习惯中,所有的参与者,都变得冷漠,缺乏同情心。

听了回复的曹文选,淡淡地说,没办法哩!县长不管这些过程,只看盈利。虽是官商合办,投资那是官方投资,人家不要本息,干啥银号呵?又拿什么养这县太爷的位子。谁拿钱赎,放谁回家。

掌柜的,明儿……伙计说。

接着要账。都不清本息,银号就得关张呵。曹文选说,关了银号,我们都干啥去?哪怕是关了银号,各家欠债,县太爷也不会免了,还是我们要。这小鬼呵,我们就当到底,做不了善人了。

有几家,关局子里了,也拿不出钱。伙计说。

关到年底再说,实在没办法,也得让人家过年。曹文选说,账烂在年里,不能烂到年外,正月十五后,收他们的田地抵冲。

成怀珠跟了伙计退出了办事房。

晚饭后,成怀珠照例去烟局睡觉。那烟局里不但有伴儿,前半夜还烧着炕。热气一直到天亮还不全散去。雪没停,街上有稀疏的脚印。远处和近处,铺子里渗出的几缕光辉,昏迷地映出行迹匆匆的背影。他缩着脖子,迎了风往烟局走,听不见脚下的雪声。这一天的心境比天气还阴冷。

狗剩看着他走近了,问他吃饭了没有?成怀珠跺脚,掸落着身上的雪花,一声不响地进屋。一头倒在炕上。

狗剩问,你咋了。

别理我,烦着呢。成怀珠说。

你不是也吹了一泡吧?狗剩一边说,一边悻悻地走开。

他期望雪落大了,大雪封门明儿猫在屋里,实不管多大的雪总有停的时候,那本账簿在风雪里却不能随了雪融化去。银号的放货跟烟局的买卖有异曲同工之妙,一样的害人不吐骨头。

成怀珠只朦胧地听到狗剩一二次的应酬声,阖目猝然睡去了。

柴大晴的男人,那个闷葫芦出现在皮货铺门口,是落二场雪的第二天。他撑了一把土黄色的油纸伞,站在皮货铺门口儿,叫了一声成掌柜。

成立志正翻看几张皮子,他抬头看一眼,说你进屋,暖和会儿,等我收了这几张皮子。男人不动也不说话,任由风雪吹打油纸伞。

掌柜的,好皮毛。那猎户说。

"捏掬"吧。成立志放下皮子说,都是老主顾,我不多给,也不少给,老价钱。年头里没好天了,熟皮子,不容易。

掌柜的,不争了,老价钱。那猎户说。

成立志从抽屉里数出"大花脸",递给猎户。

掌柜的,走了。

张老三,不歇会儿呵?成立志看着那猎户的背影说。

柴大晴的男人嘿笑着又叫一声成掌柜。

成立志回头说,老哥,你说话。

娃她娘叫你去窑里说话。柴大晴的男人说。

这么个冷天儿还叫你受累,我这心里呵,不落忍哩。成立志伸手关门,落了锁又说,走哩。妹子说是哪家呵。

男人不响。

成立志不说话了，跟了他深一脚浅一脚。柴大晴请他窑里说话，亲事就有一个八九不离十了。没有影子的事儿，人家不请他。

柴大晴隔了窗户纸，便看见了风雪里的人影儿。欠身儿被窝里坐起来，成立志推门进来了。涌进窑里一股风雪，门又咣啷关合了。

成掌柜，上炕来。柴大晴笑说，你说这雪下的多邪乎，没停的样子。冷吧？不是这事儿，不能请你来。

妹子，你操心了。成立志脱鞋上炕说，老哥铺子门口儿一站，我这心里热乎劲儿，又通通地跳，哪还知道冷呵。

成掌柜，为儿女呵，都一样。柴大晴说，不是这娃丢不下手，我就去铺子了。他见了你，也说不了一句囫囵话儿。

哎，我都感激了。成立志笑说，这么一个风雪天，谁不知道窑里暖和呵。妹子，你不会真去了史家吧？

咋，成掌柜，你还不信。柴大晴说，那史家就是金銮殿，我也不怕。天子的公主也要出阁不是。

妹子，我信了。成立志说。

那一天是头场小雪，我见了那史老大，窑外头瞧景致呢。柴大晴说，见了我扭头往窑里走，我叫住了他。史老大是一明白人呵，知道我来做甚。外头又飘着雪花，只好请我进窑去。嗨！这老东西的心思，还真叫你猜对了。

咋了，史老大回绝了？成立志问。

你听我说话呵。柴大晴说，炕上坐着他女人，还有那闺女，叫，叫啥名儿……想起来了，叫史迟娥。我这话说了半句，被那闺女抢去，堵了路子。那史老大还算是个通情达理的人，给了一个说话的台阶儿。他问是哪家的少爷，我说是皮货铺子成家的少爷，去太原读书回来了。史老大一听，板了脸，叫停了。这想不到的事儿又来了，头一个堵路子的史家姑娘，着急地趁心了。

史老大咋说？成立志问

柴大晴笑说，成掌柜，你听我说话呵。他咋说，不如他闺女说。那史老大一口就给回绝了，我心里呵，一下子凉了。不知道那柳暗花明呵。闺女催促他答应，史老大支吾着不吐不咽，说是不愿给生意人结亲家。史老大的女人，也心疼闺女，瞧出了闺女的心思。我猜呵，八成那闺女见过大少爷。

接下来呢？成立志说。

不着急。柴大晴说，这弯子拐陡了，也得给那史老大一个说话的台阶不是，我说成家大少爷去了信誉诚银号做事儿，人家田地没你多，学问比你多。这塬上的后生呵，打了灯笼也找不出二家来。说得那史家闺女，一声接一声的爹，叫的呵，史老大直脸红。我这心里呵，就有了谱儿了。

你别绕弯子呵。成立志说。

末了，史老大说，三五天回话儿。柴大晴说。

回了嘛？成立志说。

又着急。柴大晴说，不是都过去三五天了嘛，今早上史老大来窑里回的话呵，他还说那天下雪，这一天又落雪，瑞雪丰年，好兆头。瞧见了吧，炕那头的那块腊肉，史老大掂来的，说不要，他不答应哩。

他答应了？成立志笑了。

不答应，会请你来。柴大晴笑说，你成掌柜又不是闲人，这风雪天呵，也是你成掌柜发财的日子。

妹子，叫我咋谢你哩？成立志说，我这一块石头落地了。给娃一个家，往后的日子就不由爷娘了。我那皮货铺子呵，也发不了财，连供养娃读书都不够。可没那皮货铺子，娃咋读书嘛？

史老大那是勉强点头，成不成的两说。柴大晴说，我给你出一法儿，史家姑娘趁心大少爷，她见过大少爷，大少爷没准儿也见过她。你去一趟县城，问大少爷趁心不趁心，要是趁心呵，让大少爷回来一趟，设法跟史家姑娘见一面，这事儿，成了。那史老大，拗不过她们母女俩。

我晓得那史家大爷,瞧不起我这个皮货铺子的掌柜。成立志嘿笑说,除了他史家田地骡马,我家娃哪点儿也不弱。妹子,我听你,明儿一早,我就去一趟县城,叫娃回来一趟。该做的咱做了,他史家不答应,你另问一家。俗话说的好,一棵果子树上吊不死人呵。说实话,我还真不愿低头。

那史老大是点头了,接下来的彩礼。柴大晴撇嘴儿说,怕不是掂量的事儿,给你一个高门坎儿,答应了,叫你迈不过门坎儿。

我输不给他。成立志说。

临走时候,史老大撂下一句话。柴大晴说。

啥话?成立志问。

十天内议事儿,两亲家见面,定亲。柴大晴说。

应下了。成立志说。

那史家要你几百块大洋的彩礼钱,你就难过下了。柴大晴说,叫大少爷回来一趟吧,我还真怕这鱼刺儿卡了喉咙。两个人你有情我有意,跟那城里的自由恋爱也差不多了。史老大想拦,都拦不住。

去了太原读书后,娃没回来过呵,他们咋会认识呢?成立志困惑地絮语,不能够呵?从哪儿开始呵……

成掌柜,不多想了。柴大晴说,大少爷跟了你回来,啥事都不问。不肯跟你回来呵,那就是史家姑娘认识大少爷,大少爷没见过史家姑娘。那就不是生米做成熟饭的事儿了,婚事儿,玄了。

妹子,你是个能人,有办法。成立志说着,站起来说,就这么着吧,明一早去县城,见了娃问详细了,一块回来。眼瞅着不行,那硬拉不是夫妻呵,妹子,你另外"捏搁"一家。三家五家呵,总有合适的一家。

成,我留心再掂量。柴大晴笑说,成掌柜,不多歇会儿了?

铺子里没人。成立志说,妹子,走了。

他爹,送送成掌柜。柴大晴说。

男人站在门坎儿说,成掌柜,你走好。雪下大了,你拿一把伞,遮挡风雪哩。

成立志似是没听见，一头钻进风雪里去。

飞飞扬扬的大雪落个不停。成立志站在信誉诚银号门口，差不多淋成了一个大雪人儿。他掀下褡裢的雪，先是拍打褡裢，又拿了褡裢扑打身上的雪。前后扑打半天，那雪似掉进豆腐里的灰粒，不干净了。他用手拍打棉袍的前襟，扬起碎冰的响声。回头去那漫天风扬的雪花，扑面打过来。

他跺脚进了银号，趴在柜台上，仰脸笑问，先生，你忙呢？

存钱？

不存钱。成立志说，找成怀珠。

你是谁呵？

他父亲。成立志说，先生，麻烦你叫他一声。

等着。

谢你了。

成立志转过身来看街景，无边无际的迷茫。不感觉丝毫的寒意，踏雪步行五六十里地，一身蒸腾地热气。他想像柴大晴说的那样，儿子跟那史家姑娘原本就彼此中意，史老大用彩礼拿他一把，狗屎！

从暗门里钻出来的成怀珠，惊喜地叫了声爹。

你咋来了。

火烧眉毛的事儿，我能不来嘛。成立志说，出去说话，有事儿问你。你娘问你，那双棉鞋暖和不暖和？

暖和。成怀珠跟出来问，啥事？

哟，这天咋又突然冷了。成立志抱着膀子说，怀珠，在银号还好吧，去学校看过席先生没有？上回去太原卖皮货，我带了一袋子毛山药，席先生正讲课，那袋子毛山药撂在窑外头，一句话也没说。他看我一眼，我看他一眼。席先生跟那席老先生一样，人品正，也一样的怪脾气。

见天忙的一塌糊涂,这两天我去看席先生。成怀珠说,雪落的紧,话没说完成雪人儿了。去烟局吧,那儿烧火墙,暖和。

咋去那地儿?成立志问。

那也是银号的生意。成怀珠说,烟局的伙计狗剩,我们合得来。来银号头天,不是去了纸烟坊嘛。之前纸烟坊的那个老账房是一大烟鬼子,田地房子卖光了,卖女人,末了还是吞了烟膏死的。住他那间房,我害怕,蹭上了狗剩的大炕,睡到眼跟前。那狗剩呵,是一机灵鬼,遇事儿,替我出主意呢。

有个伴好。成立志说,暖和不暖和呵都不紧要,这银号的营生丢不得。咱是穷人出身,啥样苦没受过,啥样的罪没遭过。人呵,一辈子像样儿,不容易。多少人想来这银号呵,官商合办,那差不多也算是官府的差使了。都是席先生的金面子,不管到了哪一天,不能忘了本。

依我看,这银号是挂羊头卖狗肉的银号,守这么个营生,没啥意思。成怀珠不屑地边走边说,人家席先生,是不知道这信誉诚的真买卖,了解之后呵,不会保送我来这儿。也就是你,拿银号当金山了。

不像话。成立志生气地说,这银号里面的事儿,席先生未必不知道。这么一个乱世,最赚钱的买卖是啥?烟土纸烟。这些又都是官方严禁经营的东西,谁经营谁犯法,重了掉脑袋。自古至今那都是官商合营,官方出面经营,就合法化了。这是一本万利的买卖,当官的没一个傻子。你老实在这儿学吧,翻手为云覆手为雨,攀不了官方的高枝儿,这生意算是白做了。县城就这一条东西街,找出第二家烟局了嘛?那曹家算一份儿,了不起。靠了这棵官树,那是大发了。

这个世界是复杂,可这银号呵,没一样不害人。成怀珠说,我也不让你伤心,但话我还得说,我都想着去见席先生了,不是感谢他,是请他在学校里为我谋一份教书的差使。虽然没有"大红袍",心里舒坦。

嗨！我说你这孩子，睪不是。成立志说，有银号这个差使，那也不容易！不成家呵，心野。你娘知道了，能哭三天。

狗剩看着走近的成立志，看出了眉目。成怀珠看着傻笑的狗剩说，狗剩，我爹来了。没地儿去，来这儿了。

狗剩叫一声大爷，伸手接了褡裢，又说屋里暖和，下这么大的雪，来一趟多不容易呵。大娘没一块儿来？

没有。成立志说，不是有事儿，我也不来。

你问狗剩，他喜欢干这活儿嘛？成怀珠说。

成立志看着狗剩说，娃，这活儿不苦，你咋不喜欢？

我要真不干了，我爹打断我的腿。狗剩说，没了这营生，窑里呵，买一把盐的钱也没有。我还指望烟局里赚钱，娶媳妇呢。

叛徒。成怀珠说。

狗剩偷着扮一鬼脸儿，不响。

听见人家娃说啥了？成立志问。

没听见。成怀珠回答。

不生气，咱爷仨说这是闲话。成立志说，狗剩娃，我来就问一句话，他要说了瞎话，你可不能说瞎话？

不说瞎话。狗剩说，大爷，你问。

半月头里我找了镇上的一个媒婆，那可是有名的月老，叫柴大晴。成立志说，请她为你做媒，牵一条红线。人家满口答应了，掂量来掂量去，这门当户对的人家呵，镇上的史家最合适。那史家也算是镇上的大户。

咋是他家？成怀珠惊讶地问。

咋不是他家？成立志说，听那媒婆说，一听皮货铺子，那史老大就摇头了。这个老地主，他瞧不起我哩。

咱还瞧不起他呢。成怀珠说。

这桩姻缘呵，原本完了。成立志卖一关子，嘿笑着又说，那史家姑娘说话了。柴大晴说，听那话里话呵，她见过你，对你趁心。你给爹说实话,你见过那史家女娃嘛?也跟她一样趁心?

成怀珠支吾不响。

你说话呵?成立志说,那史老大不是东西,媒婆说他想用彩礼拿咱一把,不屌他。你要是跟那史家女娃有情义,跟我回去一趟。

我见过她一面,也没说啥呵。成怀珠说,不信你问狗剩,她跟尚家妹子一块儿送棉鞋,吃一碗饭的工夫。

没旁的?成立志问。

大爷,一碗羊肉泡馍。狗剩说,她们走了,我们回来了。那史家女娃好像说来县城挑选一块洋布。

没有了?成立志问。

狗剩扑哧笑出了声儿。

那你回去还有啥用?成立志沮丧地说,他史老大真要拿我一把,这根红线也就断了。那皮货铺子,不够他一口吞的。

成怀珠看着门外,无声无息地落雪,不响。

就这么着吧,他史家不行,还张家王家呢。成立志站起来说,那媒婆是想成就你们这桩姻缘,出主意叫我来问你。不耽误你的事儿了,没有这银号的差使呵,那史老大看都不看你一眼。这银号的生意呵,不是咱管的事儿,一心一意地干好了,掌柜的高兴了,比啥都好。走哩。

爹……

成立志回头问,你有事儿?

你等会儿,请了假,跟你回去。成怀珠半天说,那史家妹子,我请尚家妹子叫她,我有话对她说。

有用呵?成立志问。

我也想娘了。

成怀珠说着,一步走进风雪里去。

风雪裹着暮色,席卷北塬的时候,成怀珠疲惫地看到了窑里微弱的灯辉,亲切和酸楚涌了上来。他踉跄地奔下沟去,望着窗纸回映的母亲那熟悉的背影,热泪盈眶,忍俊不禁叫一声,娘!

门开了,母亲看着跟前的两个雪人儿,抽噎起来。

晚饭后,母亲慢腾腾地坐到炕上去,苦涩地说,他爹,跟史家女娃的事儿打住吧。这热脸也不能蹭人家冷屁股呵?

不是那回事儿。成立志说,咱娃也是洋学生出身呵,搁太原那叫自由恋爱,只要那史家女娃对咱娃有情义,那史老大还敢这么硬气呵?我还拿他一把呢,爱乐意不乐意,这是嫁闺女,不是卖牲口。

见了一回面儿,那叫啥情义?母亲担心说,还是跟那媒婆说,另掂量一家吧。那史家呵,眼高鼻子凹。

娃也回来了,叫他试试。成立志说,没那情义呵,强摘的瓜不甜。真有缘分呵,挡也挡不住。明儿,你去叫那尚家妹子。

我去。成怀珠说,我见了那史家妹子,就问她一句话,是要人还是要钱?他史家也不是啥大地主。

这句话问的好。成立志说。

母亲说,她一个女娃儿,说话能算数?

她娘俩拧成一股绳,那史老大是一头犟驴子,也套牢了。成立志笑说,咋还不算数?那史家妹子不说话,回镇上我去找柴大晴,另寻一家妹子。

这事儿,打住了也好。成怀珠犹豫着说,不读书就结婚,着急了。等等,一二年再说这事儿,不迟呵。

到那时候呵,你还知道姓啥?成立志摇头说,去外面读书的人,心都野,成了家才收心。都回来了,还打住呵?

你爹说的在理儿。母亲说,成不成的,去一趟。真没缘分呵,那是强求不来的。你也不打退堂鼓,随缘好了。

成怀珠不响。

尚瑞秀在庭院淋着沙沙声的细雪,领了弟弟支筛子逮"雪娃子"。弟弟牵了那根细细的绳子,藏到窑里去,趴在窗台上看雪地上蹦跳的"雪娃子"。她往筛子底下撒把"红桃黍",转身回窑的时候看见了下沟的成怀珠。

姐，你咋不回来？

尚瑞秀似是没听到叫她，怔怔地站在那儿。

半个雪人儿的成怀珠冲她笑笑。

手搭凉棚，她看见他笑，她也笑。

那周围沙沙的落雪声，隔断了心跳声。

怀珠哥，你啥时候回来的？

昨天。

进窑里，暖和暖和。

成怀珠摇头，半天说，你跟我来，说几句话。

她犹豫着，回头看着窗台里的弟弟，跟了他往沟里走。她想像不出那饿花了眼的雀儿会不会钻进筛子底下……

啥事？她问。

我们一块儿去镇上吧，雪大不湿衣裳。成怀珠尴尬地说，不是雪天，请不了假，也见不到你。

有啥话，不能沟里说呵？她笑问。

我想见史迟娥。成怀珠说，我去不方便，你约她出来，我问她一件事。

你问她啥事？她说。

一句话，说不明白。就一句话。他说。

很重要嘛？她说。

就是想弄明白一件事儿。他说。

说说，我听听啥事儿。她说。

不是你知道的事儿。他说。

那也不是我叫人的事儿。她扭头往回走。

半天，他冲了那背影喊，我告诉你。

她转身回来，一脸的矜持。

是那媒婆说的媒，她家不是地主嘛，瞧不起人，用彩礼拿一把。

成怀珠说,我这心里生气,见了面问她,是要人还是要钱? 我爹几十里从县城叫我回来,只好求你叫她,不管结果怎样,我得回句话呵。

那你还见她做甚? 她问。

不见她,我问谁去? 他说。

那问题有意义嘛。她问。

成怀珠拍打身上的雪,不响。

你咋不说话? 她问。

不管有意义没意义,我就问她一句话,她家是不是眼里都是钱? 他说,她这个人到底值多少钱?

她扑哧笑了。

我就想弄明白了。他说。

明白不明白的,断了这根线,再也没了瓜葛。她叹息一声说,为一句话不值得。我帮你见她一面。

瑞秀,谢你了。他说。

谢我甚呵? 她回头问。

风雪里的成怀珠一脸地迷茫。

到了镇上,成怀珠第一个选择了学校,可未放寒假呢,不仅不方便,他也不想郭兴堂知道这件事儿。第二个选择,顺其自然是那间皮货铺子了。距离皮货铺子三五丈远的地方,她站住了。成怀珠说,我在铺子里等你。

不就一句话嘛,不问了好不好? 她说。

不都来了嘛,麻烦你叫她来一趟。他说。

犟死驴。她扭头甩辫子走开。

成怀珠进铺子,成立志正百无聊赖看雪景。吹着旱烟问,见人了嘛?

一会儿来。成怀珠回答。

成立志慢腾腾地磕净了烟锅内的灰,顺手斜插进腰带里,一面往外走,一面说我去乡公所了,走时候别忘了锁门,钥匙带回家。

成怀珠嗯了一声。

风雪中远去的人和铺子里的人一样充满了惆怅。

皮货铺子原本就是守株待兔的营生,春节将近了,那些从山里捕猎回来的猎户,只要天不塌下来,不管多大的风雪,都会卖掉手里的皮货,因为没有那些皮货,他们度不过新年的鬼门关。那皮货铺子即使大雪封了门也不会关张。跟塬上的猎户一样,新年前成立志也要卖掉那些皮货,从太原回来风光地过年。

成怀珠担心来了猎户,他不懂皮货。也害怕那些粗鲁莽撞的猎户,搅了风雪中那一室的浪漫。

听到脚步声的成怀珠,小心翼翼地向外窥视,尚瑞秀拽着史迟娥的胳膊,正在三五丈的雪地上踟蹰。那史迟娥似是害怕皮货铺子里有人,进不是退不是,一脸尴尬的模样。尚瑞秀说,我先过去,没人了叫你。

史迟娥站在风雪里,看着尚瑞秀的背影,不安地等着。她不知道成怀珠问她什么,但那根红线把他们拉近了,且是零距离。她想他。

尚瑞秀站在皮货铺子门口,向她招手。

她涨红了脸,慢腾腾地一步步靠近皮货铺子。

尚瑞秀站在门槛儿说,我可不想听你们说啥悄悄话儿,还是找一个地方,躲风雪去。长话短说呵。

史迟娥伸手去,只拽住了衣角儿,尚瑞秀似是被风雪裹去,飘走了。

她反手轻轻关门,咣啷,潮湿的响声,乱去了成怀珠心底的一池春水。他低下头去,连话儿也语无伦次了。

你说啥?我没听明白。她问。

冷嘛?半天,他又说,听那媒婆说,你爹想拿我家一把。那是他们的事儿,我就想问你一句话,你啥想法?

这事儿,我不知道呵。她说,我正想问你这句话呢,只要你要我,一辈子疼我，认死都跟了你。

……

她看着他狐疑的表情，又说，你不信呵？

你爹不答应呢？他说。

那我就成一辈子老闺女，不嫁了。她坚定地说。

那我呢？他说。

史家不成，你娶刘家张家。她说，我不嫁，也不能拦了你娶。

我明白了。他说。

你还问啥？她说。

没有了。他说。

风雪从门缝里钻进来，依旧是轻舞飞扬。风雪里那无边无际的寒冷却被温暖的爱情挡在了门外。在他跟前那零乱的飞雪，幻象出春天的花儿，那无数次向往的诗一样的浪漫，突然呈现在眼前……

成立志在塬上很是风光了一把。这桩其实不是什么门当户对的婚姻带给了他荣耀和自信。窑前大摆流水席，请了名扬蒲县屯屯的戏班子唱了三天大戏，喝了三天喜酒。不管是仁义村的本家，或是外姓人，都请来了。成立志半醉半醒，掏出大把的钱，撒了三天，仁义村又归一宁静了。

第十三章
入党,在蒲县牺盟会干部训练班毕业之际

1936 年 3 月,东征红军十五军团七十五师二四〇团在公峪、克城一带活动,建立克城苏维埃政府。宣传抗日,号召青年参军。同月下旬,二四〇团北上抗日。

4 月,东征红军三十军二三六团在克城、乔家湾一带活动。红一军团某部在山口、城关等地活动

5 月初,国民革命军八十九师、四十一师、二十五师进驻蒲县,围剿东征红军,解散临时苏维埃政府。

5 月 5 日,中国共产党通电国民党南京政府,要求南京当局停止内战,一致抗日。

6 月,阎锡山为保存势力范围,选择联共抗日。中共中央政治局派薄一波等同志率领青年抗敌决死队进入山西,联阎抗日,成立山西牺牲救国同盟会。会长为阎锡山,常务副会长为梁化之、薄一波。

牺盟会中的领导人很多是共产党员。牺盟会的实际领导者是薄一波,10 月主持工作,积极发展牺盟会在山西的工作。中国共产党在山西的基层组织得到了迅速发展,会员达 67 万人。

牺盟会派柴成文等三人赴蒲县开展抗日宣传,成立蒲县牺盟分会,发展牺盟会员,建立武装自卫队。

成为抗战最前沿的山西风雨欲来了。

在抗日的硝烟气息里,信誉诚银号日暮穷途了。县长申佑一面

响应阎锡山的联共抗日，一面派人摘下了官商合办的牌子。

摘下牌子的铺子空了，没了灵魂。

在抗日气氛、民族大局的影响下，烟局关张了。

狗剩很失落，来向成怀珠辞行。

1937年最初的春风里，牺盟会还没有在蒲县出现。刚成立的临汾分会正筹备往各县选派特派员。

看不到抗战希望的成怀珠极其消沉。山西国民军官教导团张贴公示招收第一批学员，去太原接受培训。他正准备报名，投身到轰轰烈烈的抗战中去。

丢掉饭碗的狗剩表情很无奈，他说我回去了。这儿原本就不是我们的家，迟早都要回去的。一打仗，那纸烟坊也得关张。成怀珠说，不回去。日本人来了，种地也没有太平日子。军官教导团招人呢，我们一块儿报名去。

我不认字。狗剩摇头说，那军官教导团不要睁眼瞎子，我回去种地。

那你去当兵呵。成怀珠说，跟教导团一样扛枪打仗。你不是想当亡国奴吧？这保家卫国，人人都有份儿。

谁想当亡国奴呵？狗剩说，过年时候，爹说了，替我张罗媳妇也有了眉目了。再攒几张"大红袍"，抬花轿娶媳妇了。

你就知道娶媳妇，没出息。成怀珠说。

你也娶媳妇了，也没出息。狗剩不满地说。

我还想着抗日呢，你想了嘛？成怀珠问。

我咋不想？我还想那张飞、李逵、展昭下凡，一夜把日本鬼子杀光了呢。还用你去抗日呵。狗剩说着转身走了。

狗剩，你等会儿。成怀珠叫住他，拽住手说，不耽误你娶媳妇。一块儿看看去，没准人家收下你了。

我先娶媳妇，再去打日本鬼子也不迟。狗剩说，我有把子力气，打仗不比你差。一枪一刀的，那学问用不着。

花喜鹊,尾巴长,娶了媳妇忘了娘。成怀珠说,打仗归打仗,狗剩,你小子别没良心,忘了老娘。不孝顺,打日本鬼子了,也瞧不起你。

谁说我忘了老娘,我不忘。狗剩说,我要娘,不要娶媳。她要是孝敬父母,我要媳妇。当孝子。

忠孝不两全,打败了日本鬼子,才能有太平日子,你才能孝敬你娘。成怀珠说,不打败日本鬼子,国将不国,何来家园呵?

我打日本鬼子,也要媳妇。狗剩说。

你是忘不了媳妇了。成怀珠说。

狗剩嘿笑。

国民党县党部、县政府沿用了前清县衙。民国五年二百余名土匪攻占县城,大肆洗劫三日。遭受最严重的老衙门破坏或焚烧掉一部分。后经数次修缮,却无力恢复原貌,前后院能用的房屋仅有半数。党政机关外,还设置了警察局、公道团、军粮代购站、伤兵接待站等。山西国民军官教导团招募站类此的临时机构,也都设在这儿。

大门左侧插着一面军旗,一行小字写着国民军官教导团。一张桌子上前贴一张毛边红纸,写着"学员招募处"。桌子后面坐着两个穿军服的人,一个军官,一个文书。跟前放一花名册,一支毛笔,一瓶墨汁。一个人似是刚报过,转身往回走,差不多跟成怀珠撞了一个满怀。闪开的一瞬,两个人都愣住了。

成怀珠。

席盛林。

怎么是你呵?

怎么是你呵?

两个人抱在一块笑了。

成怀珠在太原省立一中读书的时候,席盛林在太原新民中学读书,去太原读书的途中,他们相识结伴同行。读书期间也见过几次,那场学生爱国运动后,二人便失去了联系。民族存亡关头,不期在教导团招募处见面了。

不读书了。成怀珠问。

不读了。国家都要亡了，那书读的还有啥劲呵？席盛林说，我回来就是为了参加抗日救亡，为国出力。

我是被学校开除回来的，离开太原时，也想去见你。成怀珠说，又怕影响了你。填写了名字，我们就是教导团训练班的同学了。

听说太原保卫战都快打响了。席盛林说，这教导团太原开班呵，难实了。战事一天比一天吃紧，地方军中央军打一仗败一仗，节节败退。那阎锡山守住太原了才怪呢。还是报国无门呵！

这仗打的一塌糊涂，人心都乱了。成怀珠说，不抗日救亡，民族没有出路呵！哪怕是败仗，这仗也得打下去。

嗨，那招兵买马的换人了。旁边的狗剩说。

两个人回头看，军旗扛走了，两个穿警察制服的人坐在了桌子后面。桌前那张毛边红纸也换作了蒲县牺盟会干部训练班。

怀珠哥，那张毛边红纸上写的甚？狗剩问。

成怀珠和席盛林怔在那儿不响。

我还是回家娶媳，不管当谁的兵，那枪炮一响，掉了脑袋，不白活一场。狗剩一面说，一面撒腿。还是点烟泡子保险。

狗剩，你别走。成怀珠拽住他说，弄明白了，我放你走。日本鬼子来了，你种庄稼，狗日的也杀你。

见人就杀呵，还讲理嘛？狗剩拿手摸脑壳。

讲理，日本鬼子不侵略中国了。成怀珠说，不是吓唬你，日本鬼子在山西没少杀人。他们呵，都是畜生。

狗剩伸舌头。

怎么了呵？这一眨眼的工夫，换了旗子。席盛林站到桌子跟前问，这到底是谁的训练班呵，教导团呢？

你不认识我嘛？我是警察局长任天镒。太原战事吃紧，学员也无法进入太原接受培训，教导团奉命撤回太原。所有报名参加抗日救亡的学员,即日起编入蒲县牺盟会干部训练班接受培训。你叫什么名字?

席盛林。

哪个乡的?

化乐乡柳沟村。

去太原军官教导团训练班,和进入蒲县牺盟会干部训练班,都是为了抗日救国。任天镒说,山西战场打得很激烈,战事变化很快,不得不取消军官教导团训练班招募学员的计划。当然,你们都是有知识的热血青年,民族危难时刻,杀敌报国人人有责,在家乡抗战更好嘛。这位是警察局的宣传员,杨兴仁同志,很了解当前的山西局势。可以解除你们的困惑,认识山西抗战的严峻形势。太原沦陷后,用不了太久,日本鬼子就会攻占县城,骑在我们头上,横行霸道了。

那些骇人听闻的烧杀奸淫、惨无人道的传闻,都会在我们的家乡发生。杨兴仁说,日本鬼子不但掠夺我们的财富,还要把我们变成他们的奴隶,任由宰割,我们能答应嘛? 太原战事很快会结束,连阎长官也要从太原退守到临汾,在广袤的敌后,坚持领导抗战。即便军官教导团训练班还有那么一点时间,你们去太原能干什么? 与其这样,不如留在家乡抗日救亡,报国报家。

瞪大双眼的成怀珠突然叫道,杨兴仁,老同学,真是你呵?

杨兴仁愣了半天,猛地抱住成怀珠,半天笑说,怎么会是你呵? 巧了,不正是应了那句古话了嘛,志同道合终相聚呵。

看了半天,怎么这么面熟呵? 一听说话,便认准了是你。成怀珠高兴地说,老同学,你怎么到这儿来了? 几年不见,没啥大变化。

来抗战呵。杨兴仁说,来了差不多两个月了。我记得你是蒲县人,一到蒲县就打听你,没有人认识你呵。前两天任局长还说呢,只要你不离开蒲县,他就有办法找到你。民族存亡之际,我就说你在家里坐不住。

惭愧! 成怀珠说,我还是来晚一步。说日本人离这儿远呢,突然就打到山西来了,到处喊保卫太原的口号。蒲县牺盟会干部训练班,我也算一个。老同学,你不会说我思想落后了吧?

老同学,欢迎你投身抗日救亡的行列。杨兴仁说。

弄了半天,你们是老同学,那还有什么好解释的。任天镒说,你们呵,跟着杨宣传员抗日救国,准错不了。

成怀珠拉了席盛林、狗剩说,这位是席盛林,我的高小同学,从太原新民中学读书回来,参加抗日救亡。这位是我的同事,狗剩。跟我一块儿来报名,参加训练班打鬼子。我们三个,都算是蒲县牺盟会干部训练班的学员了。

欢迎,欢迎。杨兴仁说,你的名字……

成怀珠笑了,问狗剩,你的大号叫啥?

我没大号。狗剩说。

那你还叫狗剩吧。成怀珠说。

杨兴仁握住席盛林的手说,进了训练班,我们就是兄弟战友了。席学员,你跟怀珠都是本地人,希望你们为抗日多做工作。反对外来入侵,谋求民族解放是我们肩上的共同责任。我说的对嘛?

杨宣传员,你讲的太好了。席盛林说。

兴仁,训练班什么时候开学呵? 成怀珠问。

今天就开学。杨兴仁说,任局长的抗日热情比我们年轻人更高,已经在警察局腾出了房子。你们是蒲县牺盟会干部训练班的第一批学员,欢迎你们。也期望你们带领更多的热血青年参加训练班,壮大我们的抗日队伍。

成怀珠笑说,你来了,我这心里就有了谱儿。

任天镒说,来人呵,带他们去训练班。

一个值勤的警察跑过来,带着他们走进了大门。

一个姓张的教员向他们每人发了一本《抗战手册》,说这本手册的主要内容,还是宣传抗日救国,动员青年参军,怎么做好战地服务,组建武装自卫队等。你们先认真地学习一下,训练班开学后,还要系统地讲课。

啥时候开学呵？成怀珠问。

很快。张教员说，牺盟会蒲县分会正在组建中。蒲县牺盟会成立之前，第一届干部训练班要结束。你们都将成为蒲县牺盟会的主要力量。牺盟会在蒲县的影响以及未来的抗战局面，与你们紧密联系。

牺盟会的会长是阎长官，山西军政长官还是阎长官，为什么还要成立牺盟会呢？席盛林问，山西军队、山西牺盟会不重复了嘛。

不重复。张教员说，山西的军队是阎长官建立的家族形式的武装力量，牺盟会是阎长官迫于时势联共抗日的选择。阎长官只是一个名誉会长，共产党派来的那个副会长薄一波，严格地讲是牺盟会的真正领导者。山西牺盟会的骨干力量是由红军一部组成的青年抗敌决死队。联共抗日，壮大了抗日力量，牺盟会中也包括国民军官教导团训练班毕业的学员等。共产党促成了统一抗战，牺盟会是国共合作的典范。

我明白了。席盛林说，牺盟会是国共合作或者说是阎长官联共抗日组成的一个抗战组织。那个薄一波会来蒲县嘛？

薄一波领导牺盟会整个山西的抗战工作，或许会来吧。张教员笑说，只要我们的抗战工作做出了成绩，我想他会来的。

蒲县牺盟会的共产党是谁？成怀珠问。既然联共抗日，共产党就会参与或领导每一个分会，建立抗日武装自卫队。

不知道。张教员摇头说，我只是奉命来当教员。

开学后，我们就知道了。席盛林说。

学员们，我带你们去寝室休息。张教员说，很多事情不是全明白的，进了训练班，还怕弄不明白嘛。

学员寝室四个人一间房，狗剩从烟局拿了铺盖来，成怀珠、席盛林，一人坐在一张床上，仔细地看那本《抗战手册》。狗剩蹲在成怀珠跟前半天，拍了自己的那本手册说，我要这本书没用，我不认识它,它也不认识我。

你往后学识字。成怀珠笑说。

晚了。狗剩说,识几个字了,那训练班也结束了。

那也比不识一个字好。成怀珠说。

你咋这么笨呢,你念出声来,我还听不明白呵。狗剩说。

席盛林说,这是个好主意。怀珠,你念给他听。

成怀珠笑了,又翻回到第一页,轻声朗诵起来。

怀珠,太原那场学生爱国运动中,你没有见到共产党嘛?席盛林突然问。事后当局说,是共产党煽动了那场学生爱国运动。

没有。成怀珠狐疑地又说,教中文的曹老师游行的时候牺牲了。他引导我们读了很多进步书籍,其中包括刚才那个杨兴仁。我怀疑他是共产党。

你管他国民党共产党,打鬼子咱就跟他干。狗剩说。

席盛林说,狗剩说的也有道理。

太阳落山的时候,杨兴仁带着一个20岁左右的年轻人,来到了寝室。笑着介绍说,这位是席道正先生的公子,从临汾六中回乡参加抗战救国的进步青年席俊。席先生是一个老国民党员,在蒲县很有影响。这几位都是牺盟会干部训练班的首届学员,成怀珠、席盛林、狗剩同志。席俊也是蒲县牺盟会的主要成员。

席俊说,欢迎你们加入牺盟会参加抗战。

成怀珠不认识英俊的席俊,因为是邻村同乡,席盛林对席俊不陌生。关键是席道正,差不多是蒲县资深的国民党员、县党部常委任、城关高小校长,是多半青年的楷模。

寒暄会儿,杨兴仁说,我跟怀珠都是省立一中开除的学生,名字在同一张公示纸上。离校后各奔东西,想不到又走到一块儿了。老同学见面,免不了有很多话要说,有机会我还要到北塬你的老家看看。

那是我的荣耀呵。成怀珠笑说,我这个地主呵,只有报国的热血,还做不了真正的地主。否则,早捐献抗战了。

两位学员,我们老同学叙旧去,报歉呵。杨兴仁说。

席盛林说,老同学见面,那是人之常情,杨宣传员,你请。

出了县党部,杨兴仁说,怀珠,你陪我拜访席先生去,来蒲县后我第一个认识的就是席先生,七七事变后,席俊从临汾回乡参加抗战,我又多了一个朋友。高小我去了多次,席先生不但学识远见不凡,人也热情。

成怀珠看着席俊,笑说,看得出来,席俊也不凡呵。席先生是我景仰的前辈,我去太原读书时候,他还没去学校。

家父辞去县党部常委一职后,专一致力教育,蒲县的师资,多半从他创办的简易师范班毕业。席俊说,家父希望我继承他的教育事业,民族存亡之际,教育固然重要,抗战更为重要。不打败鬼子,从何教育呵?

唯有教育兴国。杨兴仁说,教育是一个民族的根本。等打败鬼子,我们一块儿献身民族教育。对了,怀珠,你不是有一个弟弟嘛,他在干什么?

在保定军校读书呢。成怀珠说,他选择考军校,跟这场抗日战争有关,期望在战场上杀敌报国。

好事呵。杨兴仁说,当下的青年无不投身抗战。人人抗战,国家兴亡匹夫有责,中华民族才有希望。抗战必胜!

我坚信这场正义的战争,最后的胜利一定属于中国。席俊说,不管用多久,我们最终会打败日本鬼子。

成怀珠说,我也坚信中国必胜!

初到蒲县时,我还担心呢。杨兴仁说,见到你们,特别是见了席先生,有十分的信心。蒲县牺盟会的工作,我们一定会做好。

席俊说,蒲县的热血青年那是数不清的。家父在每一个场所,都呼吁抗战、宣传抗战,他会利用影响,支持牺盟会在蒲县的抗战工作。

我相信。杨兴仁说,席先生的爱国精神是中华民族不屈服强敌的体现。我们没有理由不相信抗战的胜利结果。

假如中国不打这么多年的内战,或者早几年结束内乱,日本人也不会这么嚣张。席俊说,自清朝中期以来,中国便备受凌辱,屡遭列强侵略,中国军队在各个战场都在节节败退,保卫太原只是一句空谈。

民族存亡之际,有多少人忧国忧民呵!杨兴仁说,对阎长官和中央军的抗战,不要悲观,要抱着希望。这大街上也不是说话的地方,席俊,你找一处僻静的地方,我们三个人可以畅所欲言呵。

席俊建议说,我们去北关的山上去。其实,山西到处都在打仗,鬼子逼近家园,谁还管你谈论国事呵。

人人不都在谈论抗战,国之存亡,亦是百姓存亡,谁不关心战事呵?成怀珠说,兴仁不是蒲县人,不是也来蒲县抗战嘛。

我跟你们谈的话题很重要,还是回避一下。杨兴仁说,不仅是蒲县牺盟会的发展,还有抗战工作。

还有比抗战更重要的事情?成怀珠笑问。

干系抗战的未来,甚至于中国的未来。杨兴仁说,这样的话题,是不是应该保密?到山上细谈。

二人面面相觑,大步向北关走去。

从南坡爬上去,找一处野草茂盛的地方,杨兴仁眺望脚下的城市,这座山叫什么名字?县城周围没有大山呵。

叫疙瘩山。成怀珠说,县城周围都是小山丘。蒲县最高的山是南面的柏山和北塬的五鹿山。

在临汾我就听说了,这儿的蒲剧很特别,是典型的地方剧种。杨兴仁说,听说叫什么广富戏班,有机会听一场。

哎,你怎么说起蒲剧来了。成怀珠问,讲那个干系抗战未来的话题呵。

我先问你们一个问题,牺盟会是一个国共合作建立的组织,严格地说是阎锡山联共抗日的组织，你们对共产党人有什么认识呵？杨兴仁说，共产党和国民党的主张不同，但却是一个积极主张抗日的党派。

席俊说，我希望加入共产党。

成怀珠说，共产党一定是曹老师向我们描述的那个人人平等的新世界，我也希望加入共产党。

经过这么多天的接触，席俊我是了解的，积极要求进步。杨兴仁说，成怀珠我们一起参加过学生爱国运动，对他也是了解的。对你们我就不隐瞒身份了，猜一猜，我为什么来蒲县组织牺盟会？

成怀珠惊讶地说，你参加了共产党？

对。是党派我到蒲县牺盟会工作的。杨兴仁说，我在蒲县的工作，公开身份是警察局的宣传员。不但要发展壮大牺盟会，还要发展一批新党员，组建中共蒲县的组织，做好为抗战服务等工作。

前一阵子，家父就怀疑你的身份了。席俊笑说，蒲县呵，也只有牺盟会里有你们共产党人。让我们入党吧？

你们是我来蒲县开展党的工作、培养和发展的预备党员。杨兴仁说，组织什么时候批准你们入党，取决于你们的表现。共产党是为无产阶级、广大民众谋幸福的组织，是推翻剥削阶级、反对压迫和剥削的组织。要求你们对党的高度忠诚，做好为无产阶级劳苦大众的解放事业献身牺牲的准备。一个缺乏为党的事业、奋斗牺牲精神的人，就不配成为一名共产党员。

我做好准备了。成怀珠问，老同学，曹老师是共产党员嘛？

是一个优秀的共产党员。杨兴仁说，党的事业要在蒲县迅速发展，离不开基层组织的建设。蒲县涌现的新党员越多，党的事业就越会在这儿扎根发芽，山西的革命事业就多一份力量。席俊要帮助组织做好席先生的工作，利用他的影响，为牺盟会在蒲县的发展多做一些工作。

你放心，家父是一个爱国的国民党员，只要是有益于抗日的事情,他都会倾尽全力。席俊说,我郑重地请组织考验我。

请组织交给我任务,考验我的行为。成怀珠说。

我接受你们的请求。杨兴仁说,你们虽然不是党员,但要以一名党员的身份,严格要求自己,早一天入党。今天的话题,属绝对机密,对任何人不得泄露。国共虽然建立了统一抗战的战线,基层组织的存在依然需要隐避。不但有利于党的发展,也有利于自我保护。都明白了嘛?

明白了。两个人说。

谈话结束。杨兴仁说,我们去拜访席先生。

三天后,蒲县牺盟会干部训练班正式开班。

首届学员 50 余人,杨兴仁上了第一课。

下午,蒲县警察局长任天镒带来几支步枪,教学员掌握射击的方法。

十天后,蒲县牺盟会干部训练班毕业。

毕业的前一天晚上,杨兴仁找到成怀珠,告诉他说,我是你的入党介绍人,经过组织的认真考验,郑重通知,批准你加入党组织。今天起,你就是一名正式的中国共产党员。祝贺你,成怀珠同志。

感谢党组织。成怀珠说,我愿为党的事业献出一切,为无产阶级革命到底,直至献出自己的生命。

成怀珠同志,你是党组织在蒲县发展的第一批党员。杨兴仁说,蒲县的基层组织建设希望你们多做贡献,不要辜负党对你们的期望。

我一定服从组织工作,不辜负党的期望。成怀珠说,积极发展爱国青年入党,组建党在基层的组织。

我现在可以告诉你,我的隐避身份是晋西党委派到蒲县党委的宣传部长。中共蒲县委员会有三人组成,县委书记、组织部长和我这个宣传部长,全面负责党在蒲县的建设和发展。训练班讲课的张教员就是组织部长。

请组织安排我的工作。成怀珠说。

你和席俊都是这次批准的新党员。杨兴仁说,蒲县的抗战形势还不明朗,党的基础薄弱。你和席俊暂时留在牺盟会工作,随时局的发展再做调整。太原已经兵临城下了,用不了多久,时局大变了。

服从组织安排。成怀珠说。

在首批发展的党员中,还有席盛林、任天镒、乔天福、孟子聪、梁建章、王天明等人。他们和席俊、成怀珠一样,成为蒲县党的革命骨干力量。

训练班之后,蒲县牺盟会成立蒲县人民抗日自卫队,队长是张钧,指导员是段连荣。警察局、人民抗日自卫队这两支主要的抗日武装力量都掌握在中共蒲县县委手里。为蒲县革命波澜壮阔的发展奠定了基础。

9月,著名作家丁玲带领西北战地服务团,来蒲县宣传抗日救国。高小校长席道正迎接西北战地服务团,进驻高小。

11月,县长申佑率党政要员,迎接第二战区司令长官阎锡山及军政机关由临汾迁驻蒲县城关。

第十四章
八路军要在蒲县打一仗

太原会战失利后,阎锡山弃城退至临汾,1938 年 2 月,仅隔三个多月,临汾相继失守。阎锡山率领残部,经蒲县、大宁、乡宁、吉县溃退到陕西宜川县桑柏村。十几万军队仅剩三万余人,山西半壁河山沦陷。

迁到吉县的牺盟会总部,坚持在山西抗战。青年抗敌决死队成立一个总队,四个纵队。半数是国民军官教导团、军政训练班改编,半数是太原沦陷后召集的阎军旧部。各地成立的抗日自卫队、青救会、农救会、妇救会等抗战组织及迅速发展的牺盟会,人数达 76 万。这一广大群众的抗日组织把山西境内 90% 的农民组织发动起来,形成了波澜壮阔的抗日战场。

经刘少奇起草的《农民救国会章程》,阎锡山被迫通过。章程提出了公开掌握政权的口号,牺盟会获得了委任专员县长的权力。为适应被日寇分割的新情况,中央西北局决定,撤消山西省委,成立晋西南党委,负责人是林枫、张友清、张稼夫等,全面领导山西的抗战工作,坚持守土抗战。

牺盟会的抗战口号是宁在山西牺牲,不到他乡流亡!

牺盟会在山西境内成立 10 个中心区,赵城、临汾、汾西、大宁、洪洞、永和、蒲县等 12 县为第六区,即洪赵中心区。专员张文昂,专署秘书主任张衡宇,牺盟会中心区秘书楼化篷、阎秀峰。

1938 年 3 月 1 日,蒲县沦陷,县长申佑,公牺联工作委员会主任、中共党员马辉殉难。

牺盟会在各地参与组建政府机构，或直接掌握政权。洪赵中心区任命李玉波为蒲县县长，杨星五为蒲县牺盟会特派员。在克城重组公牺联工作委员会。蒲县政府，中共首次成为蒲县的实际领导者。

成怀珠随蒲县牺盟会撤到克城。

八路军一一五师、六八五团、六八六团进驻蒲县，与日寇直接作战。蒲县牺盟会人民抗日自卫队，警察局配合作战。

基层党组织的建设、战地支援、军粮补给，成为牺盟会工作的重点。山西军政未撤离前，蒲县成立12个编村，编村村长集结到太原国民兵军官教导团七分团受训。太原沦陷后，县长申佑牺牲，县政府机关基本解散，编村村长无法起到有效的作用。重新组建政府后，共产党员县长李玉坡对行政区重新规划，全县又划分三个区，编村隶属区，一区区长秦鹏龄，二区区长席盛林，三区区长席道正。除席道正外，部分编村村长都是中共党员。或在教导团，或在蒲县牺盟会训练班受训期间秘密加入党组织。

克城因蒲县党政机关的到来，为战火灾难中的民众带来了希望。萧条的街上或多或少有了一些生气。

杨兴仁找到成怀珠的时候，他正在和从古县来的郭兴堂、红道乡来的郭崇仁在一块儿。战火烧到北塬，他们再也坐不住了。成怀珠是他们唯一接近抗日组织的桥梁，来到克城第一个要见的自然是成怀珠。当他们向成怀珠表达参加抗日组织的愿望后，成怀珠说，团结所有抗战的力量，是牺盟会的一贯主张。欢迎你们。

郭兴堂问，我们什么时候能加入牺盟会呵？

现在就可以。成怀珠说，你们可以直接进入蒲县人民抗日自卫队，也可以留在克城，参加牺盟会的工作。

郭崇仁说，我们一合计呵，估计你一定在克城，算是找对了。你加入牺盟会，也不带我们一块来。

现在参加抗战也不迟呵。成怀珠笑说，我带你们去见牺盟会的领导,请他们为你们分配工作。

郭兴堂问,现在去见嘛?

走吧。成怀珠说,我领你们去。

成怀珠,去哪呵?

成怀珠回头,是杨兴仁叫他。

杨部长,我带他们去牺盟会见杨特派员呢。成怀珠说,这两位是我的高小同学,来参加抗战的。

欢迎,欢迎你们。杨兴仁握着他们的手说,牺盟会团结所有抗战的力量,你们都是爱国的热血青年,民族存亡关头,自然要报效国家。牺盟会是守土抗日的组织,你们知道牺盟会的抗战口号嘛?

郭兴堂、郭崇仁说,不知道。

宁在山西牺牲,不到他乡流亡! 杨兴仁说,牺盟会是山西人的牺盟会,牺盟会的口号,自然是山西人的口号。我们抗日的目的,也不仅仅是收复山西,而是彻底打败侵略者! 山西人更有守土抗战之责。

郭崇仁说,我们今天就算加入牺盟会了嘛。

牺盟会是山西广大民众的抗日组织,人人都可以参加。杨兴仁说,你们是成怀珠的同学,成怀珠又是你们入会的介绍人,相信你们一定会成为蒲县牺盟会的骨干力量。为守土抗战,贡献自己的力量。

郭兴堂说,谢谢你。那就分配工作吧。

不着急。杨兴仁说,我和成怀珠谈完工作,再谈你们的工作,好不好?

郭崇仁说,行。我们等着你们。

成怀珠领了杨兴仁返回窑里。

坐在炕头上,杨兴仁说,成怀珠同志,我们今天谈的工作很重要,你准备好了离开牺盟会的思想了嘛?

成怀珠说,我服从组织的分配。

用不了多久,中共蒲县委员会就要成立了。杨兴仁说,组织上决定,在北塬建立基层党组织,成立几个党支部。你们村是这次筹建的党支部之一,而且仁义村的党支部要迅速组建,带动周围党支部的建立。你在仁义村和古县有较好的群众基础,熟悉那儿的环境,了解那儿的情况,组织上决定,派你回仁义村,尽快组建党支部,宣传党的抗日立场,发展新党员,为更残酷的抗战作好准备。

请组织放心,我一定完成任务。成怀珠说。

缺乏基层党支部的建设,未来的中共蒲县委员会将是无水之鱼。杨兴仁说,没有广泛的群众基础,基层党支部的支持,我们的党就没有生存的环境。基层党支部的建设关系到党在蒲县的革命事业。你要有充分的思想准备和切实的工作准备。我看你的这两位高小同学可以和你一道回去,也是你发展新党员的人选。当然,你的工作我可以和席道正谈,他是三区的区长,也是一个正直的国民党员,倾向于我党的一贯主张,他会支持你的。遇到困难,你也可以找他解决。父亲是国民党员,儿子是共产党员,席俊已经调到警察局担任指导员了。席先生是党的统一战线争取的力量。

我明白了。成怀珠说。

除基层党支部的建设外,统一战线的工作也不能松懈。杨兴仁说,团结一切可以团结的力量是我党的政策和一贯主张。

请组织放心,我一定做好统一战线的工作。成怀珠说。

还有一项更重要的工作。杨兴仁说。

请组织上交给我,考验我。成怀珠说。

八路军总部决定在蒲县境内打一仗,教训气焰嚣张的日本鬼子。杨兴仁说,这需要地方的支持,特别是军粮和支前。军粮的筹措,是确保这次战斗胜利的前题,你回去后的第一件事,就是发动广大群众,捐献抗战军粮。时间很紧,你只有十天的时间,任务是二百石粮食。有信心嘛?

抗战人人有责,有钱的出钱,有力的出力,老百姓没有不盼望早一天打败鬼子的。成怀珠说,他们对鬼子的暴行恨之入骨,只要是打鬼子,老百姓要人出人,要粮出粮,我能没有信心嘛。

我党的抗战宣传工作,一定要脚踏实地,深入民心。杨兴仁说,组织上决定,首先在北塬建立几个基层党支部,然后逐步向全县扩张。史怀惠同志回古县,席盛林同志回化乐,为支援八路军打胜这一仗,迅速进入工作。我党在北塬的影响很有限,工作也很薄弱,在广大农村建设基层党支部,是这场持久抗战的基础。没有人民的支持,那就无法取得这场抗日战争的最后胜利。

我什么时候出发?成怀珠问。

战机说到就到,八路军两个团在蒲县目标很大,杨兴仁说,打完这一仗,他们就奔赴新的战场了。收拾一下,现在就动身。

我还去见席区长嘛?成怀珠说。

不用了。杨兴仁说,可以叫你的那两位同学进来,我向他们简单地交待几句话。这次支前可以对他们做入党的考验。

成怀珠站在门槛,向郭兴堂、郭崇仁招手。

进窑去的郭兴堂、郭崇仁,被迎上来的杨兴仁一一握手。

郭兴堂问,分配我们什么工作?

请你们进来,就是谈抗战工作。杨兴仁说,八路军准备在蒲县打一仗,狠狠打击鬼子的气焰。明天两个团的八路军会出现在北塬。军粮和支前是打赢这一仗的关键。牺盟会决定派部分同志回到村庄去,向广大的人民群众宣传抗日救国,动员他们出钱出力,支援八路军打鬼子。你们都是矢志报国的热血青年,留在克城牺盟会跟成怀珠一块回乡,都是抗日。区政府和编村村长会很快了解你们回乡抗日的工作情况,会给予你们最大的支持。工作中出现的问题和困难,可以向他们反应,共同去解决。你们的抗日宣传,我坚信一定会在广大群众中掀起爱国的热情。

那我们就跟怀珠一块儿回去,只要是为抗日工作,干什么我们都愿意。郭崇仁说,杨部长,你放心好了。

这样的工作,看似简单,实际很复杂。杨兴仁说,要有充分的热情，充分的耐心。你们有信心嘛？

有信心。郭兴堂回答。

关于抗战宣传工作，你们要向成怀珠同志多问、多学习。杨兴仁说，遇到困难向成怀珠同志多汇报，共同解决。总之，要与成怀珠同志保持工作上的密切联系，他在这方面，有工作的经验。

我们一定向老同学学习。郭崇仁说。

多余的话我就不说了。杨兴仁说，回乡后要迅速开展宣传抗日的工作，区政府、编村会给你们联系，我也会去看你们。与区政府、编村的联系，包括成怀珠同志，都一样的重要。蒲县牺盟会也会密切关注你们在基层开展抗日工作的情况，及时给予纠正和引导，更有利于抗日工作的发展。注意，成立农救会和妇救会是抗日工作的第一步。有了积极的抗日组织，一切工作困难都可以克服了。

请你放心，我会帮助他们做好宣传抗日工作。成怀珠说，支援前线和八路军的军粮，一定克服困难，做好保障工作。

我相信你们。杨兴仁说，成怀珠同志，一定要与牺盟会保持联系，把基层的基本情况及时反馈回来。保重呵。

分别握手后，三个人出了窑洞。

第十五章
为抗日筹粮，为抗日宣传

三人出了克城，成怀珠西去古县镇，郭兴堂、郭崇仁南去红道乡。分手了，郭兴堂、郭崇仁突然犹豫了。这是他们参加革命的第一天，没有任何工作经验，又缺乏牺盟会的实际参与，那是必然的茫然。

怀珠，你对抗日宣传工作有经验，我们回去后，从哪儿入手呵？郭兴堂问，仅凭这一腔爱国热情，还不够呵。

你教我们一下，用什么办法。郭崇仁说。

首先把群众发动起来，团结一批爱国青年，利用各种场所，宣传抗日救亡，一家一家去宣传抗日救亡的重要性。成怀珠说，我们有牺盟会的支持，有广大群众爱国的抗日觉悟，老百姓也支持我们。

那接下来怎么办？郭兴堂问。

杨部长不是说了嘛，发动群众后的下一步工作就是成立农救会、妇救会抗日基层组织。成怀珠说，成立抗日基层组织后，才能够更有效地为抗日工作。更迅速地对抗战工作给予抗战以支持，包括支前、军粮等。

我们明白了。郭崇仁说。

遇到事情我们多联系，牺盟会也会派人指导你们的工作。成怀珠说，牺盟会坚持在山西守土抗战，这样的形势有利于抗战工作的发展。牺盟会的性质，虽说是阎锡山联共抗日的群众组织，真正的领导者不是阎锡山，而是共产党的薄一波。这个薄一波也是咱山西人，牺盟会的青年抗敌决死队，都留在了山西境内抗战，而阎锡山却带着人马逃跑了。不管是国民党，或是共产党，谁抗日我们就拥护谁。

国民党和共产党，他们的根本区别是什么？郭兴堂问。

我简单地解释一下，一目了然呵。成怀珠说，国民党是为少数的资产阶级和地主阶级服务的政党，我们这个中华民国，提倡自由、平等、博爱，维护的却是资产阶级和地主阶级的利益，而不是广大劳动者的利益。也就无从体验自由、平等、博爱，实际是剥削阶级与被剥削阶级的剥削制度。共产党是一个无产阶级的政党，反对剥削与压迫，保护的是广大劳动者的利益。听明白了嘛？

郭崇仁说，我们当然倾向于共产党了。

郭兴堂说，我想多半人都会拥护共产党。怀珠，那个杨部长是不是共产党呵？你们说的话差不多呵。

反正我不是。杨部长是不是，我不知道。成怀珠说，但我可以告诉你们我的选择，跟着共产党走。

牺盟会内都谁是共产党呵？郭兴堂说，即使倾向于共产党，不跟共产党接触，怎么加入共产党的组织呵？

我可以明确告诉你们，我们的工作是为抗战工作，但也是完成共产党的抗战工作任务。成怀珠说，这次来蒲县与鬼子打仗的八路军，就是共产党领导的一支抗日队伍，那我们还不是为共产党工作嘛。

当然是。郭崇仁说，可我们还不知道，谁是共产党呵。只有找到共产党的组织，我们才能够更深刻地了解共产党。

你们安心工作，共产党的抗日组织呵，很快会在我们中间出现。成怀珠说，我们的工作越努力，就会早一天加入共产党的抗日组织，甚至加入共产党，成为他们中的一员。等到那一天，我会告诉你们。

我们等着。郭兴堂说，也会倍加努力地工作。

为了早一天见到共产党，我豁出去了。郭崇仁说，听怀珠说的话呵,共产党虽然不在我们身边,却关注着我们的工作。经过一定的考验,就会出现在我们的跟前。怀珠,我猜的对嘛?

对。成怀珠说,用不了多久,我们都会成为共产党中的一员,参加这个为劳苦大众谋幸福的组织。

我们有信心。郭兴堂说。

保重。郭崇仁说。

再见! 成怀珠说。

望着他们的背影,成怀珠内心泛起苦涩,假如不是组织纪律,他会毫不犹豫地告诉他们,他就是共产党员。

差不多到了临夏的季节了,北塬的蝉还没有唱响。

最初听说儿子辞掉银号的消息,成立志宽和地笑了。战争已经遍燃三晋,也一定烧到蒲县来。太原、临汾的皮货路子断了,蒲县的银号也早晚会在战火中垮掉。儿子参加牺盟会,为抗战出力,也是他期望的事儿。不打败鬼子,不管是皮货,或是银号,所有的买卖都不会恢复。

成立志看见儿子的时候,他正倚在树干上,晒着日头吹旱烟。一面想鬼子啥时候来到北塬,一面想什么时候打败鬼子……

儿子奔下塬来的时候,沟里到处升腾着炊烟,在稀薄的夕照光辉里,再也缠绕不出仁义村曾经的安祥了。那攀附在最后霞辉里的希望,一如随云飞逝的烟霭,那样的迷茫。又因为那乱糟糟的缠绕,找不到了方向。

他望着渐行渐近的儿子,高扬着烟袋大声问,你咋回来了,日本鬼子打败了? 我还没见枪响呢。

成怀珠笑着不回答,到了跟前撂下包裹,接了老子递来的凳子,一屁股坐下了,笑说爹,那鬼子要是那么不经打,还能从东北折腾到山西来。这抗战没有个三五年,打不败小鬼子。最多十年。

乖乖,用这么长时间呵? 成立志摇头说,那我这皮货生意不是没了指望嘛? 这来中国的小鬼子,不会有几百万吧?

这我可说不清楚。成怀珠说，反正来的不少。

那就揍他狗日的，一个一个地打，总有打干净的那一天。成立志说，这小鬼子，怎么着也没有中国人多。

牺盟会说了，跟小鬼子，这是一场持久战。成怀珠说，不光抗日组织作好准备，老百姓也要作好打持久战的思想准备。

你咋回来了？成立志又问。

回来也是为了抗日，发动群众支援八路军打鬼子。成怀珠说，抗战人人有责，有力的出力，有钱的出钱。

支援打鬼子，老百姓没二话。成立志说，不打败小鬼子，老百姓没太平日子。你就是回来带这个头的吧？

成怀珠笑着不响。

成立志敲着烟袋锅说，我出十石"红桃黍"。

二十石。

成立志异样地看着儿子，坚持道，十石。

二十石。

那窑里的粮食，都拿去抗日了，今年的年景又让鬼子给搅了，来年减了年景，还不饿肚子呵？再说了，我手里还压着几十张皮货呢。

你咋知道明年减年景了？成怀珠问，要是好年景呢？八路军来了两个团，寻机在蒲县狠揍鬼子一顿。几千人呢，二十石粮食，不够塞牙缝儿。

那仗要是打败了呢？成立志说。

肯定打赢了。成怀珠说，八路军不是阎锡山的地方军，也不是中央军，是民族抗战的希望。不会败。

二十石，就二十石吧。成立志无奈地说。不是为了抗日，打败小鬼子，我舍不得剜掉身上这块肉。

成怀珠听了，舒心地笑了。至少他取得了回村工作的第一步胜利，对接下来的工作，充满了无比的自信。

老大，你咋回来了？母亲站在窑前问，你爷们说啥话呵？回窑吧,外面都黑了。这么闷,不会落雨吧。

成怀珠挪一步,搀扶老子倚了树干站起来,爷们儿一左一右,慢腾腾地裹在缠绕的暮色里,踱进窑里去。

史迟娥是积极支持丈夫参加抗战救亡工作的农村妇女,这在封闭的北塬并不多见。因为成怀珠进步思想的引导,区别于那些庸常的农村妇女,对抗战救亡有良好的思想觉悟。成怀珠在县城参加牺盟会的时候,在家务农活等言行上给予了积极的支持。她知道国家和无数个家庭是无法剥离的整体。一个丧失主权、沦为殖民地的国家,是一个被侵略者奴役的民族。不仅备受屈辱,且永远没有和平。

灯芯跳一下,熄灭了。

窑内窑外异样的静谧,没有无序的虫鸣,因为那即将到来的夏季,在最初的春雨,还不足蕴藏燥热和浮躁。那地表下越冬的虫子,还没有在惊蛰的雷雨声中重获新生,在流火的炽阳下,纵情狂歌。但成怀珠内心的抗日热情,比那即将到来的夏季更加炽热和疯狂。那在学生爱国运动中受伤的热血青年,从太原回到北塬,似一匹带病的黑马,在无边无际的黑暗中,莽撞了许多年,终于冲出了黑暗,融合到光明中去。这是他加入光荣的中国共产党后第一次回到北塬,注定这是一个不眠之夜。

成怀珠无法不为这一夜激动。

妻子在他怀抱里絮语。

啥时候回去?

不清楚。他迷醉地说,等八路军打完这一仗,组织上会重新分配工作。杨部长说了,不管在哪儿,都是为抗战救亡工作。

那你就留在塬上。

那要服从分配。

真要分配了,你说的组织上还会留你在塬上。你熟悉这儿呵,便于开展抗日工作。外乡人来到北塬,生分不是。

有道理。杨部长和李县长都说了,基层组织的建设,直接影响抗战的进程,很重要。或许你分析对了。

那你就在村里建设你们的组织吧。凡是抗日的事儿,我支持你,决不拖你的后腿。放心了吧?

你我还不了解呵。很多事情要取决于形势的变化,假如牺盟会一直领导山西的抗战救亡工作,我还会回去。假如阎锡山又回山西了,我会不离开村子,或者不离开古县镇。去留阎锡山说了算。

他不是逃跑了嘛?

他的魂留在山西。

噢……

回到北塬的头天晚上,很快也很漫长。

天亮了,他突然阖目睡去了。

成怀珠在仁义村见到的第一个人,是闾长成福挺。山西境内实行抗日编村制后,村改称闾,保长成福挺就成了闾长。名称变了,不变的还是村官的事儿。成福挺大不了成怀珠几岁,他们是本家爷们儿。

成怀珠在去成福挺窑里的路上,撞见了成福挺。

咋是你呵?成福挺问,你不是去了县里的牺盟会嘛?

我还在牺盟会,跟着他们抗日呢。成怀珠说,你不知道鬼子占了县城,都迁到克城了,在那儿继续抗日嘛?

我咋不知道。成福挺说,我还去克城开过一次会呢。新县长叫李玉坡。那个被鬼子杀害的申县长,我也见过,好人!

申县长就晚撤了一会儿,小鬼子就冲进了县城。成怀珠说。

牺盟会都在克城抗日呢,你咋回来了?成福挺问。

我是受牺盟会的指派,回来动员群众宣传抗日的。成怀珠说,过几天,三区的席区长、编村村长,都会给你联系。

成福挺点头,半天说,我咋听糊涂了,这沟里也宣传抗日?不对吧,这老百姓可都是庄稼人,不会打枪,咋当兵打仗?

成怀珠笑了,说,福挺哥,你是真没听明白,沟里的年轻人,要动员他们参军打仗,小鬼子总要有人去打呵。沟里的抗日宣传,跟上前线打鬼子一样重要。不管是阎长官的队伍,或是牺盟会的青年抗战决死队,都离不开老百姓的支援。粮食、布匹、车马、支前,少了哪一项,都打不了胜仗。

你小子,讲的有道理。成福挺说,不管他是国民党或是共产党,眼跟前那是国共合作,共同抗战,一家人呵。只要是打鬼子,老百姓都支援。你说,你是为甚回来的,这宣传抗战支援哪一家呵?

八路军。成怀珠说,也是国军编制。

听说过。成福挺说,这八路也是打鬼子的队伍,国军序列。我这么跟你说吧,哪怕他是"盗客",奔打鬼子这条道去了,我都支援。老百姓巴望着打败小鬼子呵,出粮出钱他们心里高兴,不是掂了家伙逼人家。

听席区长说过,你是三区最爱国最进步的闾长。成怀珠笑说,你说的一点儿也不假,那打鬼子的"盗客"多去了。民族存亡关头,团结起来一致抗战呵。你还不知道吧,连那西安事变中的张少帅,其父也是绿林出身。土匪抗日那是有良智的土匪,也算是好汉!当然,也有投靠小鬼子,当汉奸的土匪。

你说那席先生呵,他是个文人,最爱国了,弱的上不了战场。成福挺说,认识他那儿子席俊嘛?警察局的指导员。少了书生气,多了几分杀气,上了战场去,又一条好汉!从前的捐税,老百姓苦呵,骂声一片。搁眼跟前,这是抗日打鬼子,没人不乐意捐献,那苦是苦了,为了打鬼子,心里甜呵。

席俊,我认识。成怀珠说。

听说他那枪打得准,百步穿杨,左右开弓呵。成福挺问,他这双枪将,不是啥虚名吧?鬼子汉奸都怕他。

确有其事,怎么会是虚名呢。成怀珠说,抗日英雄层出不穷,有千百万令鬼子汉奸胆寒的席俊。你信不信?

我信。成福挺笑说,有时候呵,我真想撂下这闾长的担子,上前线打鬼子去。区长再开会,我问去。

福挺哥,你这闾长也是为抗日工作嘛。成怀珠说,跟上前线打鬼子一样。没有闾长组织捐献,队伍靠啥打仗呵?

那还是有区别,没有一枪一刀的痛快。成福挺笑说,不过我这闾长还真是为抗日工作,连这闾长两个字,都带着抗日的烙印。这八路准备在哪儿跟小鬼子干一仗呵?有多少把握呵?不会又吃亏了吧?

我不知道在哪儿打这一仗,但我知道不会吃亏。成怀珠说,这题外话讲多了,还是说组织群众宣传抗日、捐献军粮的事儿吧。

不瞒你说,这区里编村的会,我都参加了。成福挺说,也定了任务数儿,我正愁着怎么开一场募捐会呢。

宣传抗日后,把群众组织起来,成立农救会和妇救会,这样仁义村的人,不分男女都加入了抗日救亡的组织。成怀珠说,救国会中的会长和骨干力量,在所有的抗日工作中,都自觉地走在了前头,起到模范带头作用,带动广大群众的抗日积极性,什么支前的困难,都能够克服。

是呵。成福挺说,你这个主意好,牺盟会成立的这几个会呵,真正是全民抗战了。这捐献军粮的事儿,哥交给你了。

我回来就是配合你,完成这次支前任务。成怀珠说。

啥时候开始呵?成福挺问。

今天就开一场宣传抗日救亡的大会,组织全村的人参加。成怀珠说,明天成立农救会和妇救会,后天动员捐赠。没有你闾长的支持,啥会也成立不了。仁义村的抗日救亡呵,那就落后了。

你这话说的稀奇,我这闾长,不就是抗日的闾长嘛。成福挺笑说,不抗日,哪儿有闾长这个名呵?你找几个年轻人,挨窑通知开会。这成立农救会和妇救会,我就不参与了,你去组织好了。

行。我这就组织人,通知全村,开一场抗日宣传会。成怀珠说,这场会你得参加,还要作动员讲话。

是为抗日工作的事儿，我这闾长都参加。成福挺笑说。

成怀珠扬手，往沟底深处走去。成福挺望着他的背影，暗想这小子，不是也参加了共产党吧？其实他这个闾长，无所谓党派。不管是叫保长，或是叫闾长，只要是为抗日出力，他都努力干。

张大柱是农救会长的第一人选，小时候跟成怀珠的关系还不错，只读过半年的书，却是一个热心肠，仁义也仗义，在沟里的威信一点儿不比成福挺差。妇救会长的人选是成玉凤或尚瑞秀。但关键是农救会长，因为妇女的地位跟男人差远了。许多事儿，还是男人说了算，女人当不了家。

顺了沟底走来的成怀珠，冲窑前晒日头的张大柱，喊了一声，大柱。

张大柱披着衣裳不响。成怀珠去太原读书后，他们差不多没了往来，有的只是发小时候那些割舍不了的情义。

近了，成怀珠问，你咋不说话？

我说啥？张大柱嘿笑说，啥时候回来的？

昨儿。成怀珠说。

听说那小鬼子占了县城，还杀了人？张大柱愤恨道，这小鬼子霸道呵！啥时候撵走小鬼子呵？也宰几个出口气。

快了。我回来就为这事儿。成怀珠说。

你说仔细了。张大柱着急了。

小鬼子在蒲县杀人放火，无恶不作呵！成怀珠说，为了教训小鬼子，八路军准备在蒲县跟小鬼子干一仗。但最终的目的，是把小鬼子赶出蒲县，收复县城。鬼子虽说还没来古县，五十多里的路，那也是说来就到。不能让小鬼子来北塬再奸淫烧杀了。我回来就为宣传抗日，支援八路军打赢这一仗。

这八路军来了多少人呵？张大柱问。

两个团，几千人呢。成怀珠说。

有几千人，也能打一仗。张大柱担心地说，那阎锡山都打败了，八路军能打赢小鬼子？有把握嘛？

　　准打胜仗。成怀珠说，但与老百姓的支援分不开，当兵的连肚子都吃不饱，还能打胜仗呵？要不咋叫有钱的出钱，有力的出力呢。

　　只要是打小鬼子，我出粮食。张大柱说。

　　你一个人出不行。成怀珠笑说。

　　我管不住人家呵。张大柱说，各窑都有当家的人，你找他们说话。这打鬼子呵，也靠自愿，一人一分心思。

　　那就去宣传抗日救亡，发动广大群众的抗战热情，建立农救会和妇救会，民众的抗日组织，同心协力，支援前线打鬼子，全民抗战。成怀珠笑说，做好这些工作，还怕他们不自愿嘛？抗日救亡的宣传很重要。

　　咋宣传，我就是一大老粗，不懂呵。张大柱说，你只管宣传去，这窑的"红桃黍"，你也只管来拿。不打败小鬼子，老百姓没有日子过，这道理呵，我懂。阎老西不是东西，小鬼子比他还坏。

　　阎锡山跟着中央军跑了，牺盟会还坚持在山西抗战。成怀珠说，这农救会和妇救会，包括城里的青救会，跟青年抗敌决死队一样，都是牺盟会成立的民众抗日组织，是山西抗战胜利的希望。古县镇和咱这仁义村，是不是也应该成立农救会和妇救会这样的民众抗日组织呵？有了抗战组织，人人才能为抗战出力。

　　那就成立呵。张大柱说。

　　你来当农救会长，干不干？成怀珠说。

　　张大柱摇头说，我干不了。

　　谁说你干不了？成怀珠问。

　　我不是当官的料呵。张大柱说，我就是干，成福挺是闾长，他答应嘛？这不拿"大花脸"的村官，那也是官呵。

　　我见成福挺了，他说闾长是因为抗日才有的官儿。所有的抗日事儿，他都支持，包括成立农救会和妇救会。成怀珠说，我是牺盟会派回来工作，农救会和妇救会是牺盟会成立的抗日组织，他说谁当会长,牺盟会的人说了算。这你还信不过嘛? 今天是头一场抗日宣传会,明天成立农救会和妇救会。

成福挺他人呢? 张大柱问。

通知开会去了。成怀珠说。

我干。张大柱说,这农救会长,也算是为抗战出力了。

谢谢你。成怀珠笑说,只要是抗日救亡,仁义村的人,没有缩脖子后退的人。走,我们一块去会场。

怀珠,我今儿就不去。张大柱嘿笑说,不瞒你说,我有事儿去一趟镇上,想淘换一头驴,这塬上的庄稼,说熟就熟了呵。

会后去。成怀珠说,离夏收早呢。

我还是去吧。张大柱说,这回的快了呵,还能赶上半场会。

你是农救会长,怎么能不参加抗日宣传会呢? 成怀珠说,大柱,这可是仁义村第一场抗日宣传会。

我这会长的帽子,不是还没戴头上嘛。张大柱说,我都跑了几场集子了,一头合适的驴,它不好选呵。

鬼子可不讲理,霸道着呢。成怀珠说,连杀人放火的事儿都干了,不光是逮了牛羊,逮了驴子也牵走。

那小鬼子不会来这穷塬上吧? 张大柱说。

咋不会? 成怀珠说,那小鬼子是饿疯的狼,出城不知道东西南北,你咋知道小鬼子不来北塬?

我还是不买了,揣牢这几张“大花脸”。张大柱说。

等打败了小鬼子,我帮你买一头最壮的驴。成怀珠说。

你说这会长的帽子,我今儿算是戴上了? 张大柱问。

戴上了。古县镇仁义村农救会长张大柱。成怀珠说。

张大柱听了,跟在成怀珠屁股后面嘿笑。

途中成怀珠喊出窑里的成玉凤,告诉她通知尚瑞秀、成玉英、尚纪秀等,参加抗日宣传会。成玉凤问,谁宣传抗日救亡呵? 成怀珠笑说,我组织的抗日宣传会,自然是我讲抗日宣传。但每个参与者都有发言权。

这抗日宣传会，干甚？成玉凤问。

打鬼子。成怀珠说。

第十六章
仁义村和古县镇热热闹闹的抗日故事

仁义村的村官儿，差不多和塬上的那些闾长一样，都在"个自"窑里当闾长，没有办公用的官窑。比闾长高一级的编村，那个村官才有办公用的官窑或房屋，但他们和下面的闾长，上面的县长一样，只为抗日工作，没有年薪的。

宣传抗日的会场设在沟里一处宽敞的平地，容纳一村人，参差不齐地坐在沟里或坡地上，背了风儿，晒着日头懒洋洋地开会。这是村里人习惯的场所，习惯了的会议状态。绕了沟里的窑洞围过来，又绕了沟里的窑洞散开去。那沟里的平静，窑洞里的平静，都被这场即将召开的抗日宣传会搅乱了。

坡地上的成福挺吹着旱烟，牙齿咬着白玉烟嘴儿，笑说，沟里的老少爷们，今儿这场抗日宣传会是仁义村头一场抗日宣传会。那山外的世界，我见的少，讲不出啥道理。怀珠回来了，从县里的牺盟会回来的。太原读过的洋学生，一肚子墨水儿，那是咱北塬的秀才呵！听说过牺盟会吧，是阎长官联共抗日的组织，有青年抗敌决死队，跟小鬼子一枪一刀地干。在城里成立青年救国会、妇女救国会，在乡下成立农民救国会、妇女救国会，这些会呵，都是抗日的组织，打鬼子。怀珠是牺盟会的人，啥道理都懂呵。这抗日宣传呵，由他给你们讲。慢点儿，我还有一句话，仁义村也要成立农救会、妇救会，不管成立啥会，只要是抗日，我这个闾长都支持。

那成怀珠回来了，你是闾长，他是啥官儿。

六叔。成福挺说,你别打岔儿,他是牺盟会的人,那就是牺盟会的领导。我当闾长时,你不是也不知道有这么一个官名儿,这外面的世界变得快,你不懂。反正打败小鬼子,老百姓有好处。那小鬼子是杀人放火的种呵,你窑里藏着粮食,日子过踏实了嘛?

是牺盟会权力大,还是县长权力大。六叔又问。

说你不懂,你还真不懂了,连那临汾的专员都是牺盟会下的委任状,那县长算个甚? 成福挺说,老少爷们,不说话了,听怀珠说话。

成怀珠站起来,冲大家鞠躬。沟里的老少爷们儿,没有城里开场白前习惯的鼓掌声。他说中国有一句古话,叫国家兴亡,匹夫有责。这抗日呢,也是人人有责。从去年太原保卫战开始,几个月的工夫,山西半壁河山沦陷……

你不说那阎老西了,打一仗败一仗,百万大军打成了光杆司令! 他咋还有脸回山西呵? 出了山西,他还是土皇帝嘛?

山西呵,就败在他手里了!

……

大家还不知道吧,逃离山西的阎老西途经蒲县,补给后又去了吉县。成怀珠说,他是想回来,回太原做土皇帝去,却丢下山西逃到陕西去了。民国在山西的各级政府多半都垮掉了,第一战区的抗战,基本名存实亡。

知道那阎老西来蒲县了呵,就拦下他,至少问他这仗是咋打的? 死了那么多人,小鬼子还是占了便宜。

他在蒲县住了几天?

有几天吧。成怀珠说。

知道是他呵,不管他吃喝。

老少爷们儿,还是听怀珠说。成福挺说。

山西的抗战,阎老西是靠不住了。成怀珠继续说,军队打散了,留在山西的残兵败将,那也是群龙无首。牺盟会和他的青年抗敌决死队没有撤离山西,领导广大的山西民众,坚持守土抗战,他们的抗战口号是,宁在山西牺牲,不到他乡流亡。牺盟会是山西抗日的唯一希望,是山西的未来。

阎老西都打不赢小鬼子,这牺盟会就打赢小鬼子了? 那阎老西的队伍不比牺盟会的青年抗敌决死队人多势众嘛?

牺盟会虽是阎老西联共抗日两家组建的抗日组织,自太原沦陷后,共产党基本掌握了牺盟会,成为山西抗战的唯一领导者。成怀珠说,二者抗战的方式,也有根本的区别。阎老西抗日以军队为主,保卫太原是他抗战的最终目的。不是依靠广大的农民,更不是为广大的农民谋幸福。相反牺盟会是依靠广大的农民,宣传抗战救亡,动员他们参与这场波澜壮阔的抗日战争。

老百姓咋打败日本人?

老三,你装哑巴,光支愣耳朵听。成福挺说。

牺盟会在沦陷区重新成立政府,组建农救会、妇救会,实现全民抗战。成怀珠说,当然对付凶残的敌人,力量是弱了,只要坚持就一定能够打败日本鬼子。我们还要成立人民武装自卫队,在塬上在山里跟小鬼子斗争。农救会、妇救会和我们的闾长一样,都是抗日的组织。支持我们的军队打鬼子,衣裳、鞋子、粮食,包括站岗、放哨,也包括收留伤员、掩护、转移、送情报,建立一个无边无际的抗日战场。

人家是秀才,又是牺盟会的人,那话有道理。成福挺说,不是怀珠回来了,想听一场这样的抗日宣传会呵,你得去克城。来回走上几十里路,也未必胜过怀珠讲的。不抗日那才没有出路呢。

从前老少爷们儿,怕啥? 官府的税,还有土匪。成怀珠说,这怕字不说,还能"个自"守了窑,靠勤劳过光景,不问窑外的事儿。鬼子来了,这守窑口的陋习呵,破坏了。鬼子不管你问不问窑外的事儿,要钱要粮食,要你家姑娘,不给他就杀人放火。他们漂洋过海的来中国为甚? 作威作福呵。俗话说的好,打狼你得了解狼的本性,这小鬼子连狼都不如。不光是欺负你,一不高兴就杀人放火,比狼都凶残。不打败日本鬼子，老百姓哪来的太平日子呵？不抗日，中国亡国了。我们都是中国人，民族存亡，也是我们老百姓的生死存亡，抗日救亡人人有责！

那鬼子在县城杀了多少人？又有人问。成福挺说，怀珠，有几十人吧？

不仅是几十人，县长申佑、牺盟会工作委员会主任马辉都惨遭杀害。成怀珠说，日本鬼子没有善的一面，奸淫烧杀，禽兽不如。仁义村也要成立农救会、妇救会，把老少爷们儿组织起来，支援抗战，参与抗日。沟里的老少爷们儿，哪一个愿做亡国奴呵？中国是一个不屈的民族，一个有血性的民族，一个不怕牺牲的民族！

怀珠的话讲得也差不多了，这抗日宣传会，我也听过几场，都是一样的道理。成福挺笑说，谁有问题，可以提问了。

我们啥时候成立农救会？张大柱问。

算我一个。黑子说。

也算我一个。

……

妇救会啥时候成立呵？成玉凤问。

年轻妇女都参加。尚瑞秀说。

成福挺突然扭头问，怀珠，农救会、妇救会成立了，我干甚？

你还是闾长。成怀珠笑说，这农救会、妇救会的会长，都是抗日组织的领导人，村里所有关于抗日的工作，要一块儿商议。群众发动起来了，抗日组织发展壮大了，仁义村就不是你这个闾长单枪匹马抗日了，而是全村都参与抗日。你这个闾长和过去一样重要，与区政府、编村和县政府的联系，开会还是你出席。

我明白了。成福挺笑着点头。

你们问农救会、妇救会成立的时间，可以回答你们。成怀珠说，抗战形势非常严峻，眼跟前就需要我们的支援。今天就成立仁义村的农救会、妇救会，会长的人选，老少爷们儿可以推荐，我也可以提名选举。现在推荐农救会、妇救会的会长人选开始。这是为抗日工作，为我们这个国家和民族工作，请老少爷们儿积极地推荐，也请推荐人踊跃参与，为仁义村的抗日热情工作。

谁想选谁选谁嘛？

我选张大柱。

……

这农救会、妇救会是广大群众的抗日组织，选举自由自愿。成怀珠说，你们认为谁合适那就选举谁。最好是在村里有影响的人，有爱国热情，积极抗日，为民族独立具备牺牲精神的人。你们不要参与妇救会的选举，玉凤，瑞秀，你们可以单独选举，把选举的结果告诉我，就行了。

这妇救会还用选呵，不是玉凤呵，那就是瑞秀。玉英跟纪秀也算一个。你点个名儿，点谁是谁。

听了妇女中的建议，成怀珠笑了，说我可点不了这个头，我们成立的是群众抗日组织，那是要讲民主的。

那就选玉凤吧。

我也投她一票。

副会长呢？成怀珠问。

你要几个呵？

选几个要几个。成怀珠笑说。

成玉英、尚纪秀、尚瑞秀，她们三个副会长，不少了吧？

农救会的会长也选了出来了，跟成怀珠预测的差不多，是张大柱。

选举你们当会长，那是老少爷们儿信得过你们，把大家组织起来，为抗日救亡出力，干点儿我们该干的事儿。玉凤，你不用不好意思。成怀珠鼓励道，为抗日工作，那是无比光荣的事儿，很值得骄傲呵。我们牺盟会提出的抗日口号，宁在山西牺牲，不到他乡流亡！你们愿意离开北塬嘛？那我们就要跟小鬼子拼一个你死我活。悲壮的死亡,也不做亡国奴。老老实实地让小鬼子砍掉你的人头,不如咱砍小鬼子的人头。我宣布选举结果,农救会长张大柱,妇救会长成玉凤。大家鼓掌。

一沟的人掌声骤起。

今天蒲县牺盟会古县仁义村农救会、妇救会正式成立。成怀珠说,仁义村的所有村民,根据性别成为两会会员。在这个抗日的组织里,老少爷们儿团结起来,支援前线,支持抗日。从今天起,仁义村的农救会、妇救会抗日组织,将成为蒲县抗日力量的一部分,同时也接受山西牺牲救国同盟会、蒲县牺盟分会的领导。

誓死抗战,消灭日本鬼子! 为抗战贡献力量!

沟里的口号声经久不息。

请成间长讲话。成怀珠说。

掌声中的成福挺俯在成怀珠耳边问,他们当会长,你干啥?

成怀珠摇头,笑说我呵,那要听牺盟会的。要我留下来,我就留这儿工作,不让留这儿,我回县里抗日。

不能走呵。成福挺说,你走了,这农救会、妇救会还咋抗日。

你先讲话。成怀珠说,这事儿,有商量。

你总得让我心里踏实呵。成福挺笑了。

老少爷们儿,这成立农救会、妇救会,功劳都归怀珠。成福挺笑说,说实话,我也听说过救国会,不懂呵。牺盟会这模样呵,打一比方吧,那就是前清的钦差大臣,权力大着呢。前两年广富戏班在文城戏楼演出的那一场《状元媒》,就有钦差大臣这一折子。不管上面成立啥会,只要抗日老百姓都欢迎,也都积极参与。那阎老西是靠不住了,咱爷们儿,就跟着牺盟会打鬼子。

把小鬼子赶出中国去。张大柱说。

我们妇女虽然不上前线打仗,一针一线地做军衣军鞋。成玉凤说,支援军队打胜仗,早一天赶走日本鬼子。

老少爷们儿,这时间呵,还是留给怀珠说去。成福挺说,仁义村的抗日组织成立了,那不能是一个空壳儿,为抗日做点事儿。赶走小鬼子靠啥?打仗,一刀一枪的跟小鬼子拼,那小鬼子耗不过咱。

老少爷们儿,小鬼子侵占县城有几天了,还在里面杀人放火呢。成怀珠说,八路军的两个团奉命来了蒲县,准备跟小鬼子干一仗,教训这帮畜生。也很有可能收复县城,把小鬼子赶出蒲县去。

老少爷们儿,听听,这是不是好事呵?成福挺说。

把小鬼子赶出蒲县去,那当然是好事。张大柱问,怀珠,你就说我们这农救会、妇救会能为八路军做啥事?

两个团,几千人呢。成怀珠说,蒲县牺盟会积极配合八路军打好这一仗,为中国人扬眉吐气。农救会、妇救会的第一项抗日工作,就是发动所有的会员捐赠军粮,送到前线去,让八路军吃饱了肚子,狠揍小鬼子。八路军饿着肚子打仗,咋跟小鬼子拼命呵?支援八路军在蒲县打响抗日的第一仗,是救国会的责任。昨儿,我们爷俩商量了,我爹说了,捐二十石"红桃黍"。当然这捐献抗日军粮,也属自愿,捐多少都是为抗日出力。但牺盟会还是鼓励多捐献,有钱的出钱,有力的出力。这儿有一本抗日捐献簿,谁捐多少都一笔不少地落在上面。现在开始捐献。

那抗日不是嘴皮子的事儿,要看实际行动。成福挺说,为抗日多捐献,那是为"个自"捐,为子孙捐。我也捐二十石。

我捐两石。张大柱说。

捐献的粮食由仁义村送到了古县镇,编村筹措的军粮,统一送到克城去。仁义村的任务与古县镇的任务加在一起还差100石粮食。在古县编村的办公窑前,成怀珠见到了和他一样回古县组织抗日基层党组织的史怀惠。同是古县人的史怀惠,和史迟娥是同族本家,二人也就多了一层感情。

不是又来送军粮的吧? 18岁的史怀惠拽住成怀珠问。

仁义村的任务完成了呵,还超额了。成怀珠回答。

你的任务完成,席村长的任务还没有完成呢。史怀惠说,进窑看去,正瞪着窑顶犯愁呢。

还差多少?成怀珠问。

整一百石。史怀惠说。

你也别走,一块儿进窑看看去。成怀珠建议。

你有办法?史怀惠问。

成怀珠摇头。

你要真有办法,席村长给你磕头的心都有。史怀惠说,这乡下的年景呵,那是一年不如一年,一百石,能把人吓死了。李县长可是透出风声了,八路军十天八天就跟小鬼子干上了,兵马未动,粮草先行呵。这是蒲县抗日的第一仗,不能拖垮人家八路军,李县长说那就是历史罪人。你还记着那口号嘛?

一切为了打败日本帝国主义!成怀珠说,你跟我说这没用,我就是会玩那帽子戏法,仁义村也变不出一百石粮草。

我以为你有办法呢。史怀惠嘿笑。

这是青黄不接的季节呵,我有啥办法?成怀珠说,再过两个多月,挨到麦场里,我就有办法了。

席盛林坐在窑里的凳子上,一个人愣神儿。看见成怀珠,手指凳子说,怀珠,你咋来了,坐吧。

成怀珠坐下说,我来向你汇报工作,十副担架、二十个青壮支前会员都动员好了,也准备好了担架干粮。

杨部长说过,这任务不管有多困难,交给你放心。席盛林说,完成的是又快又好,从不落后。等通知吧,那仗在哪儿打,咱就往哪儿支前。听李县长说,这一仗下来,少不了二三百个伤员。打完这一仗,八路军离开蒲县了。

为什么要走呵,不能留在这儿嘛?成怀珠问。

蒲县周围不是还有阎锡山的六十二军、十五军和六十六师。席盛林说,为了减少国共合作中的摩擦,八路军主动撤离。

席村长,还是讲这当下的事儿吧。史怀惠说,吃不饱肚子,战士拿啥打胜仗，那战机还不得错过去呵。

青黄不接的季节，咋挨窑动员捐献呵？席盛林说，关键是都捐献一遍了，咱塬上的老百姓苦呵！

没有办法想了？成怀珠问。

席盛林摇头说，我这想得头都疼了，没有办法呵。总不能效仿那些"盗客"，入窑抢去呵。唯一的办法，明儿再开一场抗日宣传动员会。窑里粮食宽敞点儿的，或许再捐出几袋子。可离一百石远着呢。

我有一个办法，一个人就能捐出一百石。史怀惠突然说。

你说。席盛林说。

先问怀珠同意不同意。史怀惠笑说。

这是抗日，我们是为抗日工作，他个人的建议，不能影响抗日大局。席盛林说，我们都是共产党员，做好了为抗日随时牺牲的准备。

我的意见跟这捐粮抗日有啥关系呵？成怀珠笑说，史怀惠同志，你不用掖着说话，有啥办法你只说。盛林在这儿，我作一个保证，凡是为了抗日的事儿，我决不丧失党性，一切从大局出发。

那我可说，你可别后悔？史怀惠问。

我啥也不后悔，你说。成怀珠说。

席村长，你听清了嘛？史怀惠又问。

听清了。你就别卖关子了，连我都着急了。席盛林说，少了这一百石，咱们这个编村呵，抗日支前工作落后了。

你说，谁个窑里藏着一百石粮食？成怀珠问。

跟你的关系大去了。史怀惠笑说。

谁跟我的关系大去了？成怀珠又问。

史家大爷，你的老泰山。史怀惠吃笑说，这关系还不大呵。

半天，成怀珠半信半疑地说，他窑里藏着一百石粮食？我怎么有点儿不相信呵？北塬哪一家能拿出一百石粮食呵？

属实嘛？席盛林说。

我这么说吧,这么大的北塬,我不敢说哪一家的"大花脸"多,但我敢说藏下一百石粮食的人家,唯有我这位本家,史家大爷了。而且我讲话有充分的依据,也有人曾经亲眼目睹过那一窑山似的粮食。

成怀珠摇头说,我还是不相信,他哪儿来的一窑的粮食?一顷地有多少收成,我们三个都是北塬人,心里不明白?

我也是不相信,窑里藏一百多石粮食,听都没听说过。席盛林说,小时候呵,听奶奶说,有一家老财,窑里藏了五六十石粮食,荒年了,一家人关在窑里饱肚子,窑外头饿着一沟人。突然下了一场暴雨,把那老财的窑浇塌了。村里人去救他,人倒没有救出来,扒出了一窑的粮食。一村人吃了三年,那破窑里呵,还能扒出粮食来。我认识那老头,穿一件紫花布黑夹袄,少言语,说话板。

我也不相信,却是千真万确的事实。史怀惠肯定地说。

他捐了多少?席盛林问。

十石。史怀惠回答。

那也不少了。席盛林说,多半窑里呵只捐一袋粮食,三五十斤。怀珠,你们翁婿,割舍不了的亲戚。假如这史家大爷窑里藏着一百多石粮食,这抗日宣传动员员工作,那就要看你的了。

不能够。成怀珠说,那窑我也进过几回,没见着呵。他又不是古县的首富,我从来也没听迟娥讲一窑粮食的事儿。

对你的岳丈呵,你还是缺乏了解。史怀惠说,那一窑粮食呵,也不是凭空捏造出来的。史家大爷是一个很勤俭的人,吃穿窑里的陈设,哪儿像一个地主的样子呵?一个铜钱掰开了花。他又是一个不喜欢藏钱的人,似是上辈子饿怕了,守着一窑粮食,那觉才睡安稳了。你不知道吧,遇到便宜粮食,他买了背窑里藏起来。这一窑粮食,积累的也有十年八年了吧。前年也是一个本家爷们,病死了。两个闺女,没儿子。那闺女也早出阁了,殡葬就出现难题了,谁管饭吃呵?本家爷们回窑里吃饭,那吊孝的亲戚呢,闺女和女婿呢?我们那族长找到史家大爷头上了。

就是他看见的那一窑粮食。席盛林说。

对头。史怀惠说,那史家大爷也没商量,领了族长一个人进窑去,窑内还套着一孔暗窑。史家大爷端了一盏灯,于是族长就看到了那一窑的粮食,他说那何止是一百石呵！史家大爷要求族长不告诉任何人,并且承诺不管是族中的穷人,或是颗粒不收的灾年,这一窑粮食可以帮助一村人活命。

你怎么知道的？成怀珠困惑地问。

或许是为了抗日,为了民族的存亡,他把这个不该泄露的秘密告诉了我。史怀惠说,我相信他的话。假如不是为了抗日打鬼子,他会把这个秘密带到坟墓里去。不会告诉我的。他说那一窑的粮食呵,在灾难到来后,也有他的一份,包括他的家人。总之,那是一村人最后的希望。

这么说,应该可信。席盛林说。

请他带我们去看一眼那一窑的粮食。成怀珠说。

还有不要对史家大爷讲这件事,那不是把族长给卖了嘛。史怀惠说,这是一个爱国的老人。他更不能带了我们去看那一窑的粮食。这样一来,还有脸活着嘛？

眼见为实呵。成怀珠说,不能凭空说人家有那一窑的粮食吧？岳丈那个人,我了解,我断定他没有那一窑的粮食。但我知道他是一个窝囊财主,有财不露富的传统习惯,日子过的俭朴,靠勤俭积累一些粮食。也知道他不看钱,特别重视粮食,这也没有错呵,都是传统的习惯。另外,他是一个很固执己见的人,跟我父亲不一样,不容易说服。当年他为甚看不起我父亲,那就是因为我父亲是半个生意人。

你打算放弃了？席盛林问。

我是不想放弃呵,没有事实依据呵。成怀珠说,你是不知道那老爷子的脾气,火上来了,六亲不认。再说了,他也真没有那一窑的粮食。

我还有一个办法。史怀惠说。

啥办法？席盛林问。

你回窑里了，上了炕细问去。史怀惠笑说，那就一定有一个结果，而且是一个很可靠的结果。闺女应该有所了解吧。

我就没有听她讲过。成怀珠笑说，讲了从前的事儿，你们还捂了嘴笑呢，老爷子硬给我父亲要了四百块大洋，那媳妇差不多就是买的。我跟她说话少，也没有坐在炕上脸对脸地沟通过。

那就打住吧。席盛林说，不管有没有那一窑的粮食，储备粮食防备灾年，不是"个自"，而是为一族人，一村人，善良呵！就当是一个故事，一样很感动人。而正是这样一个勤劳善良的民族，正在经受着战火的蹂躏！

那担架队支前的事儿还集结嘛？成怀珠问。

还没有接到通知。席盛林说，但一刻也不能松懈，集结的通知会随时传达过来。这一仗，用不了几天就打响了。

还有工作安排嘛。成怀珠又问。

暂时没有。席盛林说，你回到仁义村后，跟农救会的那个张大柱会长，一块儿再想想办法，完成不了军粮任务，李县长不答应，连你也要受批评。听交通员狗剩说，这几天，李县长可能来古县，检查编村的抗日工作。

半天，成怀珠说，那张大柱窑里没粮食，跟穷人差不多。办法能想，但这一百石凑不齐。仁义村没有像样的地主呵。

凑多少算多少吧，困难我向李县长反映。席盛林说，其他编村也有这种情况，北塬人抗日激情很高，就是太穷了。

成怀珠嘿笑说，那我回了。

这可不是我跟你找活干，我这也是为了抗日工作。史怀惠说，你们说，那老爷子，犯得着跟我编故事嘛？那史家大爷，寻常不显山不露水的，"个自"都舍不得多吃一口，他会为大家藏那一窑的粮食？玄！

刚才说的那么肯定，不是你说的？席盛林问。

是我说的呵，可我没往深处想呵。史怀惠笑说，回头想想，还是怀珠的话正确。即便北塬有这样的故事，也不该发生在史家大爷身上呵。

那应该发生在谁身上？成怀珠笑说。

我也不知道。史怀惠问，有这样的故事嘛？

这样的愿望呵，在塬上有很多，真实的故事也应该在北塬出现。成怀珠笑说，只是我们不知道是谁，在什么时候出现。

我们期待的奇迹，希望就在史家大爷身上出现。席盛林说，虽然不是初衷的普渡众生，却是为抗日做贡献。

三个人都笑了。

回到仁义村，天还早，塬人干农活的人，太阳落山前才收工，沟里除犬吠声外，烟囱还未缠绕出炊烟，艳阳下异样的安静。沟里的草、荆棘正在春风里旺长，摇曳的石榴树开绽出粉色的骨朵儿。

挪下沟来的成怀珠满脑子还是那一窑的粮食，一窑盛不下的希望……

但这样的故事，跟北塬很多传奇的故事一样，仅是一种美好的寄托。但在这片贫瘠的土地上，只能是虚妄的故事。

史迟娥带着儿子在窑前的一棵枣树下晒日头，那枣树刚蒙了一层淡绿，还未生长出叶子。儿子看见父亲，跑回窑里拿了一只矮凳，放在史迟娥身边，拿手拍了拍，说坐床床。成怀珠坐下，把儿子抱在怀里说，还是我的儿子聪明呵。史迟娥手里正在折一件棉衣，是儿子的一件大棉袄。

成怀珠嘿笑不响。

张大柱来了。

他没说啥事儿？

好像是担架队的事儿。

我知道。

打一仗也好，眼瞅着鬼子杀人放火，这墚上哪还有安生日子呵！你说这鬼子来了中国多少人呵？

不清楚。

你也不知道呵，还以为你啥都明白呢。

反正，有那么一百多万吧。

中国这么大，也不算多。一人一口唾沫，也把小鬼子淹死了。

我长大了，也打鬼子！

好儿子，爸听这话高兴。

史迟娥一把抢过儿子，抱在怀里说，等你长大了呵，那鬼子早打跑了。这仗还能再打上十几年呵？

不好说。三年两年打败了鬼子，那还叫持久战呵？日本人武器占便宜，有飞机大炮，人也顶打，不怕死。

史迟娥抱着儿子不响。

半天，成怀珠笑说，问你一件事儿。

说吧，啥事？

你娘家的事儿。

我娘家啥事？

听你们的一个本家说，你爹藏了一窑的粮食。

一窑的粮食，那还不是一座山呵。不是胡说嘛？我爹爱吃小米，不管啥季节，窑里都藏着几石小米。那一窑的粮食呵，我可没见过。多少年的年景能堆满那一窑的粮食呵？那是一窑，不是一石。

那一窑的粮食少说也有一百多石。

你想说啥？

你回娘家一趟，看看有没有那一窑的粮食。他瞒人家不瞒你。

不回。

人家说的，那可是有鼻子有眼儿。

谁说的？

史怀惠。

他见那一窑的粮食了？

没见。他说那老族长见了。

……

真有那一窑的粮食呵？

她摇头，絮语说，哪来的那一窑的粮食呵？

他俩不是瞎编吧？

我咋不知道，藏哪儿了呢？

他不会告诉你。真荒了年景，那一窑的粮食呵，有你的一份，但也未必让你看见那一窑的粮食。

我见了还抢呵？

他嘿笑。

真的假的呵？我爹这人，不好说。

明儿，我陪你回去一趟，真假不就知道了。

我从哪儿说起？

实话实说。不问你爹，问你娘。藏那一窑粮食呵，你娘该知道。你爹不会连你娘也瞒了吧。

不会。瞒也瞒不住呵。

我也猜想了，那个窑套窑的暗窑，最初的用意，一定是防范土匪。这日子久了，土匪没防着，藏了一窑的粮食。

我咋没弄明白，有那没那一窑的粮食，干甚呵？

真有那一窑的粮食，解决大问题了。你爹他不想打败日本鬼子，过太平日子。这小鬼子比土匪还凶残，那当兵的吃不饱肚子，拿啥打仗呵？战场上那可是一枪一刀的拼命，没有力气，吃亏。

捐那一窑的粮食，还不要了他的老命呵？

这是抗日，捐的光荣。

那可是他一生的积累，命根子。

这么说，还真有那一窑的粮食呵？

我真没见过。反正有一年,我一个人走亲戚,讲你不顾家,娘悄悄地告诉我说,窑里没粮食了,你只管来,儿女替你们养活了。娘没钱给你,管你一辈子温饱。够了吧?有娘这句话,那一窑的粮食还真有谱儿。

那一窑粮食呵,没白藏。你还要帮我做通你爹的思想工作。

我可不敢答应你。你知道他的脾气。

那也不能放弃呵,这军粮还差一百石呢。没有那一窑的粮食,拿啥完成任务。他藏粮是为了防灾年,什么样的灾年,也比不上这民族存亡呵。捐献那是民族大义,没有比抗日的事儿,更大了。赶跑了鬼子,他还可以再藏一窑的粮食,亡国了,日本人会抢走那一窑的粮食,没准,命也得搭上。

我爹不是糊涂人,大道理他懂。要是没有那一窑的粮食,他的心还不空了呵。我这当闺女的,还没孝敬他呢,倒去伤他了。

你的想法,我不赞成。他那么一个爱国的老人,正直了一辈子,对自己吝啬一辈子,在民族大义面前,决不会犹豫。

她笑着摇头。

你信不信?我跟你打赌。

我也不跟你打赌,说这都是梦话,那一窑的粮食在哪儿呵?等我亲眼看见了那一窑的粮食,再说不迟。

他站起来,笑了。

从来没有哪一个北塬人看见过一窑金灿灿的粮食。那种美好向往的背后印证着贫瘠的北塬对粮食匮乏的恐慌。对粮食拥有的渴望和期待,是每一个北塬人共有的生存状态。

从回村的第一天起,成怀珠就开始为抗日奔走呼号了。那没完没了的抗日工作,令他远离了农活。塬上的庄稼,依旧撂在父母背上。父子在每一天的晚上也很少见面。或许曾经壮志未酬的成立志老去了,但他支持两个抗日的儿子。一个儿子在牺盟会,一个在国军中当少校,他知足了。

　　夕阳西下时分，牵着那头大青骡子绕出沟来的成立志，突然看见了坐在窑前的儿子。他在稀薄的光辉里，愣住了。半天慢腾腾地回眸去，老伴的眼眶里和他一样或多或少盈满了泪花。

　　我担心老二，那战场上哪有不伤人的。她说。

　　不担心。你给菩萨多磕头，保佑老二。

　　好歹老大回来了。

第十七章
"百石粮"的抗日传奇

早饭后，成怀珠牵了一头驴出沟，那是一头黑色的毛驴，背上搭着印花铺盖，吊着包裹。史迟娥抱了儿子，跟在后头。

她的表情并没有他的热情，似是一趟寻常的回娘家，一个去了又回的短暂过程。当他把她抱上驴背，把儿子递到她怀里的时候，她突然被他的自信感染了，仿佛那不是一窑的粮食，而是一窑的金子。

她颠在驴背上，笑了。

一头驴，丈夫孩子一块儿，是塬上最优雅的一种回娘家的方式。

成怀珠极不习惯这种方式，关键是史迟娥习惯这种方式，这不是无奈的选择，而是不适应中的适应。

眺望镇子的史迟娥，突然问，你教教我，我咋说呵，总要有一个由头不是。直来直去地问，还不吓出个好歹来。

你就说咱家没粮食了，都捐出抗日了，借几石杂粮，麦场里还他们。哪怕是秋后还，那也是有借有还。

史迟娥扑哧笑了。

史家大爷在窑里少见这位洋学生出身的姑爷，端着艾蒿烟杆愣在那儿。成怀珠从史迟娥怀里抱下儿子，儿子脚一沾地，奔跑过去叫一声姥爷。史家大爷笑了，蹲身抚摸外孙的头顶。暗想不年不节，姑爷来家为甚？

成怀珠规矩叫一声，大爷。

噢。你来了。史家大爷说，早几天，听娃们讲了，你回来抗日，好事！这人人都不出头打鬼子，老百姓还有日子嘛？

为抗日出一份力。您老人家是一个明白人，民族存亡，国将不国，哪儿来的家园呵？北塬的老百姓呵，谁还能守着窑，各人自扫门前雪呵？那土匪还给老百姓留活路，鬼子杀人放火，不给老百姓留活路。

史家大爷叹息一声，说这日本人呵，呆在东洋好端端的，为甚非要跑到中国来祸害人呢？他们不是爹娘生养的嘛？

兴许日本国也有好人。成怀珠说。

带着大伙抗日吧，老百姓跟那鬼子水火不相容呵！史家大爷说，我下地看上一眼庄稼，晌午留窑里吃饭。

大爷，不着急下地。成怀珠笑说，那庄稼您少看一眼，该咋长还咋长。我来看您这一回，不知道下一回啥时候来呢。咱爷俩唠闲嗑。

老头子，你陪女婿说会儿话。史大娘站在门口儿说，不看那庄稼，心里头痒痒？不少一棵苗儿。

史家大爷笑眯眯地递烟袋给女婿。

抽一袋。

成怀珠接了烟袋说，那就抽一袋。

史大娘盯着闺女问，回娘家有事？

没事儿。史迟娥说，你那女婿外头忙抗日，过年也没来磕头，回来一趟不容易，不该来说会儿话。你这闺女，不白养了。

女婿有出息，我这丈母娘，挑毛病那是"个自"有毛病。史大娘说，你这话娘信一半，还有一半瞒着没说。

史迟娥瞟一眼唠嗑的爷俩，心里打鼓点儿，半天说，娘，你想听不想听？

说呵。

我怕吓你一跳。

娘摇头笑笑。

你那有出息的女婿呵，都把窑里的粮食捐出去抗日了。三两天缸里没面了，捱到麦呵，这坎儿也过不去。这借的又不是三两斗，我跟你女婿就来。你女婿说了，不管是麦场，或是秋，颗粒不少送窑里来。

用得着说还的话。我跟你不是说过嘛，别的我不说，这温饱呵，我养你们一辈子。这窑里的粮食呵，还不都是你们的。

我再叫你一声娘。

鬼丫头。说吧，要多少。

五十斗。

史大娘站起来，笑了，说不就五十斗嘛，我给你拿去。你窑门口儿等着，接了粮食往驴背上装去。驮了回家，一两趟也不够五十斗，啥时候面缸见底儿了，你啥时候牵了毛驴驮粮食来。

我要是给您那女婿说了呵，娘家藏着那一窑的粮食，是一座吃不空的粮食山，您那女婿呵，还懒得种庄稼了呢。

两三步外，史大娘扭回头来，异样地看着闺女，心里扑通地跳。藏的那一窑的粮食，她咋知道了？不能够呵？

娘，你咋看我？

她笑着继续往窑里走，一面说我不看你，看女婿。死妮子，娘的魂都吓掉了！娘给你拿粮食去。

娘，我背。

娘还没老到背不动一袋粮食，你门口儿等着，往驴背上装。也拎不了几袋子，三四袋够了。我那外孙子还要坐上头。

没人说你老，我是怕累着你了。

史迟娥跟进窑里去，娘站在那儿不动了。那模样儿，似是忘记了什么。闺女盯着娘笑了，咋了，舍不得？

瞧我这记性，那女婿来一趟不容易，晌午饭还没吃呢，扛了粮食往驴背上装，不是撵女婿嘛。老糊涂了！你也不用帮我了，跟我进去"冲炉子"去，择菜淘米，准备晌午饭。闺女不怕那女婿不敢怠慢了。

那袋子先放窑外头,晌午饭后,再装驴背上。谁说你撺女婿了,不是你心里有啥鬼吧? 连闺女都瞒了。

我瞒你啥了?

你心里明白。

我明白啥?

这窑里不真是窑套窑,藏着那一窑的粮食吧?

瞎说。那二三十石的,也算一窑粮食。娘变了脸色。

我咋瞎说? 你说给我,闺女也不会抢了去。俗话说,这蚊虫飞过去,也有影儿,不管啥事,那都是无风不起浪。

还不瞎说呵? 你爹又没有开着当铺银号,哪儿来的那一窑的粮食呵? 那是一架粮食山,你打听去,哪一家窑里,藏有三十石粮食? 上季接下季,那还紧巴呢。都是那糟老头儿,外头胡咧。

真没有呵? 娘,你不会诓闺女吧?

你是娘的闺女,诓谁,我也不诓闺女。

我信。娘还能诓我。我还是进去帮你一把,娘撑袋子,我挖粮食。人家都说陈粮好吃,今儿,我沾娘家的光儿了。

死妮子。今儿,缠上我了。

这不是心疼你嘛? 我坐窑外头晒太阳,看你干活儿,是样儿嘛? 哪一回帮你干活,也没不让过呵。

娘犹豫着站在那儿。

闺女说,娘,不是又反悔了吧?

娘不响。似是被闺女逼着往窑里走。

闺女笑了,蹑手蹑脚地跟着。

北塬人家多半把窑底儿做贮藏室,堆放着谷物农具乱七八糟的东西。娘双手抱了前襟,看芦席上的三五袋粮食,两袋新磨的荞麦面,一袋剩半袋,那半袋跟前是半袋小米。距离借的那五十斗粮食,远去了。

闺女扑哧笑了,拽住娘的手说,亲娘,你拿啥借闺女五十斗粮食?剩下这几个半袋子,"个自"还接不住麦场呢。

娘笑了,不说话。

窑里就剩下这些嚼谷了?

都让你爹捐出抗日了。

那你还说借我五十斗,财大气粗的模样,好像真有那一窑的粮食。我驮走了,这家还不断了炊烟。

先驮走两袋,回头我想办法。

叫你老人家想办法,闺女也不落忍呵。还是我回去想办法,你那女婿,不会不养活媳妇儿子吧。

这闺女,跟从前一样的拗。娘说想办法了,那就一准有办法。你也别问啥办法,娘还是那句话,饿不着你们。

就这几个半袋子,还说饿不着。

连娘也不信了?

这么说,我爹真藏有那一窑的粮食。

打岔不是?没影儿的事,你爹哪来的那一窑的粮食,他又不是"盗客",大风乱来的呵?啥也别问,只管来驮粮食。

连闺女也瞒着?

说瞒女婿,那还有一说,瞒闺女,没听说过。窑里没粮食,这村里借咱粮食的人家多,不还多还少,够你们吃的了。

不是吧?不是说进窑搬粮食的嘛?我咋没看见那粮食?娘说的不是这几半袋粮食吧?你叫我看一眼那窑粮食,就看一眼。不是怕人家知道嘛?我连你那女婿都不对他说,放心了吧?

想粮食想疯了?

娘,亲娘,你这不是明摆着瞒闺女嘛?我生气了。

你想知道啥?我编瞎话哄你。

真的还是假的?

不明白你问的啥?

粮食。

半天,娘向窑外张望去,回头小声说,真有。

闺女嘻嘻地笑出声来。

还怕饿死你了不?

闺女说不怕。

那藏来藏去呵,还不是给你们藏的。

我还不明白,你跟爹心思,苦"个自",都顾着帮我们了。

你不懂,你爹的心大着呢。

娘,打一比方,就是一比方,不算数的。假如这窑粮食没有了,我爹会咋样?不会害一场大病吧?

傻妮,藏着那窑粮食,是你爹的精气神儿,也是他的命根子。真要丢了呵,还不连他的老命也丢了。知道为啥不敢告诉你了?跟你爹也别说,你知道藏着一窑粮食,弄不好,要出人命的。

闺女看着娘,汪出一眼的泪花。

闺女,你哭啥哩?

娘,我害怕。

进窑的成怀珠看到史迟娥脸上的痕迹,怔住了。媳妇的表情,令他无法猜测,藏有一窑粮食,是美好的传说,或是真实的存在。他暗示几次,媳妇均无反应。他突然为自己的行为感觉幼稚可笑了。唯一令他困惑的是,他们为什么会编织这样一个关于粮食的故事呢?

又回去与老爷子唠嗑的女婿表情异样地坦然了,从容讲述外面抗战的形势和那些可歌可泣为国捐躯的英雄事迹。史家大爷听得很认真,不但对女婿充满敬意,还带给了他一个乱世中的崭新的世界。

午饭的过程很短暂,史迟娥如愿以偿,驮了四袋粮食,颠在驴背上东归。那头黑色的毛驴,似是没吃饱肚子,慢腾腾的蹄子无精打采地捱不上。出了镇子,成怀珠迫不及待地问,啥结果?

史迟娥不响。

你咋不说话？

你想知道啥？

藏没藏那一窖粮食呵。

有没有，我都不能讲。

为甚？

我想叫我爹活着。

我咋听糊涂了？

那你糊涂吧。

谁不叫你爹活着了？

谁也没有。我爹多活一天，我多享一天福。

我也没巴望他死呵？我说错了啥话？

你没说错话，是我说错话了。

那是为甚？

不为甚。那粮食的事儿，不管有没有，算是打住了，抗日也不缺他一个，他还为抗日捐过粮了呢。

噢——

史迟娥看着他丢了缰绳，异样地大声叫道，那绳子，你牵住了呵？

成怀珠似是没听见，大步往回走。

你咋又回去了？

他回头看着媳妇笑说，去村里，找村长。你娘俩儿慢一点儿。下沟的时候，抱德顺下来，那道陡。

你早点回来，别摸黑。

我知道。

她扭着头，望着他的背影，心想是去村里嘛？

……

吹着旱烟袋、背手牵骡子的史家大爷，奇怪地看着匆匆回来的成怀珠，大声问东庄的客，我还没出沟呢，你咋又回来了？

大爷，我有一句话忘了给你说。

噢，哪一句话呵？娃哩，是回窑里说话，还是这沟里说话呵？那塬上的草长得旺，我牵了牲口去吃，夜里省把料。

沟里说话。就一句话。

史家大爷顺手递烟袋，笑说，娃，你抽一袋。

成怀珠说，坐下说话。我没烟瘾，你抽。

还不是一句话，那一句用得着坐下。史家大爷乐呵呵地吧唧烟嘴儿。不管多少句话，你说，我听着呢。

越话少，越不好说。成怀珠嘿笑说，你叫我想想，咋说。

直说。史家大爷说。

直说也不好说。成怀珠说。

不好说，那就不说了。史家大爷拽了缰绳站起来。

成怀珠一把拽住说，我还是说出来。

我替你说。史家大爷吃笑说，不是抗日嘛，要钱要枪我没有，要粮食我有，你只管牵了牲口来驮。

我还真是回头要粮食来的。成怀珠说。

要多少？史家大爷说。

一百石。成怀珠说。

史家大爷松了缰绳，吧唧旱烟不响。

这句话不说，我憋得慌。

国家都亡了，国家里呵，那就包括一个家字，哪儿还有家呵？遇到灾年了，好歹还能挺过去，国家亡了，哪儿还有重建家园？打鬼子，明知要牺牲，成千上万的还不是去了嘛，没有回来的路。连死都不怕了，为了民族存亡，为了抗日，我们还有啥舍不得的？那粮食用于抗日，那是民族大义，那是品德气节，比用在任何时候都值。日本人说不定哪一天来北塬了，这粮食也不能留给畜生呵。

……

你老人家是一个通情达理的人,善良,也认清是非了。粮食呵,是你节俭了一辈子攒下的,是你的魂,你的命根子。这道理我也不用多说了,搁从前,你守着粮食,窑跟前晒日头过日子。鬼子来了,世界变了,没有太平日子了。想找回太平日子呵,那就得抗日,把鬼子赶跑了。那抗日也不是哪个窑里的事,打鬼子人人有份儿。连那外国人,也来中国帮着抗日呵。等打跑了鬼子,不光是过太平日子,你也可以再攒一窑粮食,由你乐善好施去。跟你说一句掏心窝子的话,今儿是第一天,这第一天之前,我这个女婿没把你当回事儿。这第一天往后,你在我心目中,是北塬最了不起的人物,不受烟火的活菩萨!你没有这样的心境,这话我也不敢说,怕吓着你,伤着你。

你奉承我?

不是。不光是你女婿,谁知道这背后的用意,谁都会尊敬你,颂扬你仁义。但这粮食救命的事儿,用于抗日,比用于灾年,更有意义。粮食是你的,最终怎样选择由你决定。但此刻用汗水心血取民族大义,北塬人一样会记住你,政府也不会忘记你为抗日所做的贡献。

娃,不用说,我懂。史家大爷说,那要说的话,你接着说完了。也别拿话套你岳丈,拐弯抹角地说话。

成怀珠笑了。说大爷,你不是捐过一次了嘛,八路军来了蒲县,准备教训小鬼子,瞅机会打一仗。两个团,几千人呢。这次筹备的军粮,是牺盟会分派到编村的任务。还差一百石没完成。你老人家说,那八路军要是饿着肚子,咋和小鬼子打仗呵?那打仗,又是拼命的事儿。

女婿,你猜,我那窑里,藏下了多少粮食?史家大爷问。

成怀珠摇头。

二百多石呢。史家大爷得意地说。金灿灿的、满堂堂的一窑。见天我进去看一眼,闻那香味儿,心里舒坦,有精气神儿!知道我为甚藏一窑粮食吗?你那话只说了一半,还有一半,你不知道。

你说,我听着呢。成怀珠说。

那一窑粮食里藏着我的一个梦。史家大爷说，小时候，我爹，还有我，受过四乡八里的帮助，舍衣送饭。这恩我都搁在心里，想报恩，也想帮助更多的人。我每天都做这个梦，又害怕这个梦来了。这窑粮食呵，救不了几个人。懂了吗？

懂了。成怀珠点头。

屁！你才不懂呢。史家大爷说，这粮食里有你爹一份，还记得那四百块大洋的彩礼钱吧？我全买了粮食。"红桃黍"、小米、荞麦，见啥买啥。

成怀珠的眼泪一下掉落下来。为了那彩礼，他骂过人家。

不哭。史家大爷说，你为那窑粮食找了一个好归宿，抗日打鬼子，没比这更仁义、更行善的事儿了。我高兴！

两百石粮食装满一辆又一辆马车，运往克城后，一村人感动得直落泪。原本是救命的粮食，支援八路军打了鬼子。没有经历未来灾荒的村民，同样为一个老人的善良和大义感动。

日本人占领蒲县后，蒲县县城被烧成一片瓦砾，仅城内被日寇杀死的群众就有七百余人，日寇杀人放火，奸淫掳掠，无恶不作。一位日本军官更是猖狂，他每到乡下，就要强奸妇女，百姓敢怒不敢言，成怀珠看在眼里，恼在心头，下定了要除掉他的决心，随即和党支部同志秘密商定刺杀之事。

一个乌云密布、大雨倾盆的夜晚，成怀珠带领数名牺盟会敢死队员，潜伏在日军营房附近，待时机成熟，成怀珠第一个冲上去，把哨兵制服，全队迅即将正在酣睡入梦的日本军官当场抓获，用匕首将其刺死。还不解恨，成怀珠又上前割下日本军官的生殖器后撤离，没走出多远，只听见军营枪声大作，但成怀珠等人已趁夜暗回到家中。

后来此事在蒲县传为美谈。

第十八章
风云突变和白色恐怖下的蒲县党组织

在编村的那孔窑里,大家突然找不到了话题,缄默中的席盛林突然问,怀珠,我咋没见你那老泰山?成怀珠笑说,不清楚。他要不发话呵,我们也拉不走那一窑粮食。他也不是一个喜欢张扬的人,认死理儿。

狗剩进来了,成怀珠问,你这个交通员,咋没跟车走呵?

怀珠哥,外面有人找你。狗剩说。

谁呵?成怀珠问。

不认识。说是你的同学。狗剩说,我忘记一件事儿,李县长说,那担架队的事儿,三区可能取消了,叫等候通知。

成怀珠出了窑洞,抬头看见了郭崇仁、郭兴堂。他笑着走过去,问怎么是你们两个呵?狗剩一说同学,就猜到你们了。

郭兴堂说,我们来找你进步。支持我们农救会的工作。

说是找你们呢,忙的脱不开身呵。成怀珠笑说,眼跟前的抗日工作很关键。等打完这一仗,很多事情那就从容了。

郭崇仁问,八路军这一仗什么时候打呵?

打仗是军事机密,我哪儿知道呵。成怀珠说,与日本人在蒲县的较量,次数不会太多,况且又是首战。

郭兴堂问,在编村里还有事儿嘛?

没有。成怀珠说,县里的交通员狗剩在窑里,我跟他打一招呼,回头去我那儿,咱们炕上聊一宿去。

郭崇仁说，我们在外面等你。

成怀珠返回窑洞，冲狗剩说，你还有事儿嘛？

没有。狗剩说，你忙。再来古县我去村里找你，见见嫂子。那年她去纸烟坊找你，再没见过她。

我在窑里等你。成怀珠说，我走了。

郭兴堂、郭崇仁迎了成怀珠，三个人往街上走。

沉寂的北塬，因为这场轰轰烈烈的抗日战争，在风雨欲来的天空下，改变了生活节奏和国与家的概念。

八路军六八五团、六八六团在井沟、午城一带设伏，消灭日军八百余人。沉重打击了日军在蒲县的嚣张气焰，振奋了军民抗日的信心和士气。

3月末，阎锡山部合围蒲县县城，数日激战后，日军弃城逃亡。沦陷盈月的县城收复。蒲县政府机关及各地方武装返回县城。

5月，蒲县人民武装自卫队成立。

6月，蒲县牺盟会与公道团合并为公牺联工委，举办第一期会员训练班。成怀珠、席盛林参加训练班。中共蒲县委员会成立仁义村党支部，成怀珠任支部书记。仁义村新发展党员十余人，其中包括成玉凤、成玉英、尚瑞秀、成得子、张大柱、尚纪秀。同时，成怀珠还在村外发展郭兴堂、郭崇仁等青年入党。从1938年到1939年的上半年，这一时期是中共党组织在蒲县迅速发展的时期，除知识分子和学生外，在全县农村发展党员364人。建立仁义、上大夫、古县、略东、薛关、肖家湾等15个党支部、19个分支部、58个党小组和基层党组织。三个区委、各编村村长、编村自卫队、县区政府和牺盟会的负责人，差不多都是共产党员。仁义、上大夫、古县等基层党支部，以党员思想觉悟较高，党的工作基础较好，群众工作扎实，被评为模范党支部。成怀珠个人也被评为先进支部书记。

1938年6月，从陕西返回山西吉县的阎锡山，召集逃散的各军师主要军官，在吉县古贤召开会议，发表反动言论，抑制牺盟会在山西的发展,并剥夺了牺盟会对专员县长的任免权。

1939年10月,即所谓的古贤会议后,阎锡山在秋林召开民族革命同志会临时代表大会。积极进行反共部署,剥夺一些共产党人的军政领导地位,在山西重新划分三个临时行政公署,排斥牺盟会,企图以在温泉会议中新成立的民族革命同志会,取代牺盟会在山西抗日的势力范围。

1939年12月,牺盟会青年抗敌决死队第二纵队司令韩均,奉第二战区司令长官阎锡山的命令,执行第二战区制定的对日冬季攻势,沿同蒲路一线进攻。突然遭到十三集团军总司令王靖国、第六集团军总司令陈长捷的合围,同时对付正面作战的日军,陷入东西夹击中的第二纵队,一面致电阎锡山,一面奋起还击。

至此,阎锡山制造的反共事情,在山西全面爆发。十二月事变,即所谓"晋西事变",在最残酷的抗战阶段,发动内战。目的在于消灭坚持在山西抗战的牺盟会及青年抗敌决死队。在第二战区内部,称之为第一次肃反。

经过一年多迅速发展的党组织,在蒲县的白色恐怖中,突然处在风雨飘摇中。驻扎蒲县的阎锡山部六十一军、二〇八旅四三五团,以盘查行人为名,故意刁难牺盟会的工作人员,积极配合阎锡山所谓的军事限共为主、政治限共为辅的反革命政策。蒲县的反动势力日益嚣张、猖獗。

针对阎锡山极其可怕的反共言论和不断制造的摩擦事件,晋西南省委秘密传达了中央西北局的指示,区县党组织和牺盟会严防阎锡山的反共方向,军事政变前,作好必要的准备工作。撤离一些党组织和保护身份公开的同志。同时做好在白色恐怖下继续坚持秘密工作,保存党的基层组织。

1939年11月下旬,中共晋西南区党委决定召开晋西南地区党代表会,选举出席党的七大代表。另一项重要的工作,就是布置防范突然事变问题,为即将到来的反共高潮,做好应对准备。

洪赵地委通知蒲县县委书记胡亦仁同志参加晋西南区党代会，任命蒲县县委组织部长张普松同志代县委书记，主持蒲县的抗日工作和白色恐怖斗争。会议期间，"晋西事变"爆发，胡亦仁同志随晋西南区委、洪赵地委随军北撤。坚持在蒲县抗日、与白色恐怖斗争的张普松同志，被洪赵地委任命为蒲县县委书记。他是蒲县革命历史上非常革命时期的第三任县委书记。

从蒲县第三区返回县委机关所在地红道乡下大夫村的张普松，没有见到县委书记胡亦仁，一个县委书记和一个代县委书记，甚至没有一个简单的交接过程。二区区委书记席盛林，在县委那座窑洞里，等着代县委书记。笼罩在白色恐怖下的蒲县党组织，在突如其来的局面中，异样地困惑和迷惘了。

张部长，这是胡书记留给你的信。席盛林一面说，一面把那封信递给张普松。事件对于张普松突然，对于他更突然。

胡书记没有其他交待嘛？张普松问。

没有。胡书记说，都写在纸上了。席盛林说，他走得仓促，说这是一次很重要的会议。他还让我转告你，一定要防范阎锡山的反共阴谋，保护好县委和基层党组织，也一定要保护好自己。

张普松看过信，沉重地说，阎锡山要动手了。他是害怕牺盟会占了他的地盘，削弱他土皇帝的势力范围，而不是为了抗日。中国人打中国人，内战也叫抗日嘛？这样的反动派，是不会得到山西人民的支持的。

那牺盟会在山西不就算完了嘛？席盛林说，反对内战，一致抗日，都提出多少年了，原来那都是假的呵，日本人还没打败呢，这内战又打上了。谁最高兴中国人打内战呵，那肯定是日本人，有机会灭亡中国呵。

胡亦仁同志在信中交待，由我代县委书记。张普松说，蒲县县委由三人组成，除胡亦仁同志外，还有宣传部长杨兴仁同志。胡亦仁同志走了，在这种非常的白色恐怖下，回与不回很难说。但党在蒲县的抗日工作和革命工作不能缺少领导。我想尽快见到杨兴仁同志和县委机关的其他同志,宣读胡亦仁同志的这封信。

杨部长和县委其他同志很可能在上大夫村牺盟会办公的几座窑里,今天我还见郭兴堂。席盛林说,我带你去。

出了窑洞,席盛林带着张普松往塬上爬。

郭崇仁是编村村长,上大夫村的党支部书记。张普松说,这是思想觉悟很高的同志,对革命工作极端负责。缺少这些先进党支部的支持和掩护,县委不可能有一个安全开展抗日工作的地方。打一个比方,是鱼与水的关系。

他们都是成怀珠发展的党员。席盛林说。

我知道。张普松说,我还知他是杨兴仁同志在太原省立一中读书时期的同学,一块儿参加过学生爱国运动。

他们还是一块儿被开除的。席盛林补充说。

这我就不清楚了。张普松说,事变后县委最安全的地方是成怀珠领导的仁义村。他和郭崇仁一样,都是对抗日工作,对党的革命事业极端负责任的同志。也是这一时期,蒲县革命党人的楷模。

张书记,你来蒲县工作一年多了,对基层党员的情况十分了解。席盛林说,由你代县委书记,是最合适的人选。

是嘛?张普松问,我也十分担心,不能胜任这个领导岗位。当然,在蒲县的优秀党员中,包括你席盛林同志、席俊同志、史怀惠同志等等,我就不做列举了。你们是蒲县革命基本构建的范围。

谢谢你,张书记。席盛林说,你是洪洞县人,来到我们蒲县参加抗日工作和革命工作,我们地道的蒲县人,为了家乡的抗日和革命,不应该努力工作嘛。支持县委和牺盟会的工作,那也是革命呵。

盛林,离上大夫村,还有多远呵?张普松问。

快到了,前面就是。席盛林说。

杨兴仁同志,不会离开牺盟会那座窑洞吧?张普松又问。

不会。席盛林回答。

成怀珠同志,有可能在这儿嘛?张普松说,我总感觉到,在这一年的最后,阎锡山要弄出一点什么事儿。

这我说不准。上午我见到了来下大夫村找郭兴堂的郭崇仁,他也没有讲成怀珠从古县来了。张书记,那个阎锡山真要反共呵?他不打日本人了,不收复山西故土了,也不联共抗日了?

在某种特殊的情况下,为了巩固阎锡山在山西的统治地位,他会选择共产党做他的朋友,甚至联共抗日,从而达到个人的目的。反之,同样在某种特殊的情况下,蒋介石和日本人也都有可能成为他的朋友,从而达到个人的利益。张普松说,阎锡山不喜欢蒋介石,也不喜欢共产党,他喜欢山西,是一个独立封闭的王国。当然,他也不喜欢日本人。蒋介石来了,他会选择共产党人做朋友,均衡他与蒋介石在山西的势力范围,守卫他的王国。日本人来了,他会联合蒋介石,同仇敌忾的抗日。

席盛林听了,笑说,这个阎老西,不光是狡猾,还是一条变色龙。眼跟前,牺盟会站住脚了,力量大了,又跟牺盟会翻脸了,怕人家抢他这个土皇帝的位置。你说他倒底是抗日,还是卖国贼呵?

这是一个多面性的军阀,不得不防范呵!张普松说,薄一波同志说过,在中国那些旧军阀中间都有或多或少的多面性。

我还真是有一些不懂。席盛林说。

以后,你会明白的。张普松感慨地说,革命在古老的中国很漫长,也要经过一个漫长的黑夜。我们既然选择了做一个革命党人,那就作好了为革命事业随时牺牲的准备和未来艰苦卓绝、与反动派斗争的准备。

席盛林说,我准备好了。

为了我们共同的理想,为了伟大的革命事业,为了中国的抗日胜利。张普松说,我们千千万万个共产党人的牺牲,是值得的。

张书记,你放心,蒲县的基层党支部一定会在白色恐怖下坚持革命,团结所有的党员和发展新的党员,迎接党回来。席盛林说,不管他们怎么残酷，都吓不倒我们共产党人，也吓不倒广大群众。

张普松拍着他的肩头说，我相信，蒲县的抗日和革命要依靠你们党支部的建设，与未来的革命紧密相连。

不管在什么样的环境下，我都会时刻记着，我是共产党人。席盛林说，蒲县三百多个党员，我想都是好样的。

张普松说，我相信。蒲县蓬勃发展的革命形势，我也没有理由不相信呵。假如不是阎锡山的反共言行，蒲县的革命形势会更好地发展。一千党员，几千青年动员参加八路军和牺盟会的青年抗敌决死队，那都有可能的。其实，对北垣的了解，你这个北垣人更有发言权，也比我们更了解。

席盛林笑说，到了。

下大夫村在南面，上大夫村在北面，两村隔着七八里路，但两村的居民均是郭姓，多半是本家连着本家。北垣有一句话，叫上大夫下大夫，本是一家人。

狗剩在沟里迎住他们，刚落了一场小雪，垣上的西北风刺骨。他穿的有点单薄，抱着膀子说，张部长，席书记。

杨部长在这儿嘛？席盛林问。

在。狗剩说，窑里跟一个人谈工作呢。

成怀珠同志来了嘛？张普松问。

你问怀珠哥呵。狗剩说，杨部长叫我通知他来的。

快领我们去呵。席盛林说。

你急啥？狗剩说，我的棉袄弄丢了，沟里找了几遍，没有呵。你们说没有了棉袄，那我也不能做磨道的驴，走个没完呵。

席盛林说，回头我送一件棉袄给你。

这还差不多。狗剩笑说，走哩。

上大夫村是蒲县牺盟会的住址，沟底深处几座废弃的窑洞。但多半牺盟会的主要干部都跟随县长李玉坡在县城做抗日工作。因为阎锡山的反共言行和蒲县突然改变的恶劣环境，部分撤到了这儿。

杨部长,张部长来了。狗剩掀开窑帘儿说。

几个人抬头的工夫,张普松、席盛林进窑了。

张部长,胡书记呢?杨兴仁问。

胡书记接到洪赵地委的通知,去晋西区委出席党代会,临走前留下一封信并对洪赵地委蒲县抗日工作做了指示和任命。张普松说着,掏出两封信,递给杨兴仁说,蒲县县委就我们两个人了,你先阅读,而后传阅。

炕上还有蒲县牺盟会宣传部长王以林、仁义村党支部书记成怀珠、编村村长郭崇仁、下大夫村党支部书记郭兴堂、区委宣传委员席志清、县委干事卫鸣凤等。

杨兴仁一面把信递出去传阅,一面说形势非常严峻,洪赵地委也发出了防止突然事变的准备工作。你是代县委书记,你说我们下一步的工作该采取什么样的措施?当下是最艰苦的抗日阶段,阎锡山的反动言行是限制了牺盟会的权限,但他会公然破坏国共第二次合作的抗日战争嘛?

上级的判断还是很正确的,牺盟会在山西境内的迅猛发展,触动了阎锡山的地盘利益,他迟早都会反目。张普松说,对日寇的反围剿刚结束,这个阎锡山又来了。明天请蒲县牺盟会的特派员杨化光同志参加会议,包括李玉坡县长和其他同志,开会研究一下当前的形势和我党在蒲县今后的工作发展。我相信事变肯定会发生,但我认为事变不会马上发生。召开这次会的主要目的,第一今后工作发展的方向,第二研究应对突发事变的具体措施。便于今后工作的开展和有效的保护县委区委以及基层党组织的存在。假如事变马上发生,我们应该接到洪赵地委的指示。

王以林说,目前最危险的是李玉坡同志,因为他是牺盟会任命的县长,是公开身份。一旦发生事变,敌人就会包围县政府,逮捕李玉坡同志和其他身份公开的同志。是否建议李玉坡同志撤离呢。

张普松说，形势最后朝哪一个方向发展还很难说。在没有接到洪赵地委指示之前，县委和牺盟会还不能建议李玉坡同志放弃政府的领导权。公然逮捕一个县长，同样也会逮捕牺盟会任命的所有县长以及专员和牺盟会的特派员。这不仅是影响，而是破坏统一战线，破坏抗日。

杨兴仁说，洪赵地委在通知中说，阎锡山的部队调防频繁，是少见的异常现象。洪赵地委并没有作出明确的指示，撤离、隐蔽或转为地下工作，我看都不适宜。我想在事变之前，洪赵地委应该发出通知，对防范的措施有一个明确的指示。在这件事上，其他同志有什么样的建议呵？

卫鸣凤说，为了应付突发事变，今晚我们休息的地方应该转移到其他村子，包括县委机关和牺盟会的同志及时分散。因为我们的住地是公开的，转移是对党和洪赵地委最好的负责、最有效的防范。

张普松说，那也要等到明天会议之后再作转移的决定。鸣凤同志提醒得很对，我们的政治思想不要麻痹，要保持高度的警惕，来应对这场反革命事变，让我党的损失在这次斗争中减少得更小。

卫鸣凤又问，张书记，今天晚上呢？

张普松说，今天今天就不做分散转移了，还在上大夫村休息。分散转移的方向，县委会有具体的安排。

没有人提出异议了。

张普松说，这次在延安召开的七大会议很重要，对我党今后工作和发展方向的调整和这一时期抗日工作的调整。我想会议结束后，牺盟会也会改变与阎锡山的关系与整个第二战区的关系。因为牺盟会在山西的工作和发展，列入了七大会议的议程。就今后我县党的工作，我想与杨兴仁同志交换一下意见。

王以林带了剩余的同志，退出窑洞，走进附近的一座窑洞。

杨兴仁笑说，张普松同志，我一定配合你的工作。

不是这个意思。张普松说，而是可能发生的突发事变，怎么去应对。卫鸣凤同志的建议很好,疏散转移是防范突发事变的最好措施。不管我们是思想麻痹,或是警觉着,事变一旦发生,我们就极有可能与洪赵地委失去联系。县委的住址差不多是半公开的,这两党合作呵,都是想不到的变化,破裂得这么快!我想征求你的意见,县委转移的方向,选择仁义村最可靠。

仁义村是县委新住址的首选,成怀珠同志,是我发展的党员,对他的表现和村里的威望,我是最了解。杨兴仁说,仁义村还是先进党支部,党员多,群众基础很好。仁义村东去便是五鹿山,一旦出现情况,县委便于往山里转移。我同意县委及时转移到仁义村去。让成怀珠同志做好转移前的准备工作。

张普松说,那我就和成怀珠同志正式谈话了。

杨兴仁说,我叫他进来。

成怀珠。

听到叫声的成怀珠,从附近的窑洞走出来,看见杨兴仁冲他扬手,小跑过来。

杨部长,有事嘛?

张书记找你谈话。杨兴仁说。

找我谈话,是哪方面的工作?成怀珠问。

你进去就知道了。杨兴仁说。

成怀珠推门进去,叫了声张书记。

坐下吧。张普松看着杨兴仁,说我跟杨兴仁同志交换了一下意见,县委转移到仁义村去,你有什么想法?

张书记,这是党组织对我的信任。我欢迎县委到仁义村领导工作,生活问题请县委放心,我提前作准备。成怀珠高兴地说,我也向杨兴仁同志表达这样的意愿。仁义村的党员多,群众基础好,老百姓倾向共产党和牺盟会。请党组织放心,我和仁义村的所有党员一定为县委在仁义村的工作做好安全隐蔽和生活保障。

张普松说,成怀珠同志,你是我党在蒲县发展的第一批党员,对你我还是了解信任的。你们这些对党的事业无比忠诚的党员骨干，非常时期发挥着非常作用。我代表县委，谢谢你，成怀珠同志。国共合作抗日的前景是很宽阔、很有希望的，阎锡山破坏两党合作，破坏统一抗日，不得人心，也势必遭到广大山西人民的反对。局势的发展很快，阎锡山在充当反革命的急先锋。为此我党要蒙受一些损失，中华民族在山西的抗战将有一段时间的停止。你要做好县委在仁义村长期工作的准备，在阎锡山的白色恐怖下，经受最残酷、最血腥的考验。当然，在革命形势未转变之前，你不可能重回县委工作，要坚持在基层党组织。另外，在工作中要注意保护自己，更不要暴露自己。假如县委失掉仁义村的掩护和支持，极有可能无法坚持到最后。

我明白了。成怀珠说。

有什么困难嘛？张普松问。

困难免不了，我们想办法克服。成怀珠说，不管遇到什么样的困难和怎样残酷的环境，我们都与党站在一起。从成为一名共产党人的那刻起，我已经做好了牺牲一切的准备。一个共产党人，对革命事业的信念和牺牲精神是最普通的要求。同样在革命成功之前，在抗战胜利之前，需要无数烈士的鲜血奠基这个伟大的胜利。因为我们的生命不属于我们自己，属于这个伟大的团队和伟大的事业。我为自己是共产党人，为无产阶级伟大事业去奉献奋斗的过程，荣幸和骄傲。

张普松握紧他的手，说成怀珠同志，我代表县委，再一次向你表示感谢！这是我征求杨兴仁同志的意见，慎重考虑后作出的决定。在白色恐怖下坚决斗争和恢复广大群众对党的信任，极其重要。

怀珠，这个担子放在你肩上也不轻，在这个突然到来的黑暗中，县委的存在，那就是希望。杨兴仁说，无声无息地告诉广大群众，共产党人没有放弃这儿，也没有离开北塬，在广大的群众之中。

这就是信心和力量。成怀珠说，投身革命以来，我便抱定了牺牲精神。假如我没有死在抗日的战场上，而是死在内战中，这是革命以来唯一的遗憾。但总要有一些人看不到革命的曙光，或在曙光里倒下。但党组织的存在，那就是信心和力量，比一个人的生命存在更重要、更有意义。

张普松说，成怀珠同志，胡亦仁此行很可能回不来了，我们也很可能与洪赵地委失去联系。这是我党又一次最艰难的时期，在残酷的环境下，要作好充分的准备。你现在不宜继续留下来，用最快的迅速回到仁义村去，为即将到来的工作做好必要的准备。先开一场支部会议。

我现在可以走了嘛？成怀珠问。

可以走了。张普松再一次握住他的手，说成怀珠同志，为了革命的事业，让我们彼此互勉，保重！

张书记，杨部长，保重！

望着成怀珠的背影，张普松说，杨兴仁同志，你发展了一个好党员。假如没有仁义村党支部，县委还会有更好的选择嘛？

成怀珠同志是一个坚定的革命者，毅志坚强。杨兴仁说，风雨欲来呵，这时候最能体验一个优秀共产党人的品质。蒲县若有成千上万个像他这样的优秀共产党人，我们还用得着防范突发事件嘛？

是呵，我党需要无数个这样的共产党员。张普松说，可惜阎锡山不给我们发展的时间呵！抗战之中，同室操戈，这是中华民族的悲哀呵！

这也是人类的悲哀！杨兴仁说。

王以林带了人返回窑洞，成怀珠已经从沟底爬上塬去，冲窑前的张普松、杨兴仁挥手。在那彼此挥手的动作里，郭崇仁清晰地看到了那挥舞来的大刀。那匆匆的迁徙，不管是上大夫村的牺盟会，还是县委机关，都将结束在红道乡的革命过程，成为记忆和历史。他和成怀珠一样，不知道这场事变什么时候开始和什么时候结束，在白色的恐怖下，等待他们的是怎样残酷血腥的阅历。

　　所有的人都困惑这场突如其来的事变为什么发生？在什么样的背景下发生？事实上在抗战的初期，中国军队并没有打破日军不可战胜的神话。同室操戈的内战无疑会帮助日本军队击溃中国军队，占领更广阔的土地。

　　张普松告诉狗剩，明天除了通知李玉坡同志、牺盟会特派员杨化光同志，还要通知一区区委书记孟子聪同志开会。孟子聪同志的舅父是洪赵地区六县突击团副团长，我们可以利用这一关系，减少我党的损失。

　　狗剩说，请县委放心，保证完成任务。

　　杨兴仁说，今晚我们还在这儿休息，明天会议结束后，县委机关及牺盟会转移到古县的仁义村。也就是成怀珠同志担任支部书记的村庄。事变前后这一非常时期，同志们要注意保护自己，要注意隐蔽，不要暴露身份。要团结党员，与反动组织作斗争，维护基层党支部的存在。对我党的革命事业，要充满信心。

第十九章
"晋西事变"后的仁义村,蒲县的革命中心

　　1939 年 12 月 5 日,也就是张普松接到洪赵地委的通知,代理蒲县县委书记的这一天,蒲县县委书记胡亦仁离开蒲县,启程参加晋西南区委代表大会的这一天。其实这一天,应该早一天到来,因为鬼子在晋西南的大扫荡和晋西南区委的反扫荡,顺延了一个多月。晋西大地硝烟未散,阎锡山卷土重来了。

　　早在 12 月 1 日,阎锡山一手操纵的"晋西事变"已经爆发了。牺盟会青年抗敌决死队二纵队司令韩均,率部与东西夹击的第十三集团军总司令王靖国、第六集团军总司令陈长捷浴血奋战。洪赵地委通知胡亦仁开会的通讯员,正在前往蒲县的途中。

　　不管是前往参加会议的胡亦仁,或是接替蒲县县委书记工作的张普松,他们都不知道,洪赵地委发出的防范突然事变的通知,已经成为事实。蓄谋已久的反共"晋西事变"全面爆发了。三晋大地已是腥风血雨,到处响起枪杀革命者的枪声,他们没有倒在日寇的战场下,却倒在了内战的枪口上。

　　凌晨时分,驻扎在蒲县的阎锡山部六十一军二〇八旅包围了县政府——牺盟会的驻地。县长李玉坡、牺盟会特派员杨化光等人被捕。

　　六十一军二〇八旅一部同时包围了上大夫村。听到犬吠声的张普松,顿时警觉起来,与席盛林一道出外察看情况,发现村子里有几个挑在寒风里的灯笼,张普松失口说,事变发生了,我们被包围

了。

席盛林说，他们来的也太快了吧？

张普松说，你带人先走，我和王以林必须烧掉文件。这是党的机密，决不能落在敌人手里。快走。

席盛林带了席志清等人走了。张普松、王以林抢回了窑洞，往炉膛内烧毁文件信函。火尚未熄灭，一队士兵闯进了院子，持枪砸开窑洞的门扉，涌了进来。在窑洞内逮捕了张普松、王以林同志。

在另一座牺盟会的窑洞里，逮捕了杨兴仁、卫鸣凤等人。

席盛林等地方同志，因是本村人，幸免未遭逮捕。

在抗战最艰苦卓绝、最紧要的关头，反共的"晋西事变"全面爆发了。西北局和牺盟会在山西建立的组织遭到阎锡山的严重破坏。多半区县党组织以及政府机构，被迫解散，主要负责同志被捕。

山西突然又陷入黑暗中去。

1939 年，蒲县是一个多灾难的一年，3 月中旬，日军轰炸县城，几乎夷为废墟。10 月下旬，日军在蒲县境内扫荡，在古县杀害无辜百姓，抢掠牲畜。12 月初，爆发"晋西事变"，被捕包括县委书记、县长、牺盟会特派员等主要领导一百余人。破坏八路军五龙洞兵工厂、张公庄、南湾修械所。晋西南区委在蒲县领导的抗日组织，全部被破坏，唯有在农村建立的基层党组织，多半保存了下来。

仁义村党支部，是"晋西事变"保存下来的基层党组织的代表。

12 月 5 日下午，成怀珠途经下大夫村，与置留在那儿的支部委员成得子汇合后，二人一块儿返回了古县仁义村。并在当天晚上，连夜召开了支部会议。仁义村十多名党员全部参加了会议。

阎老西要搞反革命事变了，想回来重新做山西的土皇帝。但他忘记了，日本人占着他的窝呢，哪怕是解散了牺盟会，他也做不上土皇帝。成怀珠说，假如日本人不占他的山西老窝，这个阎老西，很可能跟日本人是朋友呢。

张大柱说，那就揍这狗日的！

拿啥揍？成怀珠说，牺盟会在各县建立的人民武装自卫队，被阎锡山改编成了一个旅。牺盟会手里，没有攥牢武装力量。牺盟会县政府，在蒲县是公开身份，事变之后必须转移，保护党组织的存在。当前张普松同志代理蒲县县委书记。胡亦仁接洪赵地委通知，去参加晋西南区委代表会。张普松同志和杨兴仁同志同时找我谈话，一旦出现突发事件，县委机关将转移到仁义村，继续领导蒲县人民的抗日工作。这是党组织对我们支部的信任，我们要做好迎接县委的准备工作。

成玉凤问，咋又打内战呵，不能合起来，打日本鬼子嘛？那日本鬼子在山西杀人放火，多猖狂呵，杀了多少山西人，奸淫了多少妇女。那日本鬼子呵，看见打内战，那才高兴呢，省得人家动手了。

成得子说，你这话问的希罕，那内战你不打，人家阎老西不答应。打不打，人家还要打你一个措手不及。

尚瑞秀问，他们啥时候开始打内战呵？

很快。成怀珠说，明天县委开过应对的会议后，一两天就转移到仁义村了，所以我们要做好必要的准备。对这次突发事变，大家也不要失望，不要灰心，只要党组织在，我们就有希望。阎锡山破坏抗日统一战线，一定会受到山西人民的反对，全国人民的声讨。我们要在白色恐怖下坚持斗争，迎接党的回来。

成得子说，只要党不离开我们，就存在希望。越是艰苦的时候，越是考验我们的时候，也是我们紧密团结的关头。

腾出一座窑洞、被褥等。成怀珠说，窑洞的事我来解决，关键是村里突然来几个陌生人，会引起猜疑。保密工作很重要，这关系到县委机关是否能够稳定、长期的在我们村领导抗日工作。我跟成得子同志考虑过了，最安全的措施，是所有的党员分片包户，逐一做好思想工作，确保县委在仁义村的安全。当然了，如果谁有更好的建议，可以提出来，切实保障县委的安全和配合县委领导抗日工作，是我们党支部今后的工作方向。哪怕是出一点儿差错，我们都将成为革命的罪人。

张大柱说,你安排吧。

成玉凤说,我们服从组织的安排。

成怀珠说,那我就安排了,明确到人。成得子同志,负责村西的放哨,张大柱负责村东放哨,成玉凤等负责村中的警卫。有什么情况及时向我汇报。

……

张普松、杨兴仁与李玉坡、杨化光被捕的消息,在第二天的晚上,才由郭兴堂派人通知,县委牺盟会主要负责人被捕的消息。

那一天,成怀珠在塬上守望了一天,他已经作好了所有的准备工作。寒冷的西北风,把日头刮下山去,那等来的消息,比西北风更寒冷。迷惘在塬上的成怀珠,突然哇一声哭了。那下沟的步履,似是不会走路了。

仁义村党支部又召开了支部会议。这是一次没有任何结果的会议,那始终沉默的过程,令人异样的窒息。

这一年北塬的风,刮走了北塬的所有希望。

第三天,躺在窑里睡的头晕目眩的成怀珠,突然听到了窗台前父亲急促地问话。

你们是谁呵?

我们找成怀珠,是他的朋友。

灯辉里的父亲停顿一下,又说,天黑了,明儿来找他吧。

我们真是他的朋友,他在家嘛?

支起耳朵的成怀珠突然从炕上跳下来,大叫一声,是杨兴仁嘛?

是我。杨兴仁。

成怀珠拉开门,看着窑前的一行人,猛地扑了上去。杨兴仁拍着他的肩膀说,快进屋,外面很危险。

窑洞我都准备好了,跟我来。成怀珠说,兴仁呵,我又找到方向了。

　　成怀珠领了他们走了五七丈远，推开门进了窑洞。这是他居住的窑洞，为了迎接县委的到来，他迁到父母的窑洞。成怀珠哆嗦着手，划燃洋火，点亮灯芯，看着大家笑。他们中间有卫鸣凤、李玉坡的爱人陈素凡、妇委书记张鹏生、二区区委书记席盛林等。

　　我还以为你们全都被捕了呢。成怀珠苦涩地说，这个郭兴堂，通报的什么消息，把我害苦了。

　　他的消息只是不全正确，有惊有喜呵！杨兴仁说，张普松同志，还有李玉坡同志、杨化光同志等一百多名革命同志，在这次事变中先后被捕。他们中间包括张普松、李玉坡、杨化光同志，都被押送在二〇八旅的旅部里。

　　有办法营救嘛？成怀珠问。

　　没有。杨兴仁摇头说，只要他们不暴露身份，在这样一个混乱的局面下，就有伺机逃脱的可能。他们都是有丰富斗争经验的同志，我相信他们会和我们一样，九死一生，逃过这次事变。假如成功逃难，仁义村是县委转移的目的地，他们会来这儿与我们汇合。怀珠，我们都饿坏了，弄点吃的吧。

　　成怀珠说，我这就去准备。

　　饭的事儿，交给你媳妇。你回来，我还有一项很重要的事儿，要妥善安排。杨兴仁说，这可是几百人的性命呵！

　　成怀珠说，我这就回来。

　　他匆忙跑回窑洞，猛地推开门，大声叫媳妇。炕头吹旱烟的父亲问，啥朋友呵？成怀珠说，你儿子还能有啥朋友，牺盟会的朋友。媳妇，生火做饭。

　　话落音，成怀珠风似的飘出窑去。

　　杨兴仁看着返回的成怀珠，指着一摞东西说，你知道这是什么嘛？

　　文件。成怀珠回答。

这不仅是党内的文件,还有八路军的护照,更重要的是蒲县党员名单和党在蒲县建设的秘密资料。杨兴仁说,重要的要销毁,可以保留的要放到一个非常可靠的党员家里,妥善保管起来。

那就藏在成得子家里,他那儿最安全。成怀珠说,他是一个宁肯牺牲自己,都不会出卖同志的人。你认为呢?

这是一个很可靠的同志。杨兴仁说,请他一定要珍藏,为我党留住最后的机密,最后的希望。

他不会辜负党的期望。成怀珠说,不管存放到什么时候,成得子同志,都会出色地完成任务。等待党的回来。

我们一块去见他。杨兴仁说。

他们分别带了文件,一前一后出窑去。

成得子住在沟里的北面,绕了半个村子,成怀珠说到了。

杨兴仁说,你去敲门,不要惊动其他人。

成怀珠轻声敲响门,窑里的成得子问,谁呵? 成怀珠说,是我,成怀珠。你出来一下,有话给你说。

走出窑洞的成得子,一眼看见了杨兴仁,激动地抱在一起。絮语道,可把你们盼来了。一下断了联系,这心里不知啥滋味了。

形势很严峻,阎锡山发动了"晋西事变",对我们很不利呵。杨兴仁说,我们被捕了一百多人,其中包括代县委书记张普松同志,县长李玉坡,牺盟会特派员杨化光等主要负责人。当然他们很有逃出虎口的可能,之后,他们会来这儿与我们汇合。成得子同志,县委有一件很重要的任务,要交给你。

杨部长,进窑说话。成得子说。

窑洞里没有外人吧? 杨兴仁问。

没有。成得子回答。

跟进窑去,杨兴仁、成怀珠把文件撂在炕上,成得子说,杨部长,我一定把党的文件保存好,一页不少的再交给党。

县委对你很信任,才把这些文件和书籍交给你。杨兴仁说,但一些非常重要的东西,比如党员名单和我党在蒲县秘密发展的情况,要挑选出来烧毁。这是对党组织和同志们的保护。只要基层党组织存在,形势好转后,可以重新建立党员档案,也可以重写蒲县革命秘密发展的概况。

我明白。成得子说。

这些重要的文件不管放在哪儿,都时刻威胁着我们同志的生命。杨兴仁一面挑选文件,一面说,逃出敌人包围的时候,之所以把它们带出来,是来不及烧毁。这些党内的一些文件、八路军护照、马列主义书籍都存放在你这儿。因为这些文件,在两党合作期间,不是什么秘密了。

成怀珠帮助杨兴仁很快挑出了那些重要的文件,成得子拿到炉子内,很仔细地烧毁,甚至连纸张地灰烬也认真地处理掉了。

两摞文件又重新捆绑好了,杨兴仁如释重负地说,把剩下的文件都藏起来吧。要分开了藏。虽然不会再威胁同志们的生命,但对于未来的县委机关,依然很重要。重新组建县委机关的时候,这些文件呵,差不多成为党史了。

杨部长,你放心,人在文件在。成得子说,我一定等到县委重建的那一天,把这些文件,送给党组织。

另外,还要交给你一个任务。杨兴仁说,我们那些被捕的同志,有逃出来一部分的可能,你负责在周围甚至古县一带,接应这些同志。同时注意了解敌人的情况,有一个内线更好,可以向我们准确地提供敌人的行动。

我有一个老表,在蒲县突击团里,是一个副官。成得子说,可以通过他的关系,了解一些情况。接应那些来汇合的同志们,我和几个党员分头去接应。只要有逃出来的同志,我们都保证接应到。

这我就放心了。杨兴仁说,县委虽然残缺了,但还是迁到了仁义村。成怀珠同志,一刻也离不开村子了,你们支部的同志要自觉地肩负这一历史责任。你那个老表很重要,不要跟他断了联系。

成得子说，我们党支部的每一个党员，都会自觉挑起这付担子。

明天，我们支部开会。成怀珠说，这是县委机关迁到仁义村前后的第三场会了，确保县委机关的安全，依然是会议的主题。县委机关来仁义村，领导蒲县的抗日工作，那是对我们的多大信任呵。出不得半点差错。

我负责通知开会。成得子说。

三个人回到窑里，大家正在吃饭。席盛林替杨兴仁盛一碗米饭，杨兴仁接了碗，一面吃一面说，这几天同志们都饿坏了，也累坏了。特别是陈素凡同志，一个女同志，又与爱人生离死别，多不容易呵！接应来仁义村汇合的同志，由成得子同志负责。同时肩负了解敌情等。仁义村党支部是一个团结的支部，一个坚强有战斗力的支部。县委先逗留在这儿，下一步的工作，主要是与洪赵地委取得联系，依据形势发展，再作新工作的制订。同志们，谁还有不同意见和建议呵？

杨部长，与洪赵地委取得联系和获得上级的指示，在这个非常时期很重要。卫鸣凤说，是暂时撤离，或是在白色恐怖下隐蔽下来斗争。

外面盘查的很严，路上不好走。杨兴仁说，或许一二天内，会有来汇合的同志，也会有更好的建议。最关键的是，随着时间的延长，敌人会撤销一些关卡，对行人的盘查，也会逐渐松懈下来。这样去寻找洪赵地委的同志，在往返的途中，更有安全保障，顺利带回洪赵地委的指示。

席盛林说，同志们不要在窑外活动，减少敌人的注意。另外，成怀珠同志，负责村外的警戒。防止敌人的再次包围。

成怀珠说，保证完成任务。

又过了三天，第一个来仁义村汇合的同志是县委通讯员狗剩。他告诉杨兴仁，牺盟会的青年抗战决死队打到了克城。阎锡山的六十一军二〇八旅，乱了阵脚，他是趁机逃了出来。杨兴仁问他，见到张普松同志没有？狗剩摇头。

当天下午，太阳落山时分，张普松、王以林等一行五人，悄然来到了仁义村。外围接应的成得子在山拗里发现了小心翼翼接近仁义村的张普松一行人。当他们出现在窑洞前的一瞬，成怀珠惊呆了。

进窑去两拨人不期相逢，悲喜交集的杨兴仁握住张普松的手，普松，可把你们盼回来了！吃了不少苦吧？

还算好。张普松说，我们被押在旅部，接受了简单的讯问，都拿事前商量好的化名和牺盟会的职务，蒙混过关。这两天看守的卫兵突然松懈了，旅部也出现了一些混乱，我们便趁机逃了出来。杨化光同志，没有来汇合嘛？

没有呵。杨兴仁说，仁义村周围都派出了接应的同志，没有他的消息呵。或许他担心白天目标大，晚上就到了。

确定他逃出来了，按照时间推算，应该比我们先到。张普松说，杨化光同志，对这儿不太熟悉，肯定在途中出事了。

成怀珠说，我派人四处找，肯定能找到他。

要快。张普松说，哪怕是迟一步，杨化光同志都有二次被捕的可能。那些反动组织很猖狂，整个蒲县都笼罩在腥风血雨之中。蒲县的革命，想恢复到从前那个样子，需要我们做出不懈的努力。

我马上组织寻找。成怀珠说着，转身出了窑洞。杨兴仁看着成怀珠的背影，说，普松同志，我向你汇报一下，临时县委在仁义村的工作。

只要组织在，那就有希望。张普松说，蒲县的革命几乎全部被敌人破坏了，这个时候恢复广大群众对党的信心十分重要。除了营救同志及和洪赵地委取得联系外，县委其他的工作，先停一下。

杨兴仁说，这几天的工作情况，主要是搜集反动组织的一些情况，同时和进驻到克城的决死队，取得了联系。决死队的领导说，阎锡山反共的气焰很嚣张，形势十分严峻，建议我们的一些同志，为了安全可以跟着他们走。阎锡山新任命的县长，叫梁树梅，和李玉坡一样,都是河南人。

张普松说,一些同志可以跟决死队走,他们什么时候撤离?

杨兴仁说,通知说明天后天,陆续撤离。

要抓紧时间安排,能走的都跟了决死队走。张普松说,等决死队撤离后,白色恐怖下的斗争,更加残酷了。要派几个同志去隰县,尽快与洪赵地委或晋西区委取得联系,县委是继续留在白区坚持斗争,或是撤离要由洪赵地委作出指示。

杨兴仁说,那我就安排卫鸣凤、王以林同志,明天动身去隰县。

张普松说,我和他们一块去,可以向洪赵地委汇报蒲县事变后的情况和目前的工作。你在这儿坚持几天,等我们回来,今后的工作方向就明朗了。要尽可能的组织同志们,跟决死队一起撤离。

杨兴仁说,所有能走的同志都跟决死队走。我去部署。

被通知跟随决死队撤离的同志不用来仁义村汇合,从驻地直接去克城,随决死队撤离蒲县。

第二天晨曦时分,张普松、王以林、卫鸣凤从仁义村出发,去隰县洪赵地委的驻地,汇报蒲县的情况,请示事变后的工作。

仁义村北去二十余里,经沟畔村,北入无愚村便是隰县界了。成怀珠、杨兴仁送到村北,与张普松、王以林、卫鸣凤三人送别。三人中只有卫鸣凤有一支勃朗宁。而洪赵地委是否还在隰县,是一个未知数。

席盛林去了克城,负责与决死队的领导接洽,安排那些随决死队撤离的同志。决死队最后撤离克城的那天晚上,席盛林返回了仁义村。

联系洪赵地委的张普松一行,没有消息。

这期间一区区长孟子聪来到仁义村。他带来了县长李玉坡的消息,据他的舅父、洪赵地区六县突击团副团长讲,直接被押送二○八旅部的李玉坡,拒不投降,英勇不屈,没有任何营救的可能。

他们焦急地等待张普松带回的洪赵地委的指示。

但这个希望，在几天后破灭了。子夜时分张普松一行人回来了，成怀珠在村北迎接了他们。他们很疲惫，情绪也很失落。张普松告诉成怀珠，在他们到达隰县洪赵地委的驻地之前，洪赵地委已经随晋西南区委北撤了。这将意味着，在较长的时间内，上下级之间将完全失去联系。

临近新年了，蒲县县委在一片混乱的环境里迷失了方向。洪赵地委和晋西南区委返回隰县领导抗日工作的希望，越来越迷茫了。在白色恐怖下坚持抗日，已经成为一种奢望，那些反动组织和阎锡山的第二战区，不但剥夺了他们抗日救亡的权力，还视他们为敌人，时刻把屠刀挥向他们。生存的范围在逐步缩小，突击团等反动组织频繁地在北塬寻找可能遗存的共产党组织和牺盟会的成员。他们四处抓人和随意处决所谓的共产党人。

硝烟散去的北塬，在腥风血雨里依然充满恐怖和残酷。

第二十章
暗号是"春天来了",回答是"冰雪融化了"

1940 年,这一年终于在残酷的内斗中到来了。但这一年的春天,在萧瑟的北塬,似是异样的遥远。根据当前严峻的形势,蒲县县委在仁义村召开了在白色恐怖下坚持斗争措施会议。由成怀珠负责召集,张普松主持会议,与会者三十余人,都是"晋西事变"幸存下来的骨干党员。

会议首先由杨兴仁介绍当前形势。杨兴仁的形容憔悴,抽着成怀珠为他准备的旱烟,咳嗽几声说,同志们冒着生命危险,参加这场会议,我很感动。蒲县的情况,我就不作介绍了,这次事变蒲县的各级党组织遭到了严重的破坏。我党在蒲县领导的抗日工作,包括牺盟会,完全处于瘫痪。同时我们与撤离的洪赵地委失去了联系。在这一特殊环境下,我们得不到指示,只能在白色恐怖下坚持斗争。经过县委研究,制定了几项对敌斗争的措施,下面,请张普松书记部署下一步的工作。

这是一个特殊的环境,敌人的残酷,考验着我们每一个共产党人的信念和对党的忠诚。张普松说,我坚信阎锡山制造的白色恐怖不会太久,全国人民不答应,山西人民不答应,党中央也会积极协调。县委对今后的工作有几项决定。一、为了在白色恐怖下坚持斗争和保护党员干部,必须缩小目标,减少不必要的活动,暂停我党事业在蒲县的发展。二、我和杨兴仁等同志一块隐蔽在仁义村,并在周围村庄活动,与各区委基层党支部保持联系,收集研究敌情。三、其余干部化装成农民,分散到仁义村附近的村庄中党员或可靠的群众窑内隐蔽。王以林同志是北方人,容易引起敌人注意,必须隐蔽到山里去,找一个较小的村庄,一个可靠的农民家庭。四、本地干部尽可能回家或隐蔽到亲戚家里。五、所有行动必须经过县委批准。各区委支部包括党小组停止一切会议。我的话讲完了,同志们如果有更好的建议,请提出来。

杨兴仁说,会议不宜太长,散会。同志们要分批离开,回去之后,向那些没有参加会议的同志,传达会议精神。

张普松说,孟子聪、席盛林两位同志留下。同志们,一定要注意安全。成怀珠同志,村子周围有异常嘛?

还没有。成怀珠回答。

杨兴仁说,同志们,抓紧时间,从不同的方向离开。

仁义村在冷冽的风霜中仅平静了半个多月,蒲县的突击团还是注意到了北塬,在古县张贴悬赏公告,说共产党八路军在北塬一带发现活动迹象。通缉一个姓张的共产党人,抓住活人赏"大花脸"1万元,死尸赏5000元。抓住其他共产党人,一人悬赏2000元。

县委采取隐蔽斗争的措施,很快引起了敌人的注意。为了继续抗日,蒲县已经不宜留下更多的同志。张普松、杨兴仁、卫鸣凤、席盛林、孟子聪、成怀珠等召开临时应急会议,内容是蒲县县委在特殊环境下的暂时撤离。张普松带领部分同志,奔赴延安。

在仁义村的县委机关很快就会暴露。张普松说,县委的撤离是暂时的,我们很快会再见。去延安的途中,要经过阎锡山的防区,然后才能进入陕甘宁边区。孟子聪同志,找你的舅父想办法,以报考阎锡山的民大为借口,弄几张突击团的路条。你跟我们一块去延安,等待返回蒲县的时机。

孟子聪说,我来想办法。

县委撤离了,不等于蒲县的党组织解散,要留下一个负责的同志，与区委支部联系。杨兴仁说，经过研究，决定席盛林同志留下来，负责党的工作。

席盛林说，请县委放心，我一定完成任务，等候县委回来，重新领导蒲县人民的抗日，发展党的事业。

成怀珠同志也要留下来，坚守仁义村这个最后的联络点。张普松说，或许是一二年，或许是更长的时间，我党一定会回到北塬。但残酷的斗争，人事关系变化很快，我和杨兴仁同志，或许会回来，或许是其他同志来重新组建蒲县的党组织。为了便于联络，蒲县党组织的指定联络人是成怀珠同志，地点仁义村。暗号是春天来了。回答是冰雪融化了。成怀珠同志，记住了嘛？不管是谁来，只要对上接头暗号，就是党组织派蒲县来的同志。蒲县的革命，一定要继续下去。

记住了。成怀珠说，请组织放心，我一定坚守在仁义村，等待组织的到来。我们也盼着组织早一天回来。

到了延安后，我们会向党中央汇报阎锡山发动的反革命晋西事变和蒲县白色恐怖下的残酷环境。张普松说，留下来的同志，一定要保重，保护好自己。这不仅是对自身安全的负责，也是对我党在蒲县的革命事业负责。我期待着和杨兴仁同志一道回到蒲县来，与同志们并肩战斗，把革命事业进行到底！

席盛林说，我和成怀珠同志等待你们回来。

杨兴仁说，孟子聪同志的工作很重要，要想方设法拿到路条。没有路条这个通行证，我们无法穿越阎锡山的防区，进入陕甘宁边区。不但要拿到路条，而且时间要快，敌人随时都会下手，包围仁义村。

孟子聪说，三天内，我一定把路条拿手里。

村外守候了三天的成怀珠，终于等回了孟子聪。国民党县政府派了所有的反动组织在北塬一带活动，频繁地在仁义村周围出现。

孟子聪以走亲戚的名义，利用他舅父的名义，才得以顺利通过层层盘查。

看到空白的路条的张普松，对席盛林说，你负责通知王以林同志回来，一块去延安。形势越来越紧张了，敌人极有可能发现了仁义村县委所在地。有了这几张路条，我们就可以顺利到达延安。

我真想和你们一块儿到革命圣地去。席盛林感慨道，王以林同志可能从老乡家里藏到五鹿山上去了，我这就去通知他。

要快。杨兴仁说，形势对我们越来越不利，争取尽快出发，摆脱敌人的纠缠。

我尽快把王以林同志带回来。席盛林说着出窑去。

张普松问，孟子聪同志，国民党县政府张贴出悬赏公告，怎么回事呵？是否对我们真的有所觉察？

肯定有所觉察，但还不明确具体村庄，有多少共产党人和八路军。孟子聪说，但他们会很快弄清楚。仁义村已经缺少了必要的安全。

去延安也好。成怀珠说，阎锡山这么一捣乱呵，山西的抗日希望小了。不是交给我任务，我非去延安不可。

你要服从组织的决定。杨兴仁说，仁义村是今后与组织保持联系的唯一地点，多么重要呵。担子不轻。

不管担子轻重，我向往延安，投入到轰轰烈烈的抗日战争中去。成怀珠说，守一个联络点，这算什么呵？

张普松说，仁义村这个联络点必须由你坚守。组织要求你，要像钉子一样，钉在仁义村。等待县委回来。

成怀珠苦涩地说，这黑暗中的等待太漫长了！

杨兴仁说，你有坚强的意志，对革命事业有坚定的信念，正因为组织上了解你这样的共产党人的品质，才把这样艰巨的任务委托给你。你是我党重新点燃蒲县革命火焰的火炬手，是未来的蒲县县委、蒲县革命的希望。不管遇到什么样的困难，你都要坚持下去，等候党组织的到来。

请转告延安的领导，我一定坚持到党组织的到来。成怀珠说，哪怕是出现了意外，仁义村这个联络点和接头暗号不会改变。

张普松感慨地说，有你这样的同志坚守在仁义村，坚守在白色恐怖下的北塬，我们去延安的路上轻松了很多。革命任重道远，让我们彼此珍重，坚定革命的信念，迎来最后的光明和胜利。

第二天的晚上，负责外围搜集敌情的成得子，突然回到了仁义村。他带回了最坏的消息，也是预料中的消息。他那位在突击团当连长的表亲悄悄告诉他，明天拂晓突击团包围仁义村，叮嘱他躲在窑里不要出来，以免误伤。成得子最后说，突击团已经获得了准确的消息，在仁义村里藏有共产党人和八路军。

席盛林同志去了两天，肯定没有找到躲进山的王以林同志。张普松说，形势发展的很快，情况很紧急。拂晓之前，我们必须离开仁义村。

成怀珠说，不能再等了，王以林同志由我跟席盛林同志安排。我去准备干粮，你们立即离开这儿。

1940 年 1 月 31 日，张普松、杨兴仁、卫鸣凤、陈素凡、单德修、孟子聪等一行六人，在成怀珠的护送下，乘了夜色奔赴延安。

那一天的北塬异样的寒冷，那渐行渐远的背影，把无边无际的黑夜留给了北塬。伫立在这黑暗中的成怀珠那样的孤独和迷惘。

那黑暗中的等待，是否一如这无尽的黑暗，没有尽头。

第二十一章
三支枪口顶住了他的胸膛

"晋西事变"使蒲县的党组织几尽覆没。中共西北局在蒲县的抗日工作和蒲县澎勃发展的革命事业,停止了下来。

1940年3月,县长李玉坡被晋军六十一军二○八旅秘密杀害。

蒲县牺盟会特派员杨化光趁乱逃出后,因不熟悉地形,坠落崖谷牺牲。

牺盟会这一民众抗日组织,在"晋西事变"后,彻底退出了山西抗战的战场。

牺盟会成为山西抗战史上最光辉的一页。

1943年的北塬。

7月的塬上,盈尺高的红桃黍距离成熟的秋天,在不竭的蝉唱声里,似是很遥远。那第二次"肃伪运动"带着第一次"肃伪"的腥风血雨,席卷整个北塬。

国民党县长刘钰亲自指挥第二次"肃伪运动"。口号是"自白转生"。

第二战区分管临汾地区的负责人白志沂、临汾区主任张新田坐镇蒲县。企图以烘炉训练,人人过关的筛洗,镇压"晋西事变"后遗存的共产党人。

在白色恐怖下,坚持斗争三年多的成怀珠,习惯了这样的腥风血雨。郭兴堂、席俊、席盛林等同志,被出任天嘉庄高小校长的席道正,聘为教师保护起来。郭崇仁利用一些关系,进入伪三区区政府,担任财粮员。寸步不离坚守在仁义村的成怀珠，每天在塬上眺望，迎接曾经并肩战斗过的战友和从延安来的陌生的同志。然而，不管是熟悉的战友或是陌生的同志，那重逢和接头的情景，只在梦境里无数次的出现。那塬上眺望的目光差不多望眼欲穿，那曾经的壮怀激烈，革命的凌云壮志，在漫长的坚定和等待中，那渴望在无边无际的迷惘中，越来越强烈了。

先是送走张普松一行人去延安后，接着又送走了王以林。蒲县的党组织除了等待外，完全与山外的党组织失去了联系。那约定有地点暗号、接头唯一的联络人，唯独没有约定的时间这一最重要的环节，注定了在无尽的流光里，无尽地等待过程，又是那样的充满了浮躁和迷惘。

除了农活季节外，成怀珠差不多每一天都守候在塬上那条通往古县镇的道旁。那是一条仁义村通往古县的必经之路，古县通往仁义村的必经之路。不管冬夏他都蹲在那棵黑槐树下面，吹着旱烟漫无边际的眺望。他那守株待兔的形容，令无数的人记住了他，并且置疑他的精神出了问题，那么多年的洋学生，白读了书。但成怀珠会每天准时出现在那棵黑槐树下面，像一个移动的塑像，成为塬上不变的风景。晌午，他的妻子史迟娥送饭到那棵黑槐树下。从保定军校毕业、在晋军当少校的弟弟成怀德回塬上省亲。他在窑里只住了一天，短暂的寒暄后，成怀珠又去守望那棵黑槐树了。午饭后，成怀德找到那棵黑槐树下，兄弟对视，却找不出话题。

你等甚？

等我的灵魂。

弟弟沿着那条黄土路走了，哥哥还守望在那棵黑槐树下，那分道扬镳的过程，充满了无尽的悲哀，却又是殊途同归，为了共同的抗战和民族存亡。那黑槐树下的一挥手成为了兄弟的永别。

一个村子里出一个少校军官，那是一村人的骄傲。

夏天，沟里的蚊虫很多，晚饭后的人们很少在沟里乘凉，或躲进窑洞去,或拎了芦席上塬去。那窑洞冬暖夏凉,塬上有风,那蚊虫在风里站不住。躺在芦席上,在细细的微风里,静静地看满天的星星,听天上的传说和塬上的故事。

这天晚上,蒲县政卫营的一个排在清辉里悄无声息地摸进了村子。

听到窑狗叫的成怀珠,跳下炕来匆忙拉开门,端着汉阳造的政卫营士兵,三支枪口顶住了他的胸膛。

史迟娥拼命地哭喊和阻拦,却挡不住士兵的搜查。他们没有找到任何有价值的东西,只找到了一些公开的文件和书籍。

被押送沟底的成怀珠,迎头撞见了闾长成福挺。走在前头的是腔上吊着盒子枪的政卫营排长张九娃。他也是北塬人,并且是仁义村的外甥。

5 月,在最初的第二次"肃伪运动"中,席盛林等同志被捕。成怀珠预感党内一定出了叛徒,但从延安来联络的人,依然遥遥无期。他惶恐那每天的坚守,还有多久,是否能迎来新的县委。但在白色恐怖下,他依然感觉出了抗战胜利的曙光。这也印证党组织的到来,这一天越来越近了。

张排长,你说甚,不认识他?成福挺说,他哪儿是甚共产党嫌疑人呵,地道的庄稼人,本份着呢。

这话你跟白高干、张主任说去。张九娃说,这名单都是他们拟定的,兄弟我是照单办差,是不是,我哪儿知道呵。

误会。成福挺说,前几年他是参加过牺盟会,阎长官取消了牺盟会,成怀珠就回村务农了,一步也没离开过仁义村。说塬上有共产党八路军,连我个闾长,也没听说过。他们来这穷塬上干甚?饭都吃不饱。

老哥,跟我说甚都没用。张九娃说,这白高干、张主任厉害着呢,连政卫营的营长都乖乖地听他们的话。

你是仁义村的外甥,水不亲人亲着呢。成福挺说,不管谁说了算,咱们可都是北塬人,你得网开一面,算我求你了。

张九娃摇头说,放人的话,我可不敢说。

那也不能抓错了人。成福挺说,我这个当闾长的,替他担保,成怀珠要是共产党,跑了他,你枪毙我。

没工夫跟你说。张九娃说,这人我先交给你,我这一个排包围几个村子呢,等人抓齐了,我回来带人。

成福挺点头说,行,我替你看着。

张九娃带了人顺沟远去。那朦胧中的犬吠依然令成福挺不安。他解开成怀珠五花大绑的绳子,说快跑。

成怀珠说,我去哪儿?他们回头找不到我,会连累你的。

你没听见那张九娃话里有话呵?成福挺说,不会难为我。抓到县城去,那还有好呵?去哪儿,先逃了再说。

我想弄清楚,那叛徒到底是谁。成怀珠说,我逃了,村里还有人呢。又没有抓住我啥证据,不承认,能定我啥罪名?

到了牢里头,那就不由你说了。成福挺说,这可是最后的机会,等他们回来了,想逃没有机会了。你还是听我一句话,逃生吧。

我还是不能跑,不连累你,也不连累村里的人。成怀珠说,既然我上了他们的名单,逃跑了,那就自认是共产党,还会通缉你。不逃跑,拿不到证据,还会放人。谢谢你了,我知道你是好心,是救我。仁义村有共产党的嫌疑人,那是在县政府里挂上号的,抓不住一个人,他们不会死心。我跟他们走了,也就保护了他们。

你咋这么直呢?成福挺着急道,那以后的事儿,以后再说,逃命要紧不是。那张九娃也是网开一面,有良心。真是那姓白的高干来了,你跑不是,他们开枪打你。说甚呀,快跑。躲山里头十天半月再说。

那乱子出的比这还大。成怀珠说,三年多都过去了,我到底也没把人等回来。那时候上前线打日本鬼子去了,也没有今儿的窝囊。你说这抗日有甚罪?这国民党就这么不讲道理,打败了小鬼子,中国也没希望。

你说的话，我咋听不明白？成福挺说，说了这一箩筐话，天都快亮了。你就听我一句话，快跑吧。

成怀珠摇头。

张九娃带着人返回了仁义村。他看着沟里蹲着的成福挺、成怀珠，嘿笑着说，绑了。是一条汉子，可你命里呵，还是躲不过这一劫。

成怀珠坦然地说，我等着呢。

第二十二章
连魔鬼都要诅咒的酷刑

张排长，人往哪儿押呵？成福挺说。

张九娃说，成闾长，你问白高干去。

同一天晚上被捕的还有席俊、郭兴堂、郭崇仁、曹畅中、曹兆荣、张玉保、刘同顺、曹振邦等十余人。

成怀珠等被捕的同志关押在蒲县县城疙瘩山的几座窑洞。被捕后第四天，高干白志沂亲临监狱审讯。临汾区"肃伪"主任张新田、县长刘珏陪审。

第一堂过审，用尽了牢房的刑具，毫无结果。十余人唯有成怀珠未受刑，其余均被打得皮开肉绽，血肉模糊。

白志沂盯着成怀珠半天，放下手里的档案问，你就是成怀珠。

站在白志沂对面的成怀珠回答，是我。古县仁义村的成怀珠。

成怀德是你的弟弟？白志沂又问。

你说的是那个少校军官成怀德吧？成怀珠说，虽说是同胞兄弟，我是老百姓，他是抗日的军人，地位不同，也没啥关系。他忙着抗日打仗，我忙着塬上的庄稼，没有来往的事儿。白高干，你认识他？

认识。白志沂说，既然是亲兄弟，为什么要走两条路呢？用不了多久，他会给我写信的，替你求情。前方吃紧，跟日本人干着仗，他也没工夫回来救你。

我犯法了嘛？用不着他求情。成怀珠说。

看在朋友的面上,这第一次过堂,先作谈话。白志沂说,这次"肃伪"跟上次不同,主要是帮助你们改过自新,所以叫自白转生。我希望你能够认清形势,不要受共党的流毒太深。中国真正的领袖是蒋委员长。你是一个难得的文化人,政治上正确了,那是很有前途的,为什么要自甘堕落呵?

我堕落了嘛,反对国民党蒋委员长了嘛? 成怀珠说,蒋委员长号召抗日,我捐粮捐物,还参加了阎长官领导的牺盟会,积极宣传抗日,就差没上前线打鬼子了。牺盟会解散了,我回塬上务农,多打粮食多捐献,那也是为了打鬼子呵。我不明白你说甚堕落,但我明白,我没犯错误。

白志沂冷笑说,你这是狡辩。我的宽容是有限的。请你到这儿来,那就有证据。你想重新获得自由的条件,第一,宣布你脱离共产党,与赤匪划清界限。第二,检举揭发,你了解隐藏在北塬的共产党人,自白转生,报效党国。当然,我不会亏待你,你可以留在县政府,担任一个职务。

白高干,共产党他们要我这样的人嘛? 还有一个当国军少校的弟弟。成怀珠笑说,我这一手的劳茧,哪儿像一个握枪杆子的人。我跟人家无怨无仇,信口开河的胡乱检举,那不是污陷人家嘛。那自由呵,我不要了,也不能干昧良心的事儿。你真帮我一把,那就留我在政府里,干一差使。日子过得好些呵。

揣着明白装糊涂不是? 白志沂说,你什么也不说,那就得把牢底坐穿了。等下回再见面的时候,那就不是这种方式了。我跟你弟弟是朋友,但党国的利益高于一切。不管你怎样选择,我都会在蒲县彻底肃清共党。

白高干,我不是共产党呵。成怀珠说,不信,你可以去仁义村调查我,编村的村长,下面的闾长。

带下去,给你一天的反省时间。白志沂说,我要替你说出来,谁供出你是共产党,还用得着问你嘛? 还怎么叫自白转生。

那听说的算不算？成怀珠问。

走吧，下一堂你的话就少了。

两个狱警一面推了他往外走，一面说。

最后一个过堂的是大胡子张玉保，成怀珠押回窑洞的时候，跟押出窑洞的张玉保碰头。张玉保看着毫发无损的成怀珠，一脸的异样。进窑洞的成怀珠看着伤痕累累的同志们，流下了眼泪。他蹲下来，伸手抚摸郭兴堂的伤口，郭兴堂冷漠地闪开了。

你这是怎么了？成怀珠问。

他们为什么不给你用刑？郭兴堂问。

那个白高干，说是认识我弟。成怀珠解释说，费了很多唾沫，劝我弃暗投明。临了送我回来，还让我仔细考虑呢。

你有一个当少校的弟弟，自然吃不了苦头。胖子曹兆荣说，不看僧面看佛面，不会打你。你家老二，快来救你了。

兆荣，你咋说这样的话？成怀珠说，我解释也没有，不管这边那边，我们兄弟不都是奔抗日去的嘛。

你想叫我说甚？曹兆荣冷笑说。

甚也不说了。成怀珠无奈地说。

张玉保拖出来了。躺在窗台下的郭崇仁喊。

几个人都挤到窗台前。

几个政卫营的士兵把张玉保摁倒在地上，拿一根绳捆绑他的大胡子。尔后牵了绳子，满院子狂奔。满嘴流血的张玉保跟跑着，疼痛得哇哇叫。那拽绳子的士兵似接力赛跑，一圈换下一个。一直到那胡须完全脱落，一个未尽兴的士兵拿了一根木棒，一只脚踩了张玉保的头颅，举起木棒，一下敲碎了张玉保的满嘴牙齿。

那应声而起的惨叫惊得一窑人毛骨悚然。

站在审训窑前的白志沂笑了，说这叫敲山震虎，叫他们扛去，不怕他们不开口。对付这些赤党，只有一个狠字。

张新田说，这穷棒子骨头硬，万一都不开口呢？

白志沂说，管他们开口不开口，认死他们是共产党。蒋委员长、阎长官都说了，宁可错杀一千，不可放掉一个。

刘珏说，白高干，有的是办法。对付这些骨头硬的共产党，白高干有经验，也有手段。否则，阎长官会这样信任你。

白志沂笑了。说蒲县教育界的师生，竭力为席俊担保，他的父亲席道正又是老资格的党员，对党国有贡献，上面有几个朋友。对这个人不要急着下决定，等一等再说。至于这些人，撬不开嘴巴，就整死他们，杀一儆百。

刘珏说，那个席道正，在教育界很有影响。

他的儿子到底是不是共产党呵？白志沂说，一旦有人供出他是共产党，不管席道正有什么样的影响，都不能放虎归山，辜负党国的期望。

是。请白高干放心，对付共产党，我决不手软。张新田说。

第二次过堂，与第一次只隔了两天。牢号的早饭还没送进窑洞，看守牢房的政卫营士兵，喊叫着名字提审了。

郭崇仁，出来。

跟前次不同，提审过堂受刑都没有押回来。一个接一个，只提审不押回。正在困惑的成怀珠，突然听到了喊叫。

出牢门的成怀珠，看见了院子的张九娃，那政卫营的排长，冲他挤了一个眉眼儿。他想了半天，猜不出来什么意思。

大白天，窑洞里燃烧着一盆旺盛的炭火，吊着几盏大锅油灯，那灯芯鬼火儿似的贼亮。成怀珠被让到凳子跟前坐下，身后是受刑后呻吟的难友。

成怀珠，这几宿没睡好吧？白志沂问，想明白了嘛？只要你自白转生，弃暗投明，跟你家二弟一样，咱们是好同志，好兄弟。

你说甚？成怀珠说，我是想了几宿，没想明白，你白高干为甚抓我。老二白交了你这么一个朋友。

你是不见棺材不落泪呵？这话我可都给你挑明了，人生几何呵？为甚为那共产党丢脑壳？白志沂说，我向你交一个底儿，就是你家老二来了，你不开口，他也救不了你。我姓白的，不拿党国的利益送人情。

白高干，你这不是屈打成招嘛？成怀珠问，你想叫我说甚？我不隐瞒一五一十都告诉你，好不好。

谁是共产党的负责人，北塬谁还是共产党？白志沂笑说，回答了这些问题，你在自白转生的声明书上签名，你就自由了。

就这么简单？成怀珠问。

很简单。白志沂说。

成怀珠离开板凳说，白高干，我检举我揭发，县长李玉坡，还有牺盟会特派员杨化光，他们都是共产党呵。我还听过他们抗日宣传、革命宣传等等。听的人多，这两个人能讲。那姓李的是河南人。

这是他们的公开身份，没有几个人不知道。白志沂说，我问的是隐藏在地下的共产党，谁是北塬的领导人。

这我不知道。成怀珠说，人家共产党会告诉我嘛？那共产党脸上也不刻字，我咋知道谁是共产党。白高干，我自由了嘛？

你这不算。白志沂说，我再给你一次机会，你要是还这样胡说八道，别怪我不客气。你身后躺着的人，就是你的榜样。

成怀珠说，我跟你这种人，客气不着。说我是共产党，你拿出证据来。

来呵，摆梅花桩。白志沂恼羞成怒了。

几个光膀子的士兵拎了大火钳，从炭盆里夹出九块通的圆铁饼，摆梅花桩似的一步一个，散乱地摆开去。另外几个士兵每人拎一把鬼头刀，围住滋滋响的铁饼。被赶到圈子里的成怀珠，躲闪着刺来的尖刀，却躲不过脚下的梅花桩。闪躲不及刀尖刺伤了，那左右刺来的刀刃，逼迫他在铁饼上"舞蹈"。最初那惨叫声里的"舞蹈"，节奏很快。随了那声嘶力竭，那"舞蹈"突然慢下来，猝然栽倒。

那脚板烙出的焦糊味儿，带了残酷的血腥气息，萦袅了窑洞。

　　一桶井水泼下,成怀珠艰难地呻吟一声。

　　白志沂站到跟前,冷笑着问,不好受吧? 这一桶水,也该帮你清醒了。何苦呢,那共产党早晚是要消灭的。不是日本人打进来,呸! 狗屁合作,国军早他们围剿了。跟着共产党,没有前程。

　　成怀珠不睁眼,说,白高干,你抓的这些人,就我一个人是共产党,他们冤枉了。你把他们都放了,我们好商量。

　　我不信。白志沂说,放了他们,我们更没商量。

　　放了他们,我这个共产党,随你怎么办。成怀珠说,国民党那也不能冤枉好人不是,蒋委员长,不是这么教导的吧?

　　不是。白志沂说,你提出了条件,我也有一个条件。

　　你说。成怀珠说,只要合理,我答应。白高干,我这双脚,露出骨头没有。你把我弄残了,那不如把我弄死。

　　那我就先让你看一种死的方式,咱们在这个死亡的过程中,慢慢地谈条件。白志沂回头说,来人,掌灯。

　　张新田嘿笑说,这窑里是暗了点儿,点一盏天灯,亮堂。叫你们都看明白了,熬干这盏灯,那骨头就不硬了。

　　昏死在老虎凳上的曹兆荣,又绑了几条绳子,缚牢在上面。一个行刑的汉子拿了一块布,使劲儿塞进嘴里,站起来拿刀尖挑开衣裳。他仔细地试了刀锋,在腹部切出一个一尺深、半尺长的口子。又换了一把小刀,把皮和脂肪剥离开了,脂肪里捅一个小孔,小心翼翼地插入一根拇指粗细的油稔子。同时划燃了几根洋火,点燃了那根棉花做的油稔子。那火苗由大到小,燃到根部将要熄灭的刹那,那火苗腾地跳了出来。

　　年龄最小的席俊哇一声哭了。

　　听不见那灯下的呻吟,曹兆荣似是依然昏死一样,只是无声无息地淌着眼泪,泉涌般肆意流淌。

　　踱到成怀珠跟前的白志沂,打破了死一样的沉寂。他说看到这样的灯光,有什么感想呵? 这不一样的死的方式,还有很多。

你是一个魔鬼！成怀珠啐他一口说，这样惨无人道，你就不怕老天惩罚嘛？你不会好死，连魔鬼都诅咒你。

讲这些没用，你还不知道，我是一个唯物主义者，不相信什么鬼神。白志沂说，我们现在可以谈条件了，在烙铁上跳舞，才是一个开始。这位也想在烙铁上跳舞，可他没有机会了。那盏灯会燃尽他的脂肪。我们都不知道他在想什么，但有一点可以肯定，他在享受生命最后的时间。那一步一步靠近他的死神，已经攥牢了他的双手，带了他往无边无际的黑暗中去。

可以谈条件。成怀珠说，先把他们放了，包括曹兆荣。

他已经是一个死人了。白志沂说，我的条件是供出北塬所有的共产党，我就把他们全放了。至于自白转生的声明书，可以往后放一放。

你骗我。成怀珠摇头说，不上当。

我也不上当。白志沂说。

夜幕降临了，那盏灯终于点亮了窑洞。

郭兴堂被活埋的那一天，第一次探监的史迟娥为丈夫带来一线生机。

窑洞内的成怀珠跪在炕上望着窗外的妻子，一声一声地饮泣。那双严重烙伤的脚板，焦糊后粘连在一块，脚趾部分裸露出骨节。他苦涩地笑着，告诉妻子说，不哭。那些凶残的禽兽呵，不会你哭了，就心慈手软了。不用来看我，看好娃。回去跟爹娘说，别为我操心。没准儿，我回去还孝敬他们呢。

史迟娥泪眼模糊的点头，那窗内的形容不是她梦中的模样，那似是在一夜间改变的脸孔异样的陌生。瘦弱而苍白，似一个纸人儿。他们说了，啥时候放你嘛？

成怀珠摇头。

咱爹去找老二了，两三天了，该回来了。史迟娥说，老二在军队里有朋友，一定有办法救你出来。

不要连累老二，这是两条道，不讲人情。成怀珠说，老二不容易，让他安心打鬼子。这浑水呵，不趟也好。

老二不出面救你，没人救得了你呵。史迟娥说，门口那篮子里是吃的东西。你挺住了，爹这一两天就回来了。

成怀珠点头，一声叹息说，怕是老二救不了老大。为了那理想呵，我不后悔，值！不管是啥结果，你都站直了，别趴下。

打进你们成家那天起，我都是跟了你的脚印儿走路，说一句听一句。她抽泣说，做梦也没想到，那抗日也进班房。

这里面的事儿呵，你不懂。成怀珠说，老二他就是一个少校，又不是军长师长，没人听他的话。我就这样了，随他们去。

史迟娥正要张口说话，被看守抢了去。

时间到了。

娃他爹，你挺住了。

成怀珠望着她的背影，内心猝然涌起生离死别的悲哀。

第二十三章
在敌人的枪口下,烈士倒在了蝎子沟里

成立志见到了小儿子成怀德。看着泪流满面、无助的父亲,成怀德没有流露出惊讶,他平静地替父亲擦去眼泪,一脸无奈地说,这是一个必然的结果,我跟你一样改变不了。这一天呵,早晚都会发生。

成立志说,唯有你是老大的救星呵。

他轻轻地摇头,缄默半天又说,你以为你儿子是谁呵?我不想救他嘛?这是政治斗争,跟抗战没关系。

你认识那个白志沂嘛?

成怀德点头。

那你跟我回去一趟呵,在他跟前,给老大求一人情。

眼跟前就打仗了,我回不去。请假,那长官也不准呵。成怀德的眼泪突然掉落下来,呜咽道我救不了我哥。

成立志只带了小儿子一封信,那是一封写给白志沂的信。满怀希望的成立志把那封信毕恭毕敬地呈递给白志沂。白志沂把信撂在公案上,笑得成立志毛骨悚然。

1943 年的蒲县,共产党建立的组织已经荡然无存了。经过"晋西事变"和两次"肃伪运动",共产党人的幸存者极少,党组织受到严重破坏,对被捕的同志,无力组织有效的营救。尤为重要的是,中共西北局未派人重新组建蒲县县委,领导蒲县的抗日和革命。而蒲

县这一时期的反共"肃伪",成为了第二战区的模范县。蒲县基层党组织主要负责人都是在这一时期被捕牺牲的。

在三联中学校长刘春浦和全体师生的竭力担保下,其父席道正利用其影响,多方奔走呼吁下,席俊最终获释出狱。翌年,席俊在领导那场向临汾军事指挥部请愿的学生运动中再次被捕。1948年,临汾解放前夕,他被秘密杀害。

史迟娥前后探过三次监,还带他们的大儿子去过一次。那时候史迟娥对成怀珠不再抱生还的希望了,每一次都哭得悲痛欲绝。成怀珠也预感到了去日不远,不管那最后的生命是一个什么样的过程,都注定了生命的寂灭。那庸常的流光,因为短暂异样的珍贵了。他很想留下一些文字,却没有纸笔。

就在史迟娥第三次探望狱中的成怀珠时,奄奄一息的成怀珠用微弱的声音对媳妇说,这条胳膊的骨头让他们打断了,我拿床板子绑上,这十多天刚长起来的骨头又被狗日的打断了,俺疼得自己把牙咬掉三个。他们不知道俺是甚样的人,他们就是把俺砸成碎沫沫,俺也不投降。他停顿了一会儿又说道,埋俺的时候,让俺的头冲着延安。

1943年8月13日,是成怀珠生命大限的日子。本来英雄大限的日子为8月14日,白志沂得到不知是真是假的情报:成怀德要带一个排劫狱,因此他把大限的日子秘密地提前了一天。

与成怀珠一起处以死刑的还有四位共产党员,他们分别是郭崇仁、曹畅中、曹振邦、张玉保。这天清晨,狱门早早地被推开了,一位看守隔着栅栏把早餐送进牢房说,这是最后一顿饭啦,吃好做不到,你们要吃饱。

大家你望望我,我望望你,呆呆地谁也没有饿意。也许死亡早已料定了,他们没想到来得这么快、这么突然,一时让他们应对无措。最后成怀珠打开沉闷说,还愣着干啥? 吃啊,吃饱好上路,崇礼给我拿我两个窝头我来吃! 郭崇礼从篮子里拿两个窝头递给了成怀珠。成怀珠一手拿一个,三口两口就把一个窝头干掉了,连声说,好吃好吃! 不知马克思那里给不给我们准备这好吃的窝窝头? 沉闷的气氛被成怀珠的一席话说得缓和多了,正当成怀珠要报销第二个窝窝头的时候,先前的那位看守又走了过来,对着成怀珠喊,成怀珠,长官让你过去一趟!

叫我!

对!

你没有长眼,我还没有吃完饭哩!

少啰嗦!

今天我非要啰嗦不行! 命都不要了,还不给一顿饱饭?!

好好好,死有理! 死有理! 看守软了下来,快吃吧,吃完我们一起走!

成怀珠吃完第二个窝窝头,带着伤痛,跟着看守,踉踉跄跄地到了审讯室,早在那里等候的一位医生对成怀珠说,你有一种别人享受不到的待遇。说完用一根细绳将成怀珠的舌头给固定了,顿时成怀珠成了哑巴。

成怀珠不是傻瓜,他心如明镜,那是防止他在刑场上喊口号。敌人也清楚,成怀珠是这伙受刑五人中领头的,先把他的嘴封住,其他人就简单了。事实上,8月13日行刑的五个人只有成怀珠的嘴被上了绳索。成怀珠回到牢房后,其余四人赶快围了上去,发现成怀珠已成了哑巴,大家面面相视。成怀珠拿眼睛示意大家:我不能说话了,你们要说话啊! 说完,他用戴着手铐的手在地上写下了"共产党万岁! 马克思万岁! 新中国万岁!"让大家在刑场上一定要喊出来,让正义之声响彻蒲县大地,先是郭崇礼点了点头,接着大家都点了点头。

上午9点多,成怀珠一行五人被拖出了窑上牢门。

由于两个多月的受刑期,五人皆是遍身是伤,行走已经很困难了,他们不得不被狱警拖着走,从牢房到刑场隔一个小河,穿过小河仅有 3 华里路,他们步履蹒跚,足足走了一个多小时。

武尚文是当年的目击者,那时他才 8 岁。他先是跟随者,后被穿黄衣服的警察拦下,他和众人——大概几百人只好躲在百米远的山沟树林里观望。

行刑是在咯嗒山的蝎子沟。

五个人行走到一个大坑前,被喝令站住。四位穿黑衣的刽子手在大坑下方的不足 10 米远处,那里早已架好了四挺机枪,墨色的枪口正对着成怀珠等五人。

10 分钟后,枪声响了,共响 11 枪。

在枪声中,除了被束住舌头的成怀珠,郭崇礼等四人向世界喊出了他们的肺腑之言:共产党万岁!马克思万岁!新中国万岁!

这声音嘹亮,在咯嗒山上空缭绕、徘徊,让武尚文老人至今还记忆犹新。

据目击者武尚文分析说,五个人 11 枪,可能是因为成怀珠骨子硬,两枪没倒下又补打了一枪。五个共产党人倒下后,被推入身后的大坑掩埋。恰巧这天午后下了一场多年没见的瓢泼大雨,淅淅沥沥地下了足足三个小时,沟满河平。雨后又有彩虹相现,青山如碧。有人说这是苍天哀悼英雄的泪水,又有人说这是世人对英雄赞美的彩虹。

之前,史迟娥找到看守所的一个伙夫,一旦成怀珠被行刑,请他转告这一消息。那伙夫也是北塬人,叫郭福奎。他答应了史迟娥,并且冒险做到了。成怀珠牺牲后的几天,或两天或三天,或是更远的时间,史迟娥才得到成怀珠被枪毙的消息,便带了人步行六十余里来到县城,在蝎子沟的一处草洼里,扒出了被掩埋的成怀珠。

找到掩埋尸体的地方,已经有了刨挖的痕迹,可能是狼或野狗的咬吃,大腿上的骨肉遭到了破坏。当那具残缺的尸体抬回仁义村,成立志抚摸尸体大哭,一村人都哭了。

闾长成福挺说,那天他跑掉了,不会死的。

一村人问，他为甚不跑呵？

目睹成怀珠最后离开村庄的人们，说成怀珠月色下的背影异样的从容，和他们熟悉的步履一样，充满了自信。

或许成怀珠没有想到再也回不到北塬；或许成怀珠那从容的步履是与他热爱的故土完成最后的诀别。

我们无法准确的设定成怀珠真实的心境，但为了他奋斗的梦想，那短暂的 29 岁的生命过程充满了理性的传奇。我们不知道他生命中的遗憾，是否在寂灭后释然，但在那个世界里，他肯定拥抱了梦想。

尾 章
共和国没有忘记

在成怀珠被捕前后,其家境彻底败落了。成怀珠差不多把能够捐献的东西,全捐出抗日了。成立志日夜在塬上耕作,成怀珠不但很少参加劳动,还经常往外带粮食,往家里带人。在营救成怀珠的过程里,欠下了很多外债。为了支持儿子,成立志陆续卖掉了一些田地。那些曾经给过他无数梦想的土地,在离开他的时候,是怎样的无奈和伤心。300 亩土地,最后剩下不足 10 亩土地。成立志在最后一块土地上,坚守着他对土地的梦想。我想那一定包括重新拥有那些土地和土地里的梦想。

成怀珠就义那一年,他的大儿子成世昌 10 岁。

成怀珠的那口棺材,是赊来的,折合 633 斤玉米。他 10 岁的儿子成世昌做了三年的小长工,还清了那口棺材账。当成怀珠的儿子 13 岁的时候,坚守着传统的诚信还完了账,但对他父亲的死的意义,却是模糊的概念。因为那坚守的诚信,意味着坚守孝道。他没有父辈的幸运,在那个战乱的年代和败落的家境中,接受教育只能是他一个无法企及的梦想。

1946 年,也就是日军投降的第二年,史迟娥在成怀珠守望了三年多的北塬,在那棵枝繁叶茂的黑槐树下,终于等来了一个陌生人。那是一个差不多 30 岁左右的年轻人,穿一件北塬常见的紫布马褂,背着行李和雨伞。他小声问史迟娥,有一个叫成怀珠的人住在哪儿? 史迟娥说他死了。

他怎会死了呢？年轻人愕然了。

政卫营枪毙的，说他是共产党。

他家里还有什么人？那年轻人又问。

我是他的妻子。

春天来了。

突然听到那萦绕梦境的话儿，史迟娥愣住了。没有听到回答的年轻人，转身缓慢地离去了。只迈两步，蓦地听到了应答。

冰雪融化了。

他惊喜地回头，看到了史迟娥盈满眼眶的泪花。

年轻人是来蒲县与地方党组织接头的同志。他是中共晋绥分局第九地方工作委员会宣传部长孙先余。史迟娥带了他走进了成得子的窑洞。而后由成得子负责联络，把蒲县幸存下来的党组织，恢复了起来。

1946年11月29日，中共蒲县委员会重新成立，地委宣传部长孙先余兼任县委书记，开始恢复蒲县的革命事业。

假如成怀珠没有在第二次"肃伪运动"中被捕牺牲，假如他亲自应答了那句"冰雪融化了"的接头暗号，假如他参与了中共蒲县委员会的再度组建，他会有什么样的表现，那一腔热血和忠诚，那献身的革命事业，该是多么的轰轰烈烈。

新中国成立后的1951年，蒲县人民政府召开第二次镇反大会，伪县长郑继文、参与杀害成怀珠等革命烈士的反动组织头领张新田等六人接受人民的审判。消息传到了北塬。

那一年成怀珠的儿子成世昌18岁。他从一个懵懂少年，成长为一个是非分明的青年。当他听到消息，一个人怀里藏着一把镰刀，出发去县城了。

镇反大会期间，上台控诉的人很多。没有人注意到一个复仇的年轻人，包括负责镇反的解放军战士。成世昌突然跳上审判台，抄出镰刀砍去。猝不及防的战士还是慢了一步,那挥去的镰刀划伤了张新田的腿部。

不肯罢手。

人民政府的县长赵正萍问,年轻人,叫什么名字?

成世昌。

你的父亲是成怀珠吗?赵正萍又问。

是的。

听到回答的赵正萍吁出一声叹息。说我认识你的父亲。他死的很英勇,也很伟大。成怀珠同志,是蒲县人民的骄傲。

就在这一年的3月,一张由毛泽东主席亲笔签署的《革命牺牲工作人员家属光荣纪念证》由民政部门交到了史迟娥的手中。这份编号为"晋烈字第043647号"的证书写道:

查成怀珠同志在革命斗争中光荣牺牲,丰功伟绩永垂不朽,其家属当受社会上之尊崇。除依中央人民政府《革命工作人员伤亡褒恤暂行条例》发给其家属恤金外,并发给此证以资纪念。

主席　毛泽东
一九五一年三月四日

抚摸这张《光荣纪念证》,史迟娥又大哭了一场。

40年后。

1992年,80岁的史迟娥去世了,按照当地风俗将她与成怀珠的遗体合葬。当打开成怀珠的尸棺后,人们看到成怀珠的遗骨都是碎的,有的骨头还是焦的。

送葬的人中有公安部门的法医，他们统计了一下：遗骨右上肢骨 4 处骨折，左上臂骨全部粉碎性骨折，双腿股骨、胫骨、腓骨共 5 处骨折，肋骨 4 处骨折，全身 13 处明确骨折点，碎骨无法统计，头部遭枪击，颅骨碎成 8 块。双脚脚趾骨烧焦，三分之一的牙齿缺失。

在场的所有人无不为之动容。

时间又过去了 19 年，2009 年，共和国 60 年华诞之际，由中央宣传部、中央组织部、中央统战部、中央文献研究室、中央党史研究室、民政部、人力资源和社会保障部、全国总工会、共青团中央、全国妇联、解放军总政治部等中央有关部门联合发出并组织的"100 位为新中国成立作出突出贡献的英雄模范人物"和"100 位新中国成立以来感动中国人物"的评选活动，成怀珠同志代表山西省参选。山西省委报送的参选理由是：一、有广泛的代表性。他代表牺盟会、代表基层共产党员、代表基层支部书记、代表无数无名或有名但不出名的鲜为人知的英烈们；二、事迹突出。

与此同时，成怀珠烈士陵园也已修建完成。

共和国永远没有忘记这位抛头颅、洒热血的民族英雄，坚定的共产主义战士。

后 记

我是从祖父那些差不多同龄人的回忆文章里,或多或少了解祖父的,但更多的是父亲的讲述。在胡亦仁、彭华等老一辈曾在蒲县担任过党的领导工作的同志们的纪念文集里,讲述开辟蒲县党的建设工作和"晋西事变"与奔赴延安等章节中,多次提到我的祖父。在祖父的帮助下,安全到达延安的很多前辈都曾在回忆中,讲述与祖父并肩战斗的友谊。

我不知道这样的讲述,是否可以画上一个句号。

或许那些远去的历史,因为这些回忆的文章,在当今人们的生活中渐渐清晰起来。我在那些陌生的记忆和印象中,或深思或掩卷一声叹息。认知我们的今天和未来,与那远去的历史,其实是那样的紧密联系。

借此书出版之际,我要感谢山西省委在共和国60华诞之时,将我祖父事迹上报中央,作为共和国"双百"英雄模范候选人参加评选。

我特别要感谢的是中央政治局委员、重庆市委书记薄熙来同志,他多次过问我祖父的事情,并向我转述,他从父亲薄一波那里几次听到过他老人家对我祖父的称赞。他的支持给我以无限的温暖。

感谢十五届中央政治局委员、书记处书记、中央军委原副主席张万年上将及张思卿、陈锦华副主席为我祖父题词。还有张志坚、石云生、刘振华、杨国屏、张工等我军高级将领，以及孙家栋、王成喜、阎肃、都本基等各界知名人士，为我祖父题词。他们的题词既是对成怀珠烈士的肯定，也是对我们烈士后人的鞭策。

需要特别铭记的是，中共山西省委常委、纪委书记金道铭同志怀着对革命先烈的深厚感情，一直支持、鼓励我把这一系列事情办好。

传记大家陈廷一先生不顾年逾花甲，坚持塬上采访，抢救珍贵文献：在成家窑洞前，聆听祖父被捕的事迹；在蒲县监狱旧址聆听祖父获刑的惨景；在县城北关祖父就义的地方，体验先辈的英勇。历时两年完成祖父的传记，成书不易，这些都是我要感谢的。

还要感谢人民出版社编辑侯俊智先生，为此书编辑和出版做了关键的工作，使此书得以顺利出版。

最近召开的党的十七届四中全会通过了"关于加强和改进新形势下党的建设若干重大问题的决定"，其中强调：要做好抓基层打基础工作，夯实党同人民群众的血肉联系。我的祖父成怀珠烈士，就是我们党在战争年代基层党支部书记的优秀代表。今天的基层党组织建设，就是需要培养无数像我的祖父成怀珠那样无比忠诚党的事业的坚强战士。这也是我们今天纪念我的祖父成怀珠烈士的意义之所在。

我怀念我的祖父。现将此书作为我心中的花环，永久地献在祖父的墓前。

成文革

2009 年 10 月于北京寓所